Un petit garçon à aimer

*

Une promesse trop fragile

JANICE LYNN

Un petit garçon à aimer

Traduction française de
ÉVELINE CHARLÈS

BLANCHE

HARLEQUIN

Collection : Blanche

Titre original :
THE ER'S NEWEST DAD

Ce roman a déjà été publié en 2018

HARPERCOLLINS FRANCE
83-85, boulevard Vincent-Auriol, 75646 PARIS CEDEX 13
Service Clients — www.harlequin.fr
ISBN 978-2-2805-0306-8 — ISSN 0223-5056

Composé et édité par HarperCollins France.
Imprimé en janvier 2024 par CPI Black Print (Barcelone)
en utilisant 100% d'électricité renouvelable.
Dépôt légal : février 2024.

FSC
www.fsc.org
MIXTE
Papier issu de sources responsables
FSC® C159065

Pour limiter l'empreinte environnementale de ses livres, HarperCollins France s'engage à n'utiliser que du papier fabriqué à partir de bois provenant de forêts gérées durablement et de manière responsable.

1

Chaque fois que Ross Lane jetait un coup d'œil en direction de la ravissante petite blonde du box numéro 2, le même constat lui vrillait la cervelle.

Idiot. Imbécile. Abruti. Il avait tout gâché !

Oui, il avait tout fichu en l'air cinq ans auparavant. Et, depuis quelque temps, il ne se passait pas de jour sans qu'il se demande ce que serait sa vie s'il avait été l'homme que Brielle Winton voulait qu'il soit.

Bizarre comme le temps peut modifier les priorités...

Plus belle que jamais, Brielle sourit au vieux monsieur qui allait bénéficier d'une surveillance cardiaque par télémétrie, et les fossettes qui se creusaient aux coins de sa bouche suscitèrent en Ross des souvenirs enivrants.

S'appuyant à une porte, il fit mine de se concentrer sur le bulletin d'informations de l'hôpital que l'on venait de lui remettre. Mais en réalité il buvait des yeux la femme qu'il n'avait jamais pu oublier.

Aimable et enjouée, elle accomplissait sa tâche avec efficacité, s'exprimait avec douceur. Elle ignorait visiblement qu'il ne parvenait pas à se détourner d'elle et qu'il était tendu comme une corde de violon...

Levant le nez, elle lui lança alors un regard si intense qu'il eut l'impression que son crâne allait exploser.

Il était clair qu'elle l'aurait voulu à mille lieues de là. Mais, dès qu'elle se concentra sur le patient étendu sur la table d'examen, son visage s'adoucit.

Ross soupira discrètement, désabusé.

Brielle n'avait pas de sourires pour lui. Pas un seul. Elle lui parlait rarement, et uniquement s'il s'agissait d'un patient.

Il ne pouvait l'en blâmer, puisqu'il était presque entièrement responsable de leur rupture. Mais pas totalement. Ils avaient tous les deux commis des erreurs. Disons que les siennes avaient été plus graves.

Bien plus graves ! Enormes. Surdimensionnées.

Au niveau de ses tempes, les pulsations devinrent presque insupportables.

Le temps avait passé, il avait connu maints succès professionnels, mais rien n'effaçait son regret d'avoir quitté Brielle. Lorsqu'il fermait les yeux, son image s'imposait à lui, il brûlait de la prendre dans ses bras et de partager sa réussite avec elle. Il ne l'avait pas touchée depuis cinq ans, mais il n'avait rien oublié. Pas plus le son de son rire que le contact de sa main dans la sienne, ou le sourire qu'elle lui réservait, même quand elle était très fatiguée.

Si ces souvenirs le hantaient déjà auparavant, ils avaient été ravivés lorsqu'il avait rencontré le frère aîné de Brielle lors d'un congrès médical.

C'était la première fois qu'ils se revoyaient depuis sa rupture avec Brielle.

Ce soir-là, Vann lui avait brisé le nez et lui avait dit qu'il n'avait pas intérêt désormais à approcher sa sœur, sinon il lui démolirait vraiment la figure. Ross ne s'était pas défendu, estimant qu'il méritait bien un tel traitement. Ensuite, il était parti, laissant derrière lui son meilleur ami et la femme qu'il aimait.

Pourtant, dès qu'il avait aperçu Vann, il avait su qu'il irait retrouver Brielle : il fallait qu'il sache si sa mémoire ne lui jouait pas de tours, s'il n'enjolivait pas la réalité.

Il avait tenté à plusieurs reprises de parler d'elle avec Vann, et celui-ci s'était toujours arrangé pour détourner la conversation. Mais, à la fin du congrès, il lui avait quand même dit où travaillait Brielle.

Etait-ce sans le vouloir ou intentionnellement ?

Quoi qu'il en soit, Ross avait quitté son cabinet florissant et accepté un remplacement aux urgences de l'hôpital où travaillait Brielle, juste pour être auprès d'elle. Pendant trois mois, il allait remplacer le médecin titulaire qui était en congé.

Et ensuite ? Ce laps de temps suffirait-il pour qu'il sache si celle qu'il avait été trop jeune et trop stupide à l'époque pour comprendre était la femme de sa vie, ou si elle n'avait hanté ses rêves que parce qu'il était rongé par la culpabilité ?

Il fallait qu'il en ait le cœur net, de toute façon. A cette étape de sa vie, il était prêt à s'engager, à se marier et à avoir des enfants. A Boston, il était sorti avec une collègue, Gwen. Il avait même envisagé de la demander en mariage. Mais il ne s'y était pas résolu, quelque chose l'en empêchait.

Ou quelqu'un.

Il avait donc gardé ses distances avec Gwen et mis sa vie de Boston entre parenthèses, de façon à réconcilier son avenir avec son passé.

La jolie blonde qui le foudroyait aujourd'hui du regard constituait le socle de sa nouvelle existence. D'une façon ou d'une autre, son avenir commencerait avec Brielle Winton...

Du moins, si elle y mettait un peu de bonne volonté.

A moins qu'elle ait compris après leur rupture qu'elle ne l'avait jamais vraiment aimé ?

Son attitude hostile le laissait supposer. Cela dit, elle avait toujours été très têtue, ce qui n'avait jamais été un problème auparavant.

Parce que, autrefois, ils voulaient les mêmes choses...

Enfin, presque. Quand elle s'était mise à parler mariage quasiment non-stop, au point qu'ils se disputaient sans cesse, il avait pris la clé des champs, au propre comme au figuré.

Il envisageait déjà de faire son internat à Boston. Une telle chance n'était pas offerte à tout le monde, il aurait été fou de pas la saisir. Pourtant, il avait hésité, et il savait pourquoi : Brielle. D'une certaine façon, il lui en avait voulu de le retenir, d'empêcher la réalisation de ses rêves. Il était sans doute immature, mais il s'était senti pris au piège.

Il y avait peu de chances pour qu'elle lui accorde son pardon...

Pourtant, c'était bien pour cela qu'il était là aujourd'hui. Il était venu pour Brielle, et il ne s'en irait pas tant qu'il n'aurait pas les réponses à ses questions. C'était la raison pour laquelle il n'allait pas se laisser affecter par l'animosité qu'elle lui témoignait.

Pour bien s'en persuader, il lui adressa un clin d'œil, auquel elle répondit par une moue méprisante.

Cindy Whited, une infirmière aux courbes voluptueuses, l'arracha à ses pensées.

— Docteur Lane, il y a une patiente qui souffre d'infection urinaire dans le box numéro 4. Vous pouvez l'examiner ? Vous trouverez les résultats de ses analyses sur l'ordinateur.

— Merci. J'y vais tout de suite.

Alors qu'il se détournait, il croisa de nouveau le regard de Brielle et, comme chaque fois que cela arrivait, il sentit son cœur faire un bond dans sa poitrine.

Amour ? Honte ? Culpabilité ? Regret ?

Il était temps qu'il sache quel rôle Brielle Winton jouait dans son existence, et le plus tôt serait le mieux.

La réaction immédiate de son bas-ventre, chaque fois qu'il posait les yeux sur elle, ne lui laissait aucun doute sur son désir pour elle. Sa mémoire ne l'avait pas trompé, Brielle était aussi belle que dans son souvenir, et plus encore.

Il la voulait. Dans son lit et dans sa vie.

Aucune autre femme n'éveillait ainsi sa libido. Dès qu'il l'apercevait, il mourait d'envie de l'entraîner dans la salle de repos pour redécouvrir son corps délicieux.

C'était impossible, évidemment. Une patiente l'attendait. Sans compter que, à la façon dont Brielle le fixait ces temps-ci, il pouvait aussi bien souhaiter la lune. Elle lui arracherait les yeux s'il faisait la moindre tentative de ce genre. Autrefois, elle vénérait le sol qu'il foulait de ses pieds. Aujourd'hui, elle l'aurait volontiers enterré à six pieds sous le même sol !

Pourtant, il voulait que le visage de Brielle s'éclaire à sa vue. Il voulait qu'elle le désire comme il la désirait, qu'ils brûlent comme autrefois les draps, et qu'il sache enfin s'il y avait entre eux autre chose que de l'attrait physique.

Il redressa les épaules, décidé à relever le défi.

— Il est encore plus beau que Shepherd et Sloan dans *Grey's Anatomy* ! s'exclama Cindy en éventant sa poitrine généreuse pour souligner ses propos. Si cet homme était un médecin de télé, il les supplanterait tous !

Brielle ignora les déclarations de son amie.

Si seulement celle-ci savait quel démon se cachait sous le beau visage de Ross, elle cesserait de s'extasier.

— Je tenterais bien ma chance avec lui, poursuivit Cindy. Malheureusement, il n'a d'yeux que pour toi...

Brielle s'efforça de se concentrer sur l'écran de l'ordinateur dans lequel elle rentrait des données concernant un patient.

Si elle réagissait aux paroles de Cindy, celle-ci serait capable de l'enfermer dans un placard avec Ross. Elle essayait constamment de la caser, de l'entraîner à « faire des folies de son corps », comme elle le répétait souvent. Mais Brielle avait d'autres priorités.

— Par exemple en ce moment, chuchota Cindy d'un ton taquin.

Brielle ne réagit pas. Ross pouvait bien lui accorder toute son attention ces temps-ci, elle s'en moquait !

— Je craque totalement pour ses prunelles bleues et sensuelles, pour son corps magnifique. Mais, lui, il ne me remarque même pas ! se plaignit Cindy. Non, il te fixe comme si tu étais un puzzle compliqué, ou le dessert qu'il convoite, comme si...

— Tu peux bien le prendre ! coupa Brielle.

— Pourquoi ?

Elle n'eut pas besoin de lever les yeux pour savoir que son amie haussait les sourcils et qu'un sourire curieux errait sur ses lèvres.

Mince, pourquoi s'était-elle laissée aller ? N'était-ce pas ce qu'elle appréciait par-dessus tout à Bean's Creek, le fait que personne ne connaisse Ross Lane en dehors de Vann et Samantha ?

Elle avait déménagé sans regret parce que l'homme de sa vie l'avait abandonnée quand elle avait le plus besoin de lui : elle avait tenté de le mettre au courant à plusieurs reprises, mais il avait refusé de comprendre le message. Par bonheur, il ne connaissait pas toute l'histoire.

— Il n'est pas mon type.

— Cet homme est le type de toutes les femmes, ma chérie.

— Pas le mien, affirma-t-elle en appuyant sur la touche « entrée » du clavier.

— Pourquoi ? répéta Cindy.

« A cause de ce qu'il m'a fait. J'en garde des cicatrices et un enfant qui le prouvent. »

— Il ne l'est pas, c'est tout.

Il y eut un bref silence.

— C'est parce qu'il te rappelle le père de Justice ? demanda Cindy d'une voix plus douce.

Oups ! Avait-elle lu dans son esprit ?

Malgré elle, Brielle leva les yeux vers son amie, qui l'observait attentivement.

Ce n'était pas étonnant, elle avait certainement tout de la biche surprise par les phares d'une voiture.

— Je ne vois pas pourquoi...

Cindy prit un air offensé.

— Je te rappelle que je suis ta meilleure amie. De plus, je ne suis pas aveugle ! Le Dr Lane a les mêmes yeux que Justice, d'un bleu sensationnel.

— C'est le cas de beaucoup de gens, marmonna Brielle, faisant de son mieux pour paraître seulement importunée par cette conversation.

De toute façon, Cindy avait perdu la raison si elle s'imaginait qu'elle allait papoter tout en saisissant sur l'ordinateur des informations concernant un patient. Surtout quand Ross pouvait surgir d'une seconde à l'autre.

— Exact, répliqua Cindy en haussant les épaules. Je pensais seulement...

— *Cesse* de penser.

— Venant de quelqu'un d'hypersérieux, logique et réfléchi comme toi, cette remarque ne manque pas de sel !

Etait-ce ainsi que son amie la voyait ?

Après tout, elle avait gagné le droit d'être logique et sérieuse.

En tout cas, elle ne devait plus être aussi nerveuse, quand il s'agissait de Ross. Son remplacement devait durer moins de trois mois, maintenant. Elle était capable de garder son sang-froid pendant ce laps de temps. Ensuite, il partirait, et avec un peu de chance il ne reviendrait jamais.

Elle s'arrêta un instant sur cette éventualité.

Ne plus jamais revoir Ross ?

Non qu'elle ait imaginé le revoir un jour. Pas après la scène horrible qu'il lui avait faite, les phrases cinglantes qu'il avait débitées : il ne voulait plus jamais avoir affaire à elle, elle l'empêchait d'avancer, il voulait reprendre le cours de sa vie. Sans elle.

C'était ce qu'il avait fait, d'ailleurs. Il avait disparu en moins de temps qu'il ne fallait pour le dire.

Et maintenant il faisait irruption dans son univers, suscitant du même coup en elle un ouragan d'émotions.

Cindy attendait des explications. D'un instant à l'autre, elle allait poser les mains sur ses hanches et taper du pied avec impatience.

— Ecoute, dit lentement Brielle, ce type m'énerve, il ne m'intéresse pas. Fiche-moi la paix avec ça, *s'il te plaît*.

Cindy réfléchit un instant puis haussa les épaules.

— D'accord. Du moins pour l'instant, mais seulement parce que tu m'as l'air sur le point d'exploser.

Laissant échapper un soupir, Brielle aperçut du coin de l'œil Ross qui se dirigeait vers elle.

Fantastique ! Le responsable de ce chamboulement se plaçait en orbite.

— Eh, Brielle, je peux vous parler un instant ?

Mille, deux mille, trois mille... Même si elle tentait de compter à l'infini, cela ne calmerait pas ses nerfs.

Mais elle pouvait le faire. Elle pouvait se montrer calme et professionnelle. Il n'était plus rien pour elle, sinon une mouche agaçante qu'elle aurait voulu chasser.

Ou écraser.

— C'est possible, apparemment.

Elle n'aurait sans doute pas dû adopter un ton aussi sec avec un médecin qui était son supérieur, mais elle ne pouvait pas s'en empêcher. Surtout après les questions que Cindy venait de lui poser sur Justice.

Les yeux de son fils étaient exactement du même bleu que ceux de Ross. Il avait le même menton énergique, la même forme de visage. Ses expressions étaient tellement semblables à celles de Ross, parfois, que les souvenirs lui transperçaient le cœur et lui coupaient le souffle.

A l'âge de Justice, Ross devait avoir été à peu près pareil. Sauf que son fils était né avec deux mois d'avance et qu'il était petit pour son âge. Elle n'arrivait pas à l'imaginer haut d'un mètre quatre-vingt-dix.

— Je vais nettoyer le box numéro 1, annonça Cindy à la cantonade.

S'éventant une fois de plus les seins de la main, elle sourit à Brielle tout en murmurant :

— Canon !

Dès qu'elle se fut éloignée, Ross soupira.

— Est-ce que ce sera ainsi pendant tout mon remplacement ?

Brielle feignit de ne pas comprendre.

— Ainsi ?

— Tu me détestes.

— C'est faux.

Simplement, elle voulait qu'il s'en aille sans bouleverser sa vie ou celle de Justice. Elle ne permettrait pas à Ross de blesser son fils comme il l'avait blessée.

— Tant mieux.

— Que ça ne te monte pas à la tête, le prévint-elle. Je ne te déteste pas, mais je ne t'aime pas non plus.

La nouvelle ne parut pas affecter Ross, qui sourit.

— Si tu acceptes de dîner avec moi ce soir, nous réglerons ce problème. Je te rappelle qu'autrefois tu appréciais beaucoup de choses chez moi.

La gorge serrée par une main invisible, elle se sentit étouffer. Incapable de parler, elle secoua négativement la tête.

— Pourquoi pas ? demanda-t-il.

Etait-il vraiment inconscient à ce point ?

L'indignation lui rendit sa voix.

— Tu veux que je développe mes arguments, ou juste les dix premiers ? fit-elle sèchement.

Ross s'appuya au comptoir et croisa négligemment les jambes.

— Non. Tu devrais seulement accepter mon invitation.

— Hors de question.

— Brielle…

— Inutile d'insister, docteur Lane. Je ne vois absolument pas pourquoi je dînerais avec vous. Cette discussion est parfaitement vaine. Je ne vois pas à quoi il servirait que nous sortions ensemble.

— Nous avons toutes les raisons de le faire, au contraire.

Quelque chose dans son ton la fit tressaillir. Levant les yeux vers lui, elle l'observa plus attentivement.

Sous son air décontracté, elle sentait une grande détermination.

Savait-il ? Connaissait-il l'existence de Justice ? Avait-elle eu tort de penser que c'était impossible ?

Quel autre motif aurait pu l'amener à Bean's Creek ? Il ne s'était tout de même pas réveillé un beau matin en se disant que Brielle Winton lui manquait et en décidant d'aller s'installer à des centaines de kilomètres de chez lui pendant trois mois, juste pour savoir ce qu'elle devenait !

Qu'est-ce qui avait bien pu l'inciter à venir travailler au même endroit qu'elle, sinon ce secret qui datait de cinq ans ?

— Ah bon ? persifla-t-elle. J'ai beau chercher, je n'en vois aucune.

— Parce que je t'apprécie, répondit Ross sans hésiter.

Apparemment, il trouvait cette raison tellement logique qu'elle n'aurait même pas dû poser la question.

— Tu ne me connais pas, répliqua-t-elle, le cœur battant la chamade.

— Bien sûr que si, affirma-t-il.

Il semblait si sûr de lui qu'elle en aurait hurlé de frustration.

Est-ce qu'il s'imaginait que sa vie s'était arrêtée depuis qu'il était parti ? Qu'elle était dans les limbes, attendant qu'il revienne pour reprendre les choses là où ils en étaient restés ?

— Tu me connaissais peut-être mieux que personne autrefois, mais plus maintenant. On change, en cinq ans.

Il la parcourut lentement du regard, s'arrêtant là où le comptoir masquait son corps.

— Pas tant que ça. Tu es toujours la même, Brielle.

Elle réprima l'envie de croiser les bras sur sa poitrine, pour se dissimuler à ses yeux.

La grossesse et la maternité avaient modifié son corps, son esprit... Tout. Justice avait achevé de la métamorphoser dans le bon sens, contrairement à son père.

— Tu te trompes. Je suis quelqu'un de totalement différent aujourd'hui, déclara-t-elle. J'ai d'autres priorités, d'autres rêves.

Il contourna le comptoir et l'observa tranquillement, comme si sa réponse le faisait réfléchir.

— A quoi rêves-tu, maintenant, Brielle ? s'enquit-il avec curiosité. Il n'y a pas si longtemps, pourtant, j'incarnais toutes tes aspirations.

Il l'avait dit sans arrogance, et de nouveau elle en perdit la voix pendant quelques secondes.

— Cela me semble bien loin aujourd'hui, parvint-elle à répondre. Pendant tout le temps que tu resteras ici, je te demanderai de te comporter envers moi avec une courtoisie professionnelle, rien de plus. Tout le reste est bien fini. J'ajouterai que c'est toi qui l'as voulu, conclut-elle.

— Brielle...

— A moins que tu ne veuilles me parler d'un patient, je te serai reconnaissante de ne plus m'adresser la parole, l'interrompit-elle. Fiche-moi la paix, c'est tout ce que je te demande.

— Si c'est ce que tu veux...

— Exactement.

Sur ces mots, elle se concentra sur l'écran de l'ordinateur et feignit l'indifférence la plus totale à sa présence.

Elle ne faisait pas semblant ! Ross Lane ne signifiait rien pour elle.

Depuis très longtemps.

Et à jamais.

2

C'était bientôt la fin de son service, et Brielle commençait à sentir la fatigue.

— Servez-vous de ça si vous avez envie de vomir, dit-elle en tendant un bassin à un vieux monsieur. Le Dr Lane ne va pas tarder à arriver, il vous donnera quelque chose contre les nausées...

A cet instant, quelqu'un entra dans la pièce.

Elle n'eut pas besoin de se retourner pour savoir de qui il s'agissait. L'accélération de son rythme cardiaque lui fournit l'information.

— Justement, le voici.

Tout en se lavant les mains, Ross se présenta.

— Bonjour, monsieur Gardner. Je suis le Dr Lane. J'ai examiné les résultats de vos analyses. La bonne nouvelle, c'est que vos douleurs dans la poitrine ne semblent pas dues à un problème cardiaque.

Le patient, un homme aux cheveux blancs et aux traits tirés, crispa les mains sur la couverture de coton blanc qui recouvrait son corps.

— Et la mauvaise nouvelle ?

Brielle réprima l'envie de prendre les doigts tremblants dans les siens tandis qu'il attendait le verdict de Ross.

— Vos taux d'enzymes du foie, d'amylase et de lipase sont trop élevés, déclara Ross.

Elle aurait sans doute dû sortir pour voir si d'autres patients attendaient, mais elle resta clouée sur place, fascinée par la relation qu'il installait avec son malade.

Il s'exprimait calmement, prenant le temps de justifier son diagnostic et ses implications médicales. Après avoir démontré au malade que ces informations expliquaient ses symptômes, il conclut :

— Je vais vous faire admettre en médecine générale pour pancréatite aiguë.

Elle avait toujours su qu'il serait un médecin formidable. Ses manières étaient rassurantes, et il possédait une aura qui promettait aux patients que tout irait bien tant que leur vie serait entre ses mains.

Elle ne pouvait nier que tout le monde l'appréciait, à l'hôpital. On ne tarissait pas d'éloges sur le beau médecin qui remplaçait Cassidy Jenkins.

— Brielle, vous voulez bien appeler la médecine générale et demander qu'une infirmière prépare un lit pour M. Gardner ? Je m'occupe de son admission.

Il ausculta de nouveau le patient et ajouta :

— Oh ! Autre chose, encore. Donnez-lui un antiémétique, avant son transfert, je vous prie.

Il nomma le remède et précisa le dosage.

« Je vous prie. »

Ce n'était pas étonnant si tous ceux et celles qui travaillaient avec lui voyaient en Ross Lane un don du ciel. Et cela n'avait rien à voir avec son physique splendide, qui faisait que toute fille normalement constituée fermait les yeux sur ses défauts. Mais, sérieusement, combien de médecins disaient « s'il vous plaît » et « merci » ?

Non, elle ne voulait pas apprécier cette version plus âgée de l'homme qu'elle avait aimé de tout son cœur. Elle ne voulait pas avoir de pensées positives en ce qui le concernait. Elle ne voulait pas du tout penser à lui, point à la ligne.

Ni en bien ni en mal.

Se forçant à extirper Ross de son esprit, elle hocha brièvement la tête et quitta le box pour exécuter ses ordres.

Elle venait de remplir une seringue d'un produit antiémétique, lorsqu'il surgit derrière elle.

Elle fit l'erreur de se retourner pour lui dire de s'en aller.

Il était plus proche qu'elle ne se l'imaginait, au point qu'ils se touchaient presque. Et, lorsqu'elle leva les yeux vers lui, elle vit dans ceux de Ross le désir qui assombrissait ses prunelles bleues.

Une grosse boule se forma dans sa gorge.

Elle se rappelait ce flamboiement... Son corps n'avait pas oublié les caresses que Ross savait si bien lui dispenser.

Très contrariée, elle réprima les souvenirs qui se pressaient dans sa mémoire.

Stupide qu'elle était !

Il était beau, il sentait bon. Si elle se penchait un peu plus, elle devinait que le contact lui plairait. Il était plus mince et athlétique que jamais. Peut-être davantage encore qu'autrefois...

Mais elle ne se pencha pas. Au lieu de cela, elle se concentra sur le jour où elle avait vu Ross pour la dernière fois, quand elle était allée à Boston, quelques mois après son départ.

Elle n'avait jamais vu la femme blonde qu'il serrait dans ses bras et qu'il embrassait sur la bouche. Lorsqu'il s'était écarté d'elle, il lui avait souri puis lui avait murmuré quelques mots à l'oreille. Tout en riant, celle-ci lui avait donné une petite tape sur le bras.

A ce moment-là, Brielle aurait volontiers giflé Ross. Pourquoi ne l'avait-elle pas cru, lorsqu'il lui avait dit qu'il ne voulait plus jamais avoir affaire à elle ?

Elle s'en était voulu d'avoir été assez stupide pour penser que ce serait une bonne idée de venir à Boston lui dire qu'elle était enceinte.

Elle s'était enfuie sonnée, en colère, et si blessée que l'hôtesse de l'air lui avait demandé plusieurs fois si tout allait bien pendant le trajet en avion. Moins d'un mois plus tard, elle avait donné naissance à Justice. Son obstétricien avait affirmé que c'était le stress qui avait causé cet accouchement prématuré.

Le souvenir de ce voyage à Boston la tordait encore de douleur, mais il lui donnait aussi la force de résister à l'homme qui se trouvait devant elle, aussi tentant que le diable en personne.

— Brielle, fit-il d'une voix étouffée.

Ses yeux cherchèrent les siens comme s'il devinait ses pensées. Il voulut la prendre par les épaules.

Elle fit un bond en arrière, serrant la seringue entre ses doigts tremblants.

— Arrête ! Ne me touche jamais, Ross !

Elle avait crié, et Cindy jeta un coup d'œil étonné de leur côté.

— Brielle…, soupira-t-il.

Il dut prononcer quelques mots après cela, mais le bourdonnement qui résonnait dans ses oreilles l'empêcha de les comprendre.

Avait-il vraiment cru qu'il lui suffisait de se montrer pour qu'elle se précipite dans ses bras ? Etait-ce ce qu'il voulait ?

Quelle importance, d'ailleurs ?

Elle ferma les yeux dans l'espoir qu'il serait parti quand elle les rouvrirait. Mais ç'aurait été trop beau…

— Va-t'en, s'il te plaît, soupira-t-elle en le retrouvant planté là.

Il la regarda un moment.

— C'est vraiment ce que tu veux ? Que je m'en aille pour toujours ?

— Evidemment que non. Le service serait en plein chaos, si tu le quittais, répliqua-t-elle difficilement.

Il eut un petit sourire.

— Ce n'est pas ce que je voulais dire, et tu le sais très bien. Accepte de dîner avec moi après ton service, que nous puissions discuter.

— Nous avons déjà réglé cette question. Je ne veux rien avoir affaire avec toi. De toute façon, je ne vois pas où ça nous mènerait.

— Nous pourrions évoquer le bon vieux temps.

Elle le foudroya du regard, comme s'il n'était pas aussi intelligent qu'elle l'avait cru.

— Tu ne m'écoutes pas ? Je n'en ai pas la moindre envie.

Ross haussa les épaules.

— Je peux m'adapter… Dîne avec moi, pour que nous parlions d'avenir.

Une fois de plus, elle faillit le remettre à sa place. Mais elle pensa à Justice.

Ross était le père de son précieux fils. Un père qu'il n'avait jamais rencontré. Ne devait-elle pas à Justice de vérifier si Ross méritait qu'elle lui révèle le miracle qu'ils avaient créé ensemble ?

Une bonne mère ne pouvait pas faire autrement que d'écouter ce qu'il avait à dire. Ensuite, elle prendrait les bonnes décisions concernant son fils.

Ross observait le ravissant visage de Brielle, qui reflétait toute une succession d'émotions.

Elle n'avait jamais su dissimuler ses sentiments, et le temps n'y avait rien changé. Devinant qu'elle hésitait, il pria le ciel pour qu'elle accepte son invitation.

Il n'appréciait pas de devoir la supplier, mais après tout, après ce qu'il lui avait fait, il lui devait bien ça... Et sans doute plus encore, même s'il n'était pas encore prêt à lui présenter ses plus plates excuses.

— S'il te plaît, Brielle, dis oui ! Je veux passer un peu de temps avec toi en dehors du travail.

Elle fixa un instant ses mains avant de lever ses grands yeux bruns vers lui.

— Bon, d'accord. Mais cela ne signifie rien, Ross. Je n'ai aucune envie de reprendre notre relation ni de me faire de nouveaux souvenirs avec toi. Tu appartiens au passé, et j'aurais préféré que tu y restes.

Oups ! Elle ne mâchait pas ses mots. Mais il ne méritait pas qu'elle les enveloppe de sucre. Pourtant, si elle lui laissait une chance d'aborder la question, il lui rappellerait combien le sexe avait été doux entre eux. Le mot était d'ailleurs faible pour qualifier ce qu'ils avaient partagé.

— Ce soir ?

En homme avisé, il n'attendait pas le lendemain pour fixer une date et une heure.

Elle soupira, aussi pâle que si elle luttait contre la nausée.

— Pourquoi pas ? Autant en finir tout de suite.

On aurait cru qu'elle parlait d'un rendez-vous chez le dentiste ! Lui déplaisait-il à ce point ?

— Je te suis reconnaissant d'accepter, bien que tu manques

singulièrement d'enthousiasme. Puis-je te demander pourquoi tu m'as cédé, finalement ?

Brielle émit un petit rire ironique qui lui fit mal.

— Nous savons tous les deux que tu n'aurais pas lâché l'affaire jusqu'à ce que je dise oui. Retrouvons-nous chez Julian, en bas de la rue, une demi-heure après la fin de mon service. Un repas rapide, rien de plus.

Elle ne semblait pas ravie, mais c'était un début. Il accepterait les miettes qu'elle voulait bien lui donner jusqu'à ce qu'il puisse la convaincre qu'elle lui avait vraiment manqué.

Brielle arriva en retard au rendez-vous.

Bien sûr, elle ne connaissait pas le numéro de portable de Ross, et elle n'avait pas pu le prévenir. Peut-être serait-il déjà parti…

Pas de chance ! Dès qu'elle franchit le seuil du restaurant, elle le repéra, assis dans un box au fond de la salle.

Une serveuse s'attardait près de lui, son joli visage exprimant l'intérêt qu'il lui inspirait.

Certaines choses ne changeaient pas, soupira-t-elle intérieurement, excédée.

Elle ne blâmait pas cette jeune fille, d'ailleurs. Ross était indéniablement séduisant, et cela ne tenait pas seulement à ses yeux bleus, à ses cheveux noirs, à son visage bronzé, à ses larges épaules ou à ses hanches étroites. Il était intelligent, il avait de l'humour et, lorsqu'il souriait, les fossettes qui se creusaient dans ses joues pouvaient faire fondre n'importe quelle femme. Et, à en croire le rire haut perché et les joues rosies de la serveuse, le charme s'exerçait même sans qu'il le fasse exprès.

Cette vision lui rappela la fois où elle était venue le retrouver à Boston.

Comme maintenant, Ross ignorait sa présence. Elle avait cru stupidement qu'il comprendrait son erreur dès qu'il l'apercevrait. Mais, en le voyant embrasser cette blonde alors qu'elle le croyait encore à elle, elle avait pris conscience qu'il avait vraiment mis un terme à leur relation.

Le cœur brisé, elle s'était enfuie, enceinte et incertaine quant à son avenir.

Elle aurait peut-être dû lui dire quand même qu'elle attendait un enfant, mais elle nageait en pleine confusion et souhaitait seulement être très loin. Plus tard, quand elle avait été moins bouleversée, elle avait pris la décision de le laisser vivre la vie qu'il disait vouloir.

Ross ignorait qu'il avait un fils. Ou le savait-il ?

Prise de nausée, elle eut le sentiment que la pièce tournait autour d'elle. En sueur, elle s'effondra sur le banc destiné aux clients en attente d'une table. La peur au ventre, elle ferma les yeux, se retenant de vomir.

— Brielle, tu te sens bien ?

Ross penchait vers elle un visage inquiet.

Elle battit des paupières, surprise qu'il soit si près d'elle.

Il était clair qu'il avait remarqué sa présence et qu'il s'était porté à son secours.

Il s'assit à côté d'elle et posa la main sur son front, comme pour évaluer sa température.

— Brielle ? répéta-t-il.

Incapable de répondre, elle le fixa en silence.

Etait-il venu à Bean's Creek pour affirmer ses droits sur son fils ?

3

Le cœur battant, Ross posa la main sur le front de Brielle.

Ses pommettes rouges contrastaient avec ses joues pâles. Bien qu'elle ne soit pas excessivement chaude, sa peau était moite.

La prenant par l'épaule, il la secoua légèrement.

— Ça va, ma chérie ?

Les traits crispés, elle secoua négativement la tête.

Que lui arrivait-il ? Pourquoi évitait-elle soigneusement son regard ?

— Brielle ?

Elle tremblait de tous ses membres.

Il sentit ses cheveux se hérisser sur sa nuque et se retint de la prendre dans ses bras.

— Dis-moi ce qu'il se passe, que je puisse t'aider.

Fermant les yeux, elle déglutit péniblement et soupira.

— J'ai besoin de sortir d'ici, marmonna-t-elle, si bas qu'il l'entendit à peine. Je ne me sens pas bien.

La serveuse fixait Brielle, qui avait enfoui son visage dans ses mains.

— Il y a un problème, monsieur ?

— Mon amie est malade. Nous n'allons pas pouvoir rester, malheureusement. Tenez, voici pour ma boisson et pour le dérangement, dit-il en lui tendant un billet.

Se tournant de nouveau vers Brielle, il l'aida à se lever, mais la vue de son visage livide suffit à lui faire prendre une décision rapide. Il la souleva dans ses bras, attendit que la serveuse leur ouvre la porte du restaurant et la porta jusqu'à la voiture.

— Tu pourras tenir debout pendant que j'ouvre la portière ?

Elle hocha la tête contre sa poitrine.

— Oui. Dépêche-toi ! Je suis atrocement gênée.

Il aimait la tenir dans ses bras…

Quel goujat il était, d'avoir ce type de pensée alors qu'elle était malade !

Pourtant, il aurait voulu continuer à respirer son parfum et à sentir son corps tiède contre le sien. Elle lui avait tellement manqué ! Plus qu'il ne se l'était avoué jusqu'à cet instant.

— Je t'ai dit de te dépêcher, protesta-t-elle. J'aurais très bien pu marcher, d'ailleurs. Tu n'aurais pas dû me porter.

Ce n'était pas le moment de discuter.

Il la déposa doucement sur ses pieds, prêt à la soutenir si elle vacillait. Un instant plus tard, il l'aida à s'asseoir à l'avant puis se glissa derrière le volant. Avant de démarrer, il lui jeta un coup d'œil.

Elle regardait droit devant elle. Qu'est-ce qui pouvait bien se passer dans sa tête ?

— Ça va ?

Question idiote, puisque ce n'était visiblement pas le cas, mais il ne savait quoi dire d'autre pour rompre le silence.

Un peu moins pâle qu'auparavant, elle haussa les épaules.

— Je ne pourrais pas aller mieux, fit-elle sur un ton sarcastique.

— Que s'est-il passé ?

— Je ne suis pas malade… Juste gênée de m'être donnée en spectacle, répliqua-t-elle avec un petit rire forcé. Ne t'inquiète pas, ce n'est pas contagieux.

Ses épaules étaient légèrement voûtées, et elle avait posé la main sur son ventre.

L'espace de quelques secondes, il crut comprendre pourquoi elle repoussait ses avances.

— Tu es enceinte ? demanda-t-il, lui-même au bord de la nausée.

Il détestait poser cette question, mais il fallait qu'il sache s'il était déjà trop tard, s'il avait nié ses sentiments pour Brielle trop longtemps, laissant un autre homme s'emparer de son corps et de son cœur.

Se tournant vers lui, elle le regarda avec horreur.

— Non ! Qu'est-ce qui te fait penser une chose pareille ?

— Tu sembles nauséeuse, et j'ai cru un instant que tu allais t'évanouir. Tes doigts sont crispés sur ton estomac... Tu es certaine de ne pas attendre un enfant ?

La main de Brielle tomba le long de son côté. Fermant les yeux, elle émit un petit rire amer.

— Non, je ne suis pas enceinte.

— Comment peux-tu en être aussi sûre ?

— Je ne le suis pas, un point c'est tout, répliqua-t-elle d'une voix mordante.

— Tu ne le sais peut-être pas ?

Il ignorait pourquoi il insistait autant. Peut-être parce que cette idée le torturait et qu'il voulait être certain à cent pour cent qu'elle disait la vérité.

— Je n'attends pas d'enfant, fin de l'histoire ! s'exclama-t-elle avec exaspération.

Se penchant en avant, elle posa le front sur le tableau de bord en grommelant.

— Les hommes sont tellement stupides !

— Qu'est-ce que c'est censé signifier ?

— Juste que tu étais complètement inconscient au moment où tu aurais dû...

S'interrompant brusquement, elle fit la grimace et prit sa tête dans ses mains.

Pourquoi se sentait-il tout à coup aussi soulagé à l'idée qu'elle n'était pas enceinte ? En revanche, il ne comprenait pas sa dernière réflexion.

— Tu as la migraine ?

De nouveau, il la trouva très pâle.

— Tu veux un sac en plastique, au cas où tu vomirais ?

— Non merci, docteur Lane. Je n'ai rien mangé depuis très tôt ce matin.

Pourquoi n'avait-elle pas pris sa pause-déjeuner ? Comment ne s'en était-il pas aperçu ?

— C'est sans doute ce qui explique ton malaise et ta migraine. L'hypoglycémie, ce n'est pas recommandé avec le rythme de travail des urgences, Brielle. Tu ne devrais pas jouer avec ta santé.

Les yeux fermés, elle désigna la rue du menton.

— Je ne manque pas de sucre. Je vais bien maintenant, alors démarre.

Il ne savait pas très bien où il devait la conduire, mais si elle souhaitait s'allonger il n'avait pas vraiment le choix.

Un instant plus tard, ils franchissaient le seuil de l'appartement meublé qu'il avait loué pour trois mois.

Malgré les protestations de Brielle, il la porta à l'intérieur et l'étendit sur le canapé, puis il lui souleva les pieds et les posa sur trois coussins.

— Je reviens dans une minute, promit-il. Ne bouge pas.

Les yeux fermés, Brielle grommela un remerciement.

Il lui apporta un verre de jus d'orange et deux comprimés pour soulager la douleur.

— Je ne me rappelle pas que tu avais des migraines. Ça t'arrive souvent ?

Il repoussa quelques mèches blondes en arrière et posa un linge humide sur son front.

Se détestant de trouver ce contact aussi agréable, Brielle souhaita que son corps ne réagisse pas à la caresse de ses doigts.

— Presque jamais.

— Parfois, les bouleversements hormonaux peuvent susciter des maux de tête.

— Arrête avec ça, Ross, je ne suis pas enceinte.

Par une curieuse ironie du sort, il n'avait pas remarqué de changement lorsqu'elle attendait leur enfant. Aujourd'hui, alors qu'elle était seulement malade, il sautait immédiatement sur cette conclusion.

— Tu as quelqu'un dans ta vie, Brielle ?

Elle se réjouit qu'il ne puisse lire dans ses yeux.

Comme elle ne répondait pas, il insista :

— Tu penses sans doute que ce ne sont pas mes affaires... Mais, quoi que tu en penses, ça me regarde.

Il laissa échapper un long soupir.

Repoussant le linge sur son front, elle chercha son regard.

— C'est nouveau, dis-moi ! C'est parce que nous sommes tous les deux réunis dans la même ville et que tu as trois mois à tuer ?

— Je suis ici à cause de toi, Brielle. C'est la seule raison.

Elle le savait, du moins inconsciemment. Cela n'empêcha pas son rythme cardiaque de s'emballer.

— Je t'ai cherchée et j'ai pris ce job uniquement pour être auprès de toi.

Boum. Boum. Boum. Son cœur cognait contre ses côtes.

— Et tu sais pourquoi, poursuivit-il.

Il se trompait, elle l'ignorait complètement.

— Pour le sexe ? hasarda-t-elle.

Leur attrait réciproque semblait plus puissant que jamais, promettant des plaisirs quasi volcaniques. Leur vie sexuelle avait été fantastique. Pour être honnête, elle devait admettre que dès qu'elle était près de lui elle avait envie de lui arracher ses vêtements. Elle brûlait du désir de le toucher et d'explorer son corps.

— Si c'était ça que je voulais, je n'aurais pas eu à quitter Boston, répliqua-t-il.

Cela, elle n'en doutait pas. Les femmes devaient tomber aux pieds d'un médecin aussi beau et brillant. Il avait certainement eu beaucoup d'aventures depuis leur séparation.

A cette idée, elle sentit son cœur se serrer jusqu'à devenir une boule compacte de douleur.

— Je te veux, *toi*, dit Ross.

— Tu veux coucher avec moi ?

— Pas seulement...

Il s'interrompit pour se passer la main dans les cheveux, comme torturé par des pensées intimes.

— Je te veux, Brielle. Je veux que tu me regardes comme avant, que tu me supplies de te faire l'amour encore et encore jusqu'à ce nous soyons tous les deux épuisés.

Elle secoua la tête, le souffle coupé.

— C'est impossible. C'est fini, tout ça.

Pourtant, au moment même où elle le disait, elle eut envie de le supplier de faire toutes ces choses et d'atteindre ce doux épuisement dont il parlait.

Il fixa un instant sa bouche, et elle dut se retenir de se passer la langue sur les lèvres.

— Tu en es certaine ? Il me semble qu'entre nous le désir est aussi fort qu'autrefois.

Elle ne pouvait pas le nier. Il suffisait qu'il la touche pour que chaque cellule de son corps vibre, comme si elle sortait d'une longue hibernation.

— C'est juste physique, objecta-t-elle. J'ai mûri, aujourd'hui, et je ne cède plus à ce genre de pulsion.

Seigneur, faites que ce soit vrai ! Avait-elle vraiment appris cette leçon ?

Ross secoua farouchement la tête.

— Notre relation ne se bornait pas à cela.

— Tu crois ? Apparemment, nous n'avons pas les mêmes souvenirs.

Il tendit la main et lui effleura la lèvre inférieure du bout des doigts.

— Dis-moi ce que tu te rappelles, Brielle. Est-ce que tu ne te souviens pas de la façon dont ton corps s'animait quand je t'embrassais ? Comment tu répondais à la moindre de mes caresses ? Tu veux que je t'embrasse, avoue-le. Je le sais, parce que ton pouls est plus rapide, que ta respiration s'accélère et que tu me manges des yeux.

Elle les ferma aussitôt, mais elle ne put rien faire pour ralentir son rythme cardiaque.

— C'est faux ! Et, même si c'était vrai, cela prouverait seulement que j'ai raison : c'est physique, rien de plus.

Ross émit un rire doux, si familier qu'elle sentit que tout en elle se détraquait d'un coup, et il se pencha vers sa bouche.

Quand il l'embrassa, il lui sembla qu'une connexion directe venait de s'installer à l'endroit exact où leurs deux bouches s'étaient rencontrées. On aurait dit qu'il venait de prendre le contrôle de ses terminaisons nerveuses.

— Tu as le goût du paradis, murmura-t-il.

En ce cas, il avait le goût de l'enfer.

Quand sa langue frôla la sienne, elle envisagea un instant de la mordre.

Mais dans quel but ? Si elle voulait qu'il s'arrête, elle n'avait qu'à le lui faire comprendre.

Au lieu de cela, elle s'abandonna à la caresse.

Qui essayait-elle de tromper ? Il avait raison, elle n'avait jamais cessé de le désirer. Elle avait voulu ce baiser à la seconde même où elle l'avait aperçu aux urgences.

Ce n'était que de la curiosité, tenta-t-elle de se convaincre. Elle voulait juste savoir s'il avait toujours le pouvoir de l'enflammer, de l'emmener au sommet du plaisir.

Le mouvement sensuel de sa langue contre la sienne lui assura qu'il en était toujours capable.

Il avait glissé les doigts dans ses cheveux et lui caressait le crâne. Il n'y avait rien d'autoritaire dans cette étreinte, il lui laissait la possibilité de le repousser si elle le voulait. Il se réjouissait sans doute qu'elle ne le fasse pas, qu'elle soit faible au point de lui laisser faire l'amour avec ses lèvres la première fois qu'ils se retrouvaient seuls.

Lorsqu'il s'écarta d'elle, il respirait vite et fort.

— Tu m'as tellement manqué, Brielle, haleta-t-il. Tu n'imagines pas à quel point !

Qu'aurait-elle pu répondre ? C'était lui qui était parti. Lui qu'elle avait vu dans les bras d'une autre femme quelques mois plus tard...

Cette image lui donna la force de le repousser.

— Arrête ! ordonna-t-elle en se tortillant pour s'asseoir sur le canapé. Tout ça est parfaitement déplacé.

— Avoue que tu étais aussi curieuse que moi.

— Non, prétendit-elle.

— Ce n'est pas en niant les faits que tu les rends moins réels, riposta-t-il.

Pourquoi sentait-elle encore le goût de ses lèvres sur les siennes ? Elle ne voulait pas s'en souvenir.

— Peu importe ! Nous ne sommes pas les seuls à être impliqués.

— Il y a quelqu'un dans ta vie ? demanda Ross, les sourcils froncés.

— En effet.

Il jura sourdement, parut réfléchir dix secondes, puis, arborant l'air implacable d'un mâle dominant, il la fixa avec intensité.

— Alors, il va devoir se battre, parce que je veux ce qui est à moi.

— Qu'est-ce qui est à toi ?

— Toi. Tu es à moi, Brielle. Tu l'as toujours été, et tu le seras toujours.

Eprouvant soudain le besoin de mettre de la distance entre eux, elle se leva d'un bond et réajusta son uniforme.

— C'est là où tu te trompes, Ross. Cela n'a plus été le cas dès l'instant où tu m'as quittée pour aller à Boston. Ramène-moi chez moi.

Ross conduisait en silence, tâchant de comprendre ce qu'il s'était passé entre Brielle et lui.

L'avait-il amenée chez lui dans le seul but de l'attirer dans son lit ?

Il la désirait certainement assez pour avoir voulu inconsciemment la convaincre que l'attirance était toujours aussi forte entre eux. Quoi qu'il en soit, il avait lamentablement échoué : il avait suffi d'un seul baiser explosif pour que sa tête à lui s'emplisse de fantasmes. Pourtant, elle l'avait repoussé et lui avait demandé de la raccompagner.

— Tu désirais ce baiser autant que moi, affirma-t-il.

— On est obligés d'en parler encore ?

Il hocha affirmativement la tête.

Brielle laissa échapper un long soupir, comme s'il exigeait d'elle une patience infinie.

— Très bien, dit-elle. Si ton ego a besoin de le croire, tu n'as qu'à te persuader que depuis notre rupture je n'ai pensé qu'à ça.

Ce n'était pas son ego qui l'espérait, mais une certaine partie de son anatomie qui n'avait pas voix au chapitre pour l'instant.

— Ce qu'il s'est passé entre nous appartient au passé, Brielle. Nous étions jeunes et nous avions beaucoup à apprendre sur la vie. J'avais besoin de savoir qui j'étais et ce que j'attendais de l'amour. Tu ne crois pas que tu nous dois à tous les deux d'oublier la colère que tu éprouves contre moi parce que je t'ai quittée ?

— Très bien... Tu as raison. Oublions le passé et tenons-nous-en à des relations purement professionnelles.

Si la discussion n'avait pas été aussi sérieuse, il aurait pu éclater de rire.

— Nous ne serons jamais de simples collègues. Le baiser que nous venons d'échanger en est la preuve.

— C'était une erreur.

— Pourquoi ? A cause de cet homme qui est dans ta vie ?

A l'idée qu'un autre pouvait la toucher, l'embrasser ou en être aimé, il serra fortement le volant.

— Quoi qu'il y ait entre vous, poursuivit-il, ça ne doit pas être si sérieux, parce que personne ne connaît son existence à l'hôpital. J'ai demandé à ton amie Cindy si tu avais un copain, et elle m'a répondu que non. Tout comme Samantha, à qui j'ai posé la même question...

Il se tut un instant en repensant à sa conversation animée avec la petite amie de Vann.

— Evidemment, elle m'a aussi dit d'aller au diable, avoua-t-il.

Brielle ouvrit et referma plusieurs fois la bouche avant de s'exclamer :

— Enfin, c'est complètement absurde ! Pourquoi es-tu ici, pour commencer ? Pourquoi fais-tu ça, après tout ce temps ? Dis-le-moi, et finissons-en !

Il percevait sa tension, sans la comprendre. D'accord, il avait rompu avec elle, mais il ne l'avait jamais trompée pendant la durée de leur relation. En partant, il avait même réglé trois mois de loyer, pour lui donner le temps de trouver un ou une colocataire avec qui partager les dépenses.

— Je t'ai dit que je te voulais dans ma vie. Tu m'as manqué.

Elle secoua la tête comme si elle n'en croyait pas ses oreilles.

— Il y a très longtemps, j'aurais donné n'importe quoi, pour que tu me dises ça. Tu n'as certainement pas cru que j'avais passé les cinq dernières années à attendre que tu grandisses ?

— Je ne suis pas parti parce que je manquais de maturité.

Comment lui faire comprendre qu'en partant il n'avait pas été puéril ou immature ? Il avait seulement saisi au vol la chance immense qui lui était offerte d'accroître le champ de ses connaissances. Le climat était tendu entre eux depuis qu'elle avait éprouvé le besoin subit de se marier. A ce point de sa carrière et de sa vie, il n'était pas prêt pour cela.

— Je sais que tu as poursuivi ta vie, tout comme moi, argua-t-il. Cela n'implique pas que tout soit fini entre nous, parce que ce n'est pas le cas.

Ce baiser avait réveillé en lui toutes sortes de sentiments anciens, mais aussi des émotions nouvelles et très fortes. Il commençait à croire que le lien entre eux ne serait jamais brisé.

— Et inutile de mettre sur le tapis ce type que tu fréquentes. Tu ne l'aimes pas ! assena-t-il.

Brielle se tortilla sur son siège pour mieux le voir.

— Comment le sais-tu ?

S'arrêtant à un feu rouge, il se tourna vers elle, la défiant de contredire ce qu'il s'apprêtait à affirmer.

— Parce que si tu étais amoureuse tu ne m'aurais pas embrassé... Et certainement pas avec une telle ardeur.

— Tu te trompes. Je l'aime plus que je n'ai jamais aimé aucun homme. Il est tout mon univers.

Elle ne l'avait pas quitté des yeux en disant cela. Sa sincérité ne faisait pas de doute.

Il déglutit, incapable de nommer la douleur qui lui écrasait la poitrine.

Il ne pouvait pourtant pas avoir imaginé le courant puissant qui était passé entre eux dès que leurs corps s'étaient touchés. Ce n'était pas seulement physique, il le sentait.

— C'est impossible ! s'écria-t-il. Tu le crois peut-être, mais ce n'est pas vrai. Tu n'as pas changé à ce point ! D'ailleurs, tu n'es pas le genre de femme à embrasser un autre homme que celui que tu aimes.

Eprouvant le besoin urgent de sentir de nouveau les lèvres de Brielle sous les siennes pour mesurer exactement ce qu'elle éprouvait à son contact, il se pencha vers elle.

Mais elle leva la main et secoua la tête.

— Ne fais pas ça.

— Tu as peur ?

Elle émit un rire dénué d'humour.

— De toi ? Tu ne me blesseras plus jamais, Ross. Parce que je ne te laisserai pas faire.

Pensait-elle que c'était ce qu'il voulait, la blesser ?

— Je ne suis pas là pour te faire du mal.

— Je doute que tu l'aies voulu la dernière fois aussi…

Cette pique le toucha droit au cœur. Il se redressa et passa rageusement ses vitesses.

— C'est pourtant ce que j'ai fait, c'est ça ?

C'était plus une constatation qu'une question. Il savait qu'il avait été un imbécile de quitter cette femme qui l'aimait de tout son cœur et qui l'avait rendu plus heureux qu'aucune autre.

Le visage de Brielle restait impassible, mais sa lèvre inférieure tremblait légèrement.

— A ton avis ? dit-elle d'une voix émue. Je t'aimais, Ross, et je croyais que tu éprouvais la même chose, que nous passerions le reste de nos vies ensemble. Bien sûr que j'ai souffert quand tu es parti.

Cet aveu sincère broya le cœur de Ross, et il se détesta d'avoir causé la douleur qui s'exprimait dans sa voix.

Elle l'avait aimé.

Bien sûr, elle le lui avait dit autrefois, mais il n'avait pas entendu ces mots de ses lèvres depuis cinq ans.

Elle avait cru qu'ils vivraient toujours ensemble ? Elle était prête pour cela, à l'époque ? Alors qu'ils étaient en pleine crise, elle s'était imaginé que le mariage réglerait tout ?

— C'est pour ça que tu t'es mise à acheter fébrilement des magazines de mariage et à en parler tout le temps ?

Les beaux yeux bruns le fixèrent avec stupeur.

— Et c'est pour ça que tu es parti ? Parce que tu ne m'aimais pas assez pour t'engager ?

— Etant donné nos relations à l'époque, nous n'étions ni l'un ni l'autre prêts à nous marier.

— Pas une seule fois, pendant les deux ans que nous avons vécus ensemble, tu ne m'as dit que tu m'aimais.

Là, elle marquait un point. Il ne l'avait dit à aucune femme, pas même à elle.

— Ce ne sont que des mots, Brielle. Ce n'est pas en étiquetant des émotions qu'on les rend vraies.

Mais ne venait-il pas d'avoir la gorge serrée, lorsqu'elle les avait prononcés ?

— Exact, murmura Brielle.

Très pâle, elle se tourna vers le pare-brise et regarda droit devant elle. Lorsqu'elle reprit la parole, ce fut d'une voix défaite.

— Je suis fatiguée, conduis-moi jusqu'à ma voiture.

Il roula jusqu'au restaurant sans dire un mot. Parvenu au parking, il se gara sur une place libre près de la voiture que Brielle lui montra.

Bizarrement, il ignorait quel genre de véhicule elle conduisait. Quand avait-elle échangé sa petite décapotable contre cette grosse familiale confortable ?

Il coupa le contact et se tourna vers elle, sachant qu'ils ne pouvaient en rester là.

— Sache quand même que j'ai tenu à toi plus qu'à aucune autre femme, Brielle.

Elle ferma de nouveau les yeux, comme si elle faisait appel à toute sa patience ou masquait ses émotions. Lorsqu'elle les rouvrit, ce fut pour prendre ses clés dans son sac.

— C'est sympa, mais ce n'est pas suffisant. Ni à l'époque ni maintenant. Je te souhaite d'être heureux, Ross.

4

Bien qu'épuisée, sur le plan tant physique qu'émotionnel, Brielle sourit au spectacle qui s'offrit à elle lorsqu'elle entra dans la salle de séjour.

Au milieu des cubes de construction colorés, les deux hommes de sa vie unissaient leurs efforts.

Justice surmonta d'un mât portant un petit drapeau ce qui ressemblait à un pont relié par deux tours. Puis il s'écarta pour mieux admirer son œuvre.

— Qu'est-ce que tu en penses, oncle Vann ?

Souriant, Vann fit le signe de la victoire.

— C'est la touche finale, mon grand ! J'aurais voulu y penser moi-même.

D'ordinaire extrêmement sérieux, ce cardiologue d'un mètre quatre-vingts se muait en grand enfant lorsqu'il était avec son neveu.

Brielle adorait son frère, qu'elle considérait comme le meilleur homme que la terre ait jamais porté. Elle ne comprenait d'ailleurs pas pourquoi sa petite amie de toujours refusait de l'épouser. Elle espérait seulement que Samantha changerait bientôt d'avis. Vann méritait d'être heureux…

En même temps, elle ne croyait plus depuis longtemps aux contes de fées.

— Je vois que vous avez été très occupés, tous les deux, dit-elle doucement.

Ils levèrent tous deux les yeux vers elle. Le visage de Justice s'éclaira, et il sauta sur ses pieds pour venir lui entourer les jambes de ses petits bras.

— Maman !

Le cœur gonflé de joie et les yeux humides de larmes, elle se mit à rire et s'imprégna de l'amour que lui manifestait son fils.

Un jour, il cesserait de lui témoigner son affection de façon aussi expansive, mais pour l'instant elle occupait le centre de son univers et chérissait chaque instant de sa courte vie.

Tombant à genoux, elle prit le petit garçon dans ses bras et déposa un baiser sur ses cheveux blonds.

— Tu m'as manqué, aujourd'hui.

Elle adorait son travail, mais ce n'était pas comparable avec le temps qu'elle passait avec Justice. L'enfant ressemblait énormément à son père, dont il avait les yeux, la bouche, le sourire, et la même capacité à lui réduire le cœur en mille morceaux.

— Regarde ce qu'on a fait, oncle Vann et moi ! Un royaume tout entier.

Aussi vite qu'il s'était focalisé sur elle à son arrivée, Justice reportait maintenant son attention sur la construction. La prenant par la main, il la tira jusqu'à Vann, qui était assis par terre.

— Voici mon château. Et, celui-là, c'est celui d'oncle Vann. Le mien est plus solide pasqu'il est entouré par un bouclier magique invisible.

— Vraiment ? Je ne savais pas que les cubes de construction étaient aussi bien équipés, plaisanta-t-elle en examinant l'œuvre.

Vann lui adressa un clin d'œil.

— Il est clair que tu n'achètes pas les tiens dans le bon magasin, expliqua-t-il.

Elle baissa les yeux vers le carton qui avait contenu le nouveau jouet, plus reconnaissante envers son frère que les mots n'auraient su l'exprimer.

Depuis la naissance de Justice, Vann avait été fantastique. Sans lui, elle n'aurait pas survécu pendant les premiers mois, quand elle regardait son fils lutter jour après jour pour vivre. Son frère lui avait apporté son amour et un soutien sans faille.

— C'est clair, dit-elle en souriant. Il faudra que tu me mettes dans le secret, que je puisse identifier les bonnes boîtes.

Vann échangea avec Justice un regard complice.

— Tu penses qu'on devrait lui apprendre les méthodes anciennes qui permettent de reconnaître les pouvoirs spéciaux ?

Justice réfléchit un instant avant d'acquiescer.

— C'est ma maman, tu sais.

— Sans doute, mais c'est aussi une fille. Parfois, nous autres les garçons, on doit se serrer les coudes et veiller les uns sur les autres, quand il s'agit de femmes.

— Les mamans ne sont pas vraiment des filles, oncle Vann. Mantha non plus... Elle est gentille.

— Gentille, c'est le mot ! répéta Vann.

Brielle releva avec regret son ton sarcastique.

Samantha et lui se disputaient de nouveau. Après s'être fréquentés pendant quinze ans, on aurait pu espérer qu'ils avaient résolu tous leurs petits différends, mais certains couples n'y parvenaient peut-être jamais.

Elle s'assit en tailleur sur le sol et attira son fils sur ses genoux.

Le petit garçon se tortilla et gloussa, mais elle le serra contre elle, respirant avec délice l'odeur de son shampoing, le cœur gonflé de bonheur,

La vie était belle. Elle n'avait pas besoin d'autre chose, et certainement pas d'une liaison avec Ross Lane, quelle que soit la raison qui avait conduit celui-ci à Bean's Creek. Il ne pouvait rien lui offrir de plus que ce qu'il lui avait déjà donné sans le savoir.

Sauf que le remords lui broya le cœur à l'improviste.

Elle ne pouvait imaginer ne pas connaître son fils, ne pas faire partie de son quotidien, ne pas être témoin des miracles auxquels elle assistait jour après jour rien qu'en le regardant grandir. A la simple idée qu'elle aurait pu rater tout cela, elle en avait mal au ventre.

Du coup, une question se posait sur les décisions qu'elle avait prises bien longtemps auparavant : n'avait-elle pas quelque part voulu priver Ross de son fils ?

Comprenant qu'il n'était pas pressé de se marier, elle avait voulu à plusieurs reprises lui dire qu'elle était enceinte. Mais, bêtement, elle avait espéré qu'il lui demanderait de l'épouser sans qu'elle ait à lui dire que la contraception avait échoué : s'il le faisait, ce serait parce qu'elle était la femme de sa vie, non parce qu'elle était enceinte.

Au lieu de cela, il avait témoigné d'un manque total d'enthousiasme.

Pourtant, elle était sur le point de lui annoncer qu'ils allaient être parents... Elle le lui aurait dit s'il ne lui avait pas déclaré qu'il la quittait, et ensuite si elle ne l'avait pas vu à Boston en compagnie d'une autre.

Fermant les yeux, elle se rappela qu'elle avait juste exaucé le souhait de Ross : elle ne s'était pas opposée à la réalisation de ses rêves, elle l'avait laissé mener la vie qu'il voulait... Sans elle.

Lorsqu'elle rouvrit les yeux, elle croisa le regard de son frère.

Il y avait quelque chose de bizarre dans son expression, mais c'était difficile de deviner ce qu'il se passait dans cet esprit brillant.

Ils n'avaient pas eu l'occasion de parler de Ross. La veille, Vann lui avait envoyé un SMS disant qu'il passerait prendre Justice à la sortie de l'école et qu'il la verrait à son retour de l'hôpital.

— Merci d'être resté aussi tard, lui dit-elle. Désolée de t'avoir prévenu à la dernière minute que j'étais retenue.

— Pas de problème. On t'a laissé de la pizza dans la cuisine, dit son frère en la fixant avec insistance.

Sautant sur ses pieds, Justice la prit par la main.

— De la pizza ! Oncle Vann m'a laissé choisir celle que je voulais. Sans olives noires.

Sa moue dégoûtée la fit sourire.

Malgré son rendez-vous au restaurant avec Ross, elle n'avait rien avalé depuis le matin, finalement. Elle n'avait pas faim, mais elle savait qu'elle devait se nourrir.

Elle déposa une part sur une assiette et la mangea dans la salle de séjour pendant que Vann et Justice détruisaient mutuellement leurs châteaux au moyen de bulldozers miniatures. Ils s'amusèrent jusqu'à ce qu'il soit l'heure de se coucher pour le petit garçon.

Elle donna son bain à son fils, le mit au lit, lui lut une histoire et l'embrassa mille fois. Il s'endormit en quelques minutes et, après avoir déposé un dernier baiser sur son front, elle rejoignit son frère.

Il avait rangé les jouets et regardait la télévision.

— Il n'y a rien d'intéressant, constata-t-il en posant la télécommande sur le bras du fauteuil. Il dort ?

— Merci d'avoir remis le jeu dans sa boîte, dit-elle en s'asseyant sur le canapé. Mais tu n'es pas tiré d'affaire pour autant.

— J'ignorais que j'étais sur la sellette.

— Tu n'as pas répondu à mes appels, dans la semaine.

— Tu m'avais dit qu'il n'y avait pas urgence, répliqua-t-il en haussant les épaules, et je savais que je te verrais ce soir. Dis-moi plutôt pourquoi tu es rentrée plus tard que d'habitude.

— Tu sais très bien pourquoi, non ? Tu savais qu'il allait revenir.

Elle n'était pas parvenue à prononcer le prénom de Ross à voix haute.

Renonçant à jouer l'ignorance, Vann soupira.

— Samantha me l'a dit dès qu'elle a appris qu'il remplaçait le Dr Jenkins. Je ne peux pas dire que cela m'ait surpris.

Brielle sentit son cœur battre plus fort.

— Pour quelle raison ? Vous étiez restés en contact ?

Le visage de Vann se rembrunit, et elle éprouva un pincement de culpabilité à l'idée que sa rupture avec Ross avait énormément affecté le lien entre les deux hommes.

— Je l'ai croisé il y a quelques semaines, avoua son frère avec un haussement d'épaules.

— Quoi ?

— Au congrès médical auquel j'ai participé, à Philadelphie. Il faisait lui aussi partie des intervenants, et nous nous sommes aperçus deux fois.

— C'était il y a deux mois ! Sachant ce que tu sais, il ne t'est pas venu à l'idée de m'en parler ?

Elle reconnaissait à peine sa voix, montée dans les aigus. Son sentiment de culpabilité s'était mué en panique. Son cœur battait à tout rompre.

Vann avait-il mentionné l'existence de Justice ? Ross savait-il depuis ce moment qu'il avait un fils ? Est-ce qu'il attendait seulement l'occasion de lui en parler ?

— Pourquoi l'aurais-je fait ? s'étonna Vann. Tu en as fini avec lui, non ?

— Oui, mais… Tu sais très bien pour quelle raison tu aurais pu me dire que tu l'avais vu.

— Justice ?

Elle ne répondit pas. Vann ne lui avait jamais demandé si Justice était le fils de Ross. C'était inutile.

— Explique-moi pourquoi son arrivée ne te surprend pas.

— C'est tout simple : il m'a demandé une douzaine de fois de tes nouvelles, à Philadelphie.

— A quel propos ?

— Il voulait savoir si tu étais mariée, si tu étais avec quelqu'un, si tu parlais de lui, où tu travaillais… Ce genre de choses. On aurait dit qu'il ne se rassasiait pas d'avoir des infos sur toi.

— Qu'est-ce que tu lui as dit ? demanda-t-elle, prise de panique.

— Je ne lui ai pas parlé de Justice, si c'est ce qui t'inquiète.

Non, parce que c'était à elle de le faire, si elle voulait soulager sa conscience.

— Tu dois le mettre au courant.

Les paroles de son frère l'arrachèrent à ses propres réflexions.

— Pourquoi dis-tu ça ?

Vann se contenta de poser sur elle un regard qui la transperça, le même qu'il utilisait quand il attendait qu'elle fasse ce qu'il considérait comme « juste. »

— Vann ! Ce n'est pas comme de rapporter un tube de rouge à lèvres au rayon parfumerie.

Il ne répondit pas.

C'était d'ailleurs inutile. Il ne l'avait pas fait non plus quand elle avait eu de mauvaises fréquentations en troisième et qu'elle avait commis ce chapardage stupide. Bien entendu, il avait raison, et elle avait rapporté l'article de maquillage qu'elle avait volé. L'expérience avait été terriblement humiliante, mais c'était ce qu'il fallait faire.

Cette fois, cependant, ils parlaient de la vie de son fils.

— J'ai essayé de le lui dire, protesta-t-elle, se détestant d'adopter un ton pleurnichard. Si j'ai bien compris, il ne voulait plus rien avoir à faire avec moi. Il ne m'a pas écoutée.

— Peut-être qu'il n'était pas prêt à l'entendre.

Elle fixa son frère avec étonnement.

— Tu le défends ? Pourquoi ?

Vann passa la main dans ses cheveux noirs qui commençaient à grisonner aux tempes.

— Je fais seulement l'hypothèse qu'il est peut-être prêt aujourd'hui à entendre ce que tu as à dire. C'est peut-être pour ça qu'il est ici.

Elle sentit sa poitrine se gonfler de frustration, de colère et de chagrin mêlés.

— Et moi ? Est-ce que j'étais préparée à ce que cette grossesse me tombe dessus, puis à rester assise aux soins intensifs jour après jour, priant pour que mon bébé prématuré vive ? Pendant ce temps-là, monsieur poursuivait sa carrière et draguait d'autres femmes.

— Il ignorait l'existence de Justice, Brielle. S'il l'avait su, il t'aurait épousée.

— Bien sûr ! C'est le rêve de toutes les filles ! Savoir que l'homme que l'on aime ne reste que parce qu'il s'est fait piéger. Toi, au moins, tu devrais le comprendre, puisque nous avons la même mère.

— Ne te compare pas à maman ! gronda Vann. Tu as dit « l'homme que l'on aime »... C'est toujours d'actualité ?

Elle leva les yeux au ciel.

— Je parlais du passé. Jusqu'à cette semaine, je n'avais pas revu Ross Lane depuis cinq ans.

— Et en quelques jours il a bouleversé ta vie.

— Bien sûr que oui ! Je serais inconsciente si je n'étais pas dans tous mes états. Imagine qu'il essaie de m'enlever Justice.

Le visage de Vann s'assombrit.

— Il ne ferait pas ça.

Elle fixa un instant son frère.

— Tu peux me le garantir ? Parce que je ne veux pas que cet homme me prenne mon fils.

— « Cet homme » est son père.

— Oui, mais...

Elle détestait cela, que Vann soit logique et raisonnable, que sa voix reste calme alors que ses paroles lui assenaient des coups terribles, quand il avait raison.

Se laissant aller contre les coussins, elle ferma les yeux et affronta l'inévitable.

Elle devait parler à Ross de leur fils.

Comme si le diable avait entendu ses pensées et tourné en dérision la décision qu'elle venait de prendre, la sonnerie de la porte d'entrée retentit.

Lorsqu'elle ouvrit, Ross se tenait sur le seuil, le visage défait.

5

Ross, bouleversé, fixa Brielle, tâchant de se rappeler les arguments qu'il s'était donnés.

Il s'était persuadé qu'il avait le droit de la suivre jusque chez elle, il avait longuement hésité en voyant la voiture de prix garée dans l'allée, et maintenant il se tenait sur le pas de sa porte.

— On peut parler ?

Elle jeta un coup d'œil par-dessus son épaule avant d'acquiescer.

— Je... Oui, mais ce n'est pas le bon moment.

Il se tourna vers la voiture.

— Tu es avec un homme ?

A l'idée qu'il s'agissait de celui qu'elle prétendait aimer, il sentit son estomac se nouer et des gouttelettes de sueur se former à la racine de ses cheveux.

— Oui, fit une voix masculine. De quoi s'agit-il ?

— Vann !

En lui, les émotions se succédèrent. Il éprouva d'abord du soulagement à la pensée que Brielle ne s'était pas précipitée dans les bras d'un autre en sortant des siens. Puis ce sentiment se mua presque aussitôt en regret : le frère de Brielle avait partagé sa chambre à l'université, il avait été son meilleur ami. Pourquoi n'avait-il pas cherché à arranger les choses après sa rupture avec sa sœur ? Pourquoi avait-il accepté de mettre un terme à leur amitié ? En quittant la Caroline du Nord, il avait laissé derrière lui les deux personnes qui lui étaient les plus chères. Pas étonnant qu'il se soit senti aussi seul en arrivant à Boston !

— Content de te voir, fit-il avec une sincérité brutale.

Vann le fixa un moment avant de se tourner vers sa sœur.

— Je dois retrouver Samantha, dit-il en se penchant pour l'embrasser sur la joue.

Puis il passa près de lui en lui adressant un signe de tête pour gagner la porte.

— Ne pars pas ! supplia Brielle.

Vann se retourna pour la fixer dans les yeux.

— Je crois que vous avez beaucoup de choses à vous dire... Mais si tu as besoin de moi tu n'as qu'à m'appeler, ajouta-t-il en jetant un regard dur à Ross.

Ross comprit l'allusion : s'il faisait encore du mal à sa sœur, il ne s'en tirerait pas seulement avec un nez cassé.

— Tu n'es pas obligé de partir, Vann, insista Brielle.

— Tu sais bien que si, petite sœur. Tout va bien se passer, tu verras. Si tu veux me joindre, je serai chez Samantha pendant tout le week-end... A moins que nous ne nous disputions encore.

Ross regarda son ancien pote, surpris.

Samantha et lui avaient des problèmes ? Au bout de si longtemps, ils auraient dû les avoir résolus. A moins que quelque chose ait changé durant ces cinq dernières années.

Brielle et lui restèrent sur le pas de la porte jusqu'à ce que la voiture de Vann disparaisse en bas de la rue.

On entendait le son des grillons, et une odeur de barbecue flottait dans l'air.

Il toussota.

— On pourrait peut-être entrer ? suggéra-t-il.

Cette perspective ne sembla pas enthousiasmer Brielle.

— Si ça t'ennuie, ajouta-t-il, asseyons-nous sur la galerie et discutons un instant dehors.

Les yeux de Brielle se posèrent sur sa balancelle à deux places, et son visage mobile exprima une succession d'émotions qu'il devina aisément.

Ils auraient du mal à ne pas se toucher...

— Non, dit-elle, entre. Il ne faudra pas faire de bruit, à cause de Justice.

— Justice ? Qui est-ce ?

Très pâle, Brielle s'appuya au montant de la porte.

— Je vais te l'expliquer, dit-elle.

Mais elle se contenta de le fixer avec une sorte de crainte mêlée d'horreur.

— Qui est Justice ? demanda-t-il, devinant d'avance qu'il n'allait pas apprécier la réponse. L'homme dont tu m'as parlé ? Il dort chez toi ?

— Ce n'est pas ça.

— Dis-moi qui c'est, alors.

— Justice est mon fils.

Le choc se répercuta en Ross avec la violence d'un tremblement de terre. Une main invisible se referma sur son cœur, lui causant une douleur insupportable.

— Tu as un enfant ? Pourquoi Vann ne m'en a-t-il pas parlé ? Pourquoi ne me l'as-tu pas dit ?

Il savait qu'il s'exprimait sur un ton accusateur, mais peu lui importait. Comment avait-elle pu lui faire ça ? Il ressentait la nouvelle comme une trahison. Avait-il fait preuve d'une arrogance incroyable en s'imaginant qu'elle l'avait attendu pendant cinq ans ?

Passant ses doigts dans ses cheveux, il prit une profonde inspiration.

— Tu as vraiment un fils ?

Elle hocha la tête sans répondre.

— Son père est toujours dans les parages ? C'est de lui que tu es amoureuse ?

— Son pè... Non. Je l'aimais, mais il ne fait plus partie de ma vie ou de celle de Justice depuis longtemps.

De nouveau, il ressentit cette souffrance bizarre dans la poitrine.

Justice, le fils de Brielle.

Il ne parvenait pas à intégrer l'idée que Brielle était mère. Il essaya de l'imaginer enceinte et le ventre arrondi, mais il en fut incapable. Ses courbes étaient peut-être plus voluptueuses qu'autrefois, mais elle était plus ravissante encore que dans ses souvenirs.

— Justice, répéta-t-il lentement.

Il se sentit submergé par la jalousie à l'idée qu'elle ait donné naissance à l'enfant d'un autre homme. Mais cet imbécile l'avait quittée... Ça n'empêchait pas qu'elle l'avait aimé au point d'avoir un fils qui dépendait totalement d'elle aujourd'hui.

Egoïstement, il l'aurait voulue entièrement pour lui, parce qu'il leur fallait du temps pour ranimer leurs sentiments mutuels. Malheureusement, elle avait vraiment poursuivi son chemin. Et entamé une autre vie qu'il avait été loin d'imaginer.

— Je ne sais quoi dire, murmura-t-il. Je ne m'y attendais pas.

Elle ferma un instant les yeux. Lorsqu'elle les rouvrit, ce fut pour le fixer avec détermination.

— Entrons.

Enfonçant ses mains tremblantes dans ses poches, il la suivit dans la maison.

Contrairement à l'appartement fonctionnel qu'ils avaient partagé autrefois, l'intérieur de Brielle était chaleureux, accueillant. Sur les murs de l'entrée, il remarqua les photos d'un petit garçon qui ressemblait beaucoup à sa mère, mais avec des cheveux clairs et de grands yeux. Sur l'une d'entre elles, il était assis sur les genoux de Brielle, et ils se souriaient.

— Quel âge a-t-il, sur celle-ci ?

— Deux ans.

— Et maintenant ?

Elle prit une profonde inspiration.

— Pourquoi es-tu venu, Ross ? J'ai eu une longue journée.

— Je voulais...

De nouveau, il contempla la photographie, où le visage de Brielle exprimait un amour inconditionnel et une joie sans mélange.

— Tu es une bonne mère, n'est-ce pas ?

Elle ouvrit et referma la bouche.

— J'adore mon fils, dit-elle finalement. Il est tout ce que j'ai au monde. Je m'efforce de faire ce qui est bon pour lui. Mais je suis humaine, je commets des erreurs.

— Il a de la chance.

— J'espère que tu le penseras encore, quand...

D'instinct, Ross sut que ce qu'elle s'apprêtait à dire était monumental.

— Oui ?

— Nous devrions d'abord nous asseoir.

Bizarre. Autrefois, elle n'était pas du genre à éviter les conflits. Elle n'hésitait jamais à affirmer son point de vue. Mais à l'époque ils se disputaient rarement… Du moins jusqu'aux dernières semaines de leur liaison.

— Qu'est-ce qui avait changé, avant notre rupture ? demanda-t-il.

— Qu'est-ce que tu veux dire ?

— Tu étais différente. Pourquoi ?

— Tu as raison. J'avais changé, et c'est l'une des questions que nous devons aborder.

— Quelles questions ?

— D'abord, dis-moi pourquoi tu es ici.

Ce fut au tour de Ross d'inspirer profondément, malgré la réticence de ses poumons.

Il devait mettre son orgueil de côté, se montrer sincère.

— Parce que je ne pensais qu'à toi, avoua-t-il. Je voulais m'assurer que tu rentrais saine et sauve chez toi, alors je t'ai suivie. Je suis passé et repassé devant ta maison. Je ne cessais de me remémorer cette soirée, pour en arriver toujours à la constatation que tu m'avais manqué.

— Tu me l'as déjà dit, lui rappela-t-elle. A quoi bon sonner à ma porte pour me le répéter ?

— Parce que j'ai senti que rien n'allait comme je voulais entre nous, quand je t'ai déposée au parking. Comme si, au lieu d'arranger les choses, nous n'avions fait que les empirer.

Brielle serra les poings.

— Et tu es là pour les arranger ?

— Je suis là parce que je ne pouvais pas faire autrement. Je te veux, Brielle. Le fait que tu aies un enfant n'y change rien… Pas vraiment. A ce moment précis, j'ai juste envie de te prendre dans mes bras et de t'embrasser jusqu'à ce que tu oublies tous les hommes que tu as pu fréquenter en dehors de moi. Jusqu'à ce que mon prénom soit le seul que tu aies sur les lèvres.

Brielle ferma les yeux, cherchant les mots les plus appropriés. Elle n'était pas prête pour cette conversation. Pas ce soir.

Bien entendu, elle l'avait imaginée des centaines de fois, mais jamais de cette façon.

Dès qu'elle aurait dit la vérité à Ross à propos de Justice, sa vie allait changer à jamais. Leur relation en serait totalement bouleversée.

Elle ne pensait pas qu'il voudrait l'épouser, en tout cas. D'ailleurs, elle n'accepterait jamais de se marier à cause d'un enfant. Elle avait tiré leçon des erreurs de sa mère : deux fois celle-ci avait eu un enfant hors mariage, et les deux fois le père lui avait passé la bague au doigt « pour le bien de l'enfant ». Les deux unions avaient été des échecs parce qu'elles n'étaient pas fondées sur l'amour.

Sa mère, une femme triste, amère et solitaire, était morte quand elle était en terminale.

— Je te sens bouleversée, reprit Ross. Est-ce parce que tu me veux, toi aussi ? Dis-moi que tu me désires autant que je te désire.

Venant de Ross, cet aveu était étonnant. Mais en ce qui la concernait l'attirance physique ne suffisait pas, sinon elle l'aurait déjà entraîné dans sa chambre.

Elle entra dans la salle de séjour et s'assit sur le canapé.

— Faire l'amour avec toi ne serait pas une bonne idée pour des milliards de raisons, soupira-t-elle, et je veux te parler d'autre chose.

Il s'installa près d'elle et la fixa pendant quelques secondes qui lui parurent une éternité.

— Je pourrais te donner autant de raisons pour te prouver le contraire, mais nous allons nous conformer à tes vœux. Quel sera donc le sujet de notre discussion ?

— Justice.

Elle vit Ross serrer les dents.

— Qu'as-tu à me dire à son propos ?

— Comme je te l'ai déjà expliqué, il est tout ce que j'ai au monde. Je ferais n'importe quoi, pour le protéger.

— Cela me semble évident, Brielle. Je ne doute pas que tu sois une mère sensationnelle. Tu ne crains tout de même pas que je veuille interférer dans ta relation avec ton fils ?

Malgré sa tension, le compliment la flatta.

— Je ne le crois pas, en effet… Du moins, je l'espère.

Mais en réalité la présence de Ross allait forcément bouleverser sa vie et celle de son fils.

— La vérité, c'est que Justice est…

— Maman ?

Ross et elle se tournèrent vers le petit garçon qui venait d'entrer dans la pièce, pieds nus et vêtu de son beau pyjama de superhéros, une peluche élimée dans les bras.

Elle ignorait pourquoi Justice aimait tant sa grenouille, mais Ribbets était son doudou de prédilection.

— Je voudrais un verre d'eau, dit l'enfant en frottant ses yeux ensommeillés. Qui c'est, le monsieur ?

« Ton papa. Le seul homme que j'aie jamais aimé. L'homme à qui j'essaie d'avouer un secret vieux de cinq ans. »

— C'est le Dr Ross Lane. Il travaille comme moi à l'hôpital, et c'est…

Elle chercha le mot le plus approprié.

— Un ami d'oncle Vann. Ils ont fait leurs études ensemble.

— Oncle Vann est génial, dit Justice avec conviction.

Peu habitué à trouver un étranger dans la maison, il observa Ross avec attention, le front plissé par une curiosité teintée de perplexité.

Ross parut soudain retrouver sa langue.

— C'est vrai, dit-il.

Instinctivement, elle prit son fils dans ses bras. Le cœur gonflé de tendresse, elle enfouit le nez dans ses cheveux blonds.

Il grandissait si vite qu'il ne supporterait pas longtemps ces marques d'affection, mais en attendant elle en profitait.

— Allons, Bruce, dit-elle en lui déposant un baiser sur le crâne, je vais te donner ton verre d'eau, et tu retourneras au lit.

— Bruce ? répéta Ross avec étonnement.

— Tu n'as pas entendu parler de Bruce Wayne, plus communément connu sous le nom de Batman ?

Ross se mit à rire.

— Oh ! oui ! Bien sûr ! Bruce…

Apparemment, Justice trouva la réplique amusante, car il s'esclaffa à son tour.

Elle serra le petit corps remuant contre son cœur avant de le poser par terre.

— Allez ! On fait ce qu'on a dit, et au lit.

Sachant exactement comment enrouler sa mère autour de son précieux petit doigt, Justice posa les paumes sur ses deux joues et l'embrassa.

Normalement, elle aurait cédé et aurait profité de l'instant, mais pas ce soir.

— C'était un superbisou, admit-elle, mais tu dois quand même te recoucher.

Les sourcils froncés, Justice secoua la tête, faisant voler ses fins cheveux blonds.

— Quand un ami d'oncle Vann est là, je devrais rester avec lui. C'est ce qu'il voudrait.

Elle ne put s'empêcher d'admirer la vivacité de ce petit esprit. Réprimant l'émotion qui lui serrait le cœur, elle voulut savoir à quoi il pensait.

— Qu'est-ce que tu devrais faire, avec un ami d'oncle Vann ?

— Je lui apprendrais à construire un château, comme oncle Vann et moi. Ça te plairait ? ajouta-t-il à l'intention de Ross.

Comme tout le monde, ce dernier paraissait charmé par les grands yeux bleus qui le fixaient avec gravité.

— Je suis un expert en châteaux... Le meilleur du pays.

— Non ! C'est oncle Vann, le meilleur.

— Tu es tout à fait impartial, n'est-ce pas, champion ?

Sachant que son fils n'avait pas compris, elle expliqua :

— Le Dr Lane veut dire que tu aimes beaucoup oncle Vann. Et quand on aime quelqu'un on pense qu'il est mieux que les autres.

Justice saisit l'occasion au vol.

— Comme moi je pense que tu es la meilleure maman du monde ?

Elle ne put s'empêcher d'embrasser le petit crâne duveteux.

— Exactement. Maintenant, tu vas aller boire et te coucher.

Ross les suivit tous les deux dans la cuisine. Il la regarda servir un verre d'eau à son fils, qui avala une gorgée avant de le lui rendre avec un grand sourire.

— Merci, dit-il en tendant les mains vers elle pour qu'elle le soulève.

Dès que ce fut fait, il noua ses bras autour de son cou et ses jambes autour de sa taille.

— Je t'aime.

— Moi aussi, je t'aime, Bruce.

Le petit garçon gloussa de plaisir en entendant son surnom, puis il enfouit le visage dans le cou et bâilla.

Incapable de regarder Ross, elle passa près de lui et porta son fils jusqu'à sa chambre. Elle le coucha et lui raconta une histoire en lui grattant doucement le dos jusqu'à ce qu'il s'endorme. Ensuite, elle le contempla un long moment à la lueur de la veilleuse.

Les battements de son cœur étaient si sonores qu'elle s'étonna qu'ils ne réveillent pas son précieux enfant.

L'existence tranquille qu'elle leur avait ménagée allait être bouleversée à jamais. Ce soir, elle allait dire au père de Justice qu'il avait un fils.

Sur le seuil de la pièce, Ross regardait Brielle accomplir les rituels du coucher.

D'une voix douce, elle conseilla à Justice de dire au revoir à la lune, mais ce ton apaisant ne réussit pas à calmer l'agitation qui s'était emparée de lui.

Il ignorait ce qui le mettait dans cet état.

Puis soudain, tandis que la main de Brielle caressait doucement le dos de l'enfant, il comprit la cause de son malaise.

— Il est de moi.

Brielle leva vivement la tête et le fixa dans la pénombre.

Bien que la vérité soit inscrite sur son visage coupable, il avait besoin de l'entendre de sa bouche.

— C'est mon fils, n'est-ce pas ?

Elle resta comme pétrifiée puis se leva lentement, prenant garde à ne pas réveiller Justice.

— Je... Il faut que l'on discute.

Brielle *ne niait pas*. Elle ne le traitait pas de fou, ne prétendait pas qu'il avait perdu la raison. Elle ne disait pas qu'elle avait rencontré un autre homme et eu un enfant de lui.

Elle était enceinte lorsqu'il était parti pour Boston. Elle avait donné naissance à leur fils sans même prendre la peine de l'en avertir.

Comme elle passait près de lui, en sortant de la chambre, il réprima l'envie de la prendre par les épaules et de la secouer.

Comment avait-elle pu faire quelque chose d'aussi cruel ? Est-ce qu'elle le détestait à ce point ?

Elle ne le regarda pas, se contentant d'attendre qu'il s'écarte de la porte pour la refermer doucement.

Bien entendu, il ne souhaitait pas non plus réveiller l'enfant, mais il ne pouvait pas attendre une seconde de plus.

— Dis-le, Brielle ! Dis-moi ce que nous savons tous les deux être la vérité.

— Justice est ton fils, répliqua-t-elle d'une voix neutre.

Elle se tenait là sans le regarder, les bras le long du corps, le corps légèrement tremblant.

Ignorait-elle que ces mots avaient l'effet d'une tornade dans son esprit et son cœur ? Qu'attendait-elle pour lui expliquer pourquoi elle ne lui avait pas dit qu'il avait un fils ?

6

Incapable de prononcer un mot, Brielle se sentit prise de vertiges. Il lui semblait qu'une musique sauvage lui martelait le crâne. Mais elle parvint à rester debout, évitant de regarder Ross, dont elle redoutait la réaction.

Elle s'attendait à moitié à ce qu'il quitte sa maison pour ne plus jamais y remettre les pieds. Mais il pouvait tout aussi bien se ruer dans la chambre de Justice pour lui dire qui il était.

Son papa.

Le père de Justice.

Les larmes brouillaient sa vision. Cela n'avait pas grande importance, d'ailleurs, parce qu'elle se refusait à lever les yeux vers Ross. Elle imaginait ce qu'il ressentait : de la colère, le sentiment d'avoir été trahi, du dégoût...

— Tu as quelques explications à me fournir, dit-il sèchement.

Il lui prit la main, sans brutalité mais sans douceur non plus, et l'entraîna vers le séjour.

— Quand mon fils est-il né ?

Son ton coléreux réveilla en elle une centaine de vieilles blessures.

Combien de fois avait-elle regretté que Ross ne soit pas là pour fêter l'anniversaire de son fils ? Combien de fois s'était-elle sentie abandonnée, sans le soutien de l'homme à qui elle avait donné son cœur ?

Elle s'arrêta brusquement dans le couloir et, relevant le menton, plongea furieusement dans les prunelles bleues si semblables à celles de son fils.

— Si tu regardes autour de toi, tu trouveras peut-être la réponse à ta question.

Le sarcasme était si lourd, venant d'elle-même, qu'il lui laissa un goût amer.

Ross serra les mâchoires.

— Mon fils est né combien de temps après mon départ ?

Lorsqu'elle lui eut fourni la date exacte, elle le vit réfléchir un instant.

— Tu savais que tu étais enceinte, quand je t'ai quittée ?

— Je l'étais depuis deux mois. Et alors, quelle différence cela fait-il ? Tu serais parti de toute façon.

— Et tu n'as pas jugé bon de m'en parler ? Tu ne penses pas que j'étais concerné ?

La colère et le chagrin lui gonflèrent la poitrine. Les épaules bien droites, elle répéta les mots qui l'avaient hantée pendant des années.

— Tu as abandonné tes droits quand tu m'as dit que tu ne voulais rien avoir à faire avec moi ou avec quoi que ce soit qui ait un rapport avec moi. Mon fils est lié à moi, et je t'ai pris au mot.

Serrant de nouveau les dents, il la prit par le bras et, sans lui faire de mal, mais avec fermeté, la poussa vers le canapé. Elle ne protesta pas pour ne pas réveiller Justice.

— Assieds-toi.

Avec plaisir, pensa-t-elle en se laissant tomber sur les coussins. Cela valait mieux que de chanceler sur des jambes qui refusaient de la porter.

Ross resta debout, la fixant comme si elle était une étrangère.

— Mettons les choses au clair. Quand je t'ai dit que je voulais mettre fin à notre relation, tu as estimé avoir le droit de me cacher l'existence de mon fils ?

« Je t'ai dit que je voulais mettre fin à notre relation. »

Cinq années avaient passé, pourtant ces mots la blessaient toujours autant. Peut-être certains coups continuaient-ils de faire mal, quel que soit le nombre de fois qu'ils vous coupaient en deux.

Mais Ross paraissait mortellement blessé, lui aussi. Aurait-il vraiment préféré être mis au courant, et qu'elle interfère dans la vie qu'il voulait mener ?

— Ce n'est pas comme si je te l'avais cachée, Ross. C'est toi qui nous as laissés.

— Je n'ai pas laissé *mon fils* ! s'emporta-t-il. Je ne savais même pas qu'il existait.

Elle tressaillit.

— Très bien. Tu m'as laissée, et il faisait partie de moi. C'est la même chose.

— Faux ! Je ne serais pas parti si j'avais su que tu étais enceinte, et tu le sais parfaitement.

On y était. En vérité, à l'époque, elle le savait, mais elle ne voulait pas que sa grossesse détermine la décision de Ross. Elle voulait qu'il reste avec elle parce qu'il l'aimait et souhaitait passer son existence auprès d'elle. Elle s'était trompée en pensant qu'ils étaient sur la même longueur d'onde, mais jamais elle ne l'aurait pris au piège. Elle n'était pas sa mère.

— Tu penses que j'aurais été d'accord pour que l'on continue, si cela avait été ta seule raison ?

— Tu sais très bien que ce n'était pas le cas.

— Je ne sais rien. Tu as rompu et, si tu en avais d'autres, elles n'ont pas été suffisantes.

— Je ne savais pas, répéta-t-il.

— Quelle chance pour toi, puisque rien n'a fait obstacle à tes aspirations professionnelles !

Ross se mit à arpenter la pièce de long en large, les mains profondément enfouies dans ses poches.

Aurait-il voulu s'en servir pour l'étrangler ?

— De la chance ? J'ai raté presque cinq années de la vie de mon fils, et tu appelles ça de la chance ?

Evidemment, dit de cette façon...

— Tu n'aimes même pas les enfants, protesta-t-elle pour ne pas se sentir coupable.

Il s'immobilisa pour la regarder, les joues tachées de rouge.

— Qui a dit cela ?

— J'ai bien vu comment tu as réagi quand je t'ai dit que

j'avais un fils. Tu t'es fermé comme une huître en apprenant que j'étais mère !

— Exactement... En apprenant que tu étais mère. Tu n'avais aucun droit de me le cacher, Brielle.

— J'en avais tous les droits, au contraire.

Mais elle ne le pensait pas elle-même. Ne l'avait-elle pas déjà admis intérieurement ?

— Il est à moi autant qu'à toi.

La culpabilité fit place à la peur. Se levant d'un bond, elle se mit en travers du chemin de Ross.

— Qu'est-ce que c'est censé signifier ? le défia-t-elle. Justice est mon fils. Je le voulais, quand tu m'avais fait clairement savoir que tu comptais rompre complètement les ponts avec moi et tout ce qui me touchait. A l'époque, je le portais dans mon corps, et je l'aimais déjà de tout mon cœur. Il est à moi, puisque tu l'as rejeté en me rejetant.

— Est-ce que tu n'as rien entendu de ce que j'ai dit ? J'ignorais qu'il existait, articula lentement Ross.

Elle croisa les bras sur sa poitrine.

— Si tu étais resté, tu l'aurais su.

Le visage de Ross exprima un désarroi sincère.

— Je n'avais pas à le faire pour apprendre que j'avais un fils. Dès l'instant où tu as su que tu étais enceinte, tu devais me mettre au courant. Pourquoi ne l'as-tu pas fait ?

Les défenses qu'elle avait érigées pendant cinq ans pour tenir le coup craquèrent et les larmes ruisselèrent sur ses joues.

Elle détestait cela. Elle détestait avoir à admettre ce qu'elle avait éprouvé en découvrant sa grossesse. Aujourd'hui, les mêmes peurs, le même sentiment d'insécurité la submergeaient.

— Parce que je t'aimais, marmonna-t-elle.

— Parle plus fort, je n'ai pas compris.

— Parce que je t'aimais !

Ross émit un rire sarcastique qui lui tapa sur les nerfs.

— Tu m'aimais ? Comment peux-tu dire ça ? s'exclama-t-il avec mépris. Tu m'as volé quelque chose que je ne retrouverai jamais.

Elle serra ses bras contre elle, espérant en tirer quelque réconfort.

Que pouvait-elle dire ? Il avait raison. Le temps qu'il aurait pu passer avec Justice s'était envolé à jamais à cause d'elle.

— Je... Je ne pensais pas que tu voulais faire partie de sa vie.

— C'est une décision que tu as prise sans me consulter, et tu as eu tort.

— J'ai essayé de te le dire ! protesta-t-elle, sur la défensive.

— Tu es intelligente, Brielle, grommela Ross. Si tu l'avais fait, je m'en serais aperçu.

Il fit le tour de la pièce, examinant chaque photo, chaque bibelot.

Ne sachant que faire, elle se rassit et glissa les mains sous ses cuisses, souhaitant disparaître parmi les coussins et oublier que tout cela était arrivé.

— Je comprends mieux ce qui avait changé à la fin, reprit-il. Les dernières semaines, je me demandais où était passée la merveilleuse femme dont je partageais la vie. Je ne comprenais pas pourquoi tu te comportais si bizarrement. Pendant tout ce temps, tu savais que tu étais enceinte, et au lieu de me le dire tu...

Il s'immobilisa et écarquilla les yeux.

— C'est de là que venait ce besoin urgent de mariage ! Si j'avais su que tu attendais un enfant, je t'aurais épousée, bien sûr.

— C'est justement ce que je voulais éviter à tout prix. Ma grossesse ne devait pas déterminer notre mariage. Jamais !

Il la fixa d'un air soupçonneux.

— Et comment ça s'est terminé, pour toi ? Tu es toujours célibataire ? Ou peut-être y a-t-il autre chose que tu as omis de m'apprendre ?

— Tu sais parfaitement comment ça s'est terminé. Tu m'as quittée, et... Et non, je ne suis pas mariée.

— Je ne t'ai pas quittée, tu m'as fait fuir.

Le souffle coupé, elle se leva de nouveau d'un bond et le foudroya du regard.

Il n'allait quand même pas lui attribuer tous les torts ! Elle avait commis des erreurs, mais elle n'avait pas voulu qu'il s'en aille, loin de là !

— Je n'ai rien fait de tel.

— Bien sûr que si ! Tu laissais traîner des magazines de mariage un peu partout dans l'appartement, tu ne parlais que de cela, au point que nous n'avions plus d'autre sujet de conversation. Ensuite, nous avons complètement cessé de communiquer parce que tu étais bien trop en colère contre moi pour m'adresser la parole. Que tu le veuilles ou non, tu m'as poussé dehors.

— J'essayais de te fournir des indices.

— Tu aurais peut-être dû disposer des hochets et des sacs de couches, en ce cas. J'aurais compris le message.

— Je te l'ai déjà dit, murmura-t-elle, la gorge serrée, je ne souhaitais pas que tu m'épouses à cause de l'enfant, mais parce que j'étais aimée.

— Je t'aimais !

Les jambes flageolantes, elle se laissa de nouveau tomber sur le canapé.

Jamais elle n'avait entendu Ross dire ces mots, pour la bonne raison qu'il ne les avait jamais prononcés. Du moins jusqu'à maintenant et à l'imparfait.

Il aurait peut-être mieux valu qu'il s'en abstienne, parce qu'elle se sentait à présent submergée par un sentiment de perte irrémédiable.

— Tu ne me l'as jamais dit, argua-t-elle, enfouissant le visage dans ses mains.

— Je ne pensais pas que les mots étaient nécessaires. Pas entre nous. Je te montrais chaque jour ce que j'éprouvais pour toi.

— C'est vrai... Quand tu es parti.

— Parce que tu m'avais fait fuir.

— Parce que tu voulais aller à Boston. Dis-moi, Ross, combien a-t-il fallu de temps pour qu'une autre femme réchauffe ton lit ? Parce que nous savons tous les deux que ça n'a pas été très long.

— Qu'est-ce que c'est censé signifier ?

Comme elle ne répondait pas, Ross vint s'asseoir auprès d'elle. Il ne la touchait pas, mais elle percevait la chaleur de son corps, tout comme elle sentait sa colère, exhalée par tous les pores de sa peau.

— Explique-toi, Brielle.

Est-ce qu'elle n'en avait pas déjà trop dit ? Au point où elle en était, mieux valait tout déballer.

— Je suis venue te voir.

— Quoi ?

— J'ai pris un billet pour Boston. Je voulais te parler de notre bébé et te dire combien tu me manquais, raconta-t-elle d'une voix brisée. J'étais enceinte de sept mois, et j'avais l'intention de tout de dire. Mais je t'ai vu avec une autre femme.

— Et alors ? Du coup, je n'étais pas digne de connaître la vérité, c'est ça ? Je suis sorti avec d'autres femmes, Brielle. Cela ne te donnait pas le droit de repartir sans m'apprendre que j'allais être père.

Ces paroles la blessèrent profondément. Comme dans un film sentimental, elle aurait aimé apprendre que cette inconnue était une lointaine cousine et qu'elle s'était trompée sur la nature de leur relation.

— Quand je t'ai vu avec elle, j'ai compris que j'avais été stupide de venir et que tu pensais vraiment ce que tu m'avais dit. Je n'ai plus eu aucun doute sur le fait que je devais poursuivre ma vie sans toi.

— Je ne connaissais pas tous les faits quand j'ai rompu. Je me répète, mais tu n'as pas l'air de le comprendre.

— Tu en savais suffisamment pour prendre ta décision, je me répète aussi.

— Je suis revenu pour toi, Brielle. Nous avons travaillé ensemble cette semaine, mais tu n'as pas jugé bon de m'avertir que j'avais un fils. Pourquoi ?

— Cinq années ont passé depuis ton départ. J'ignorais la raison de ton irruption à l'hôpital.

— Il ne s'agit pas de cela, mais du fait que tu ne m'as pas informé de la naissance de notre enfant. Tu as continué à me mentir.

— C'est faux !

— Par omission, si tu préfères. Mais c'est la même chose.

— Très bien. Maintenant, tu es au courant.

— En effet. Justice est mon fils.

Elle n'apprécia pas son ton possessif.

— Il est *notre* fils, rectifia-t-elle.

Les yeux bleus la transpercèrent, la défiant de s'opposer à lui.

— J'ai l'intention de passer du temps avec lui.

Elle hocha la tête.

— Je suis d'accord pour que tu viennes le voir plusieurs soirs par semaine.

— C'est insuffisant. Quelques heures ne suffiront pas, si je veux apprendre à le connaître. Je veux beaucoup plus.

Elle sentit son cœur faire un bond dans sa poitrine.

— Que veux-tu dire ?

Il parut réfléchir un moment, puis il prit une de ces décisions rapides qui faisaient de lui un excellent médecin urgentiste.

— Je m'installe ici.

— Pardon ?

— Tu m'as très bien entendu, et je n'entends pas en discuter.

Il semblait très content de lui, tout à fait l'homme arrogant et sûr de lui qui conçoit ses projets si vite que personne ne peut s'y opposer.

— Tu n'habiteras pas chez moi.

— Bien sûr que si ! Si tu n'as pas de chambre de libre, la tienne fera très bien l'affaire.

— Je ne compte pas coucher avec toi !

Ross posa sur elle des yeux froids.

— Tu n'as plus à t'en inquiéter, Brielle. Tes mensonges ont complètement éteint en moi la flamme qui brûlait encore pour toi.

De nouveau, ces mots la transpercèrent.

— En ce qui me concerne, tu peux aussi bien dormir dans le lit, par terre ou sur le canapé de la salle de séjour, poursuivit-il. Cela ne fait aucune différence, parce que je ne te toucherai pas.

Comme elle ouvrait la bouche pour discuter, il l'arrêta.

— Je dormirais bien avec Justice, mais la présence d'un étranger dans sa chambre pourrait le traumatiser. Même si cet étranger est son père, que sa mère a oublié d'informer que…

Elle refusait de le laisser la culpabiliser davantage. Elle avait travaillé dur, et elle s'était bien occupée de son fils. Ross était le seul à blâmer, il était parti de son plein gré.

— Je ne veux pas que tu t'installes chez moi, Ross.

— Il ne s'agit pas de ce que tu veux, mais de ce qui est bien pour Justice.

Là, il marquait un point, mais…

— En quoi cette cohabitation sera-t-elle bonne pour lui ?

— Il apprendra à me connaître, et réciproquement. Peut-être as-tu raté l'info, mais les garçons ont autant besoin de leur père que de leur mère.

Elle ne pouvait pas le nier.

— Il y a une chambre d'amis que Vann utilise parfois. Je l'aménagerai pour toi.

— Tu travailles, demain ? demanda Ross.

A son expression arrogante, elle comprit qu'il n'avait même pas douté qu'elle se plierait à sa volonté et qu'il avait l'intention de lui imposer bien d'autres décisions. Il avait pris le contrôle de la situation et comptait corriger les torts qu'elle lui avait causés, du moins selon lui.

Elle secoua négativement la tête.

— Je viendrai dans la matinée avec mes affaires. Et… Brielle ? lança-t-il depuis la porte.

Elle croisa son regard.

— N'essaie pas de t'enfuir avec mon fils, dit-il d'une voix glaciale. Maintenant que je connais son existence, je te traquerai à travers le pays et, quand je vous aurai retrouvés, tu me le paieras très cher.

De retour dans son appartement, Ross se mit à arpenter la salle de séjour de long en large.

Un fils. Il avait un fils. Brielle et lui avaient un enfant de presque cinq ans. Il avait raté cinq années de la vie de son petit garçon…

Fouillant dans sa mémoire, il chercha un indice de la grossesse de Brielle.

En vérité, elle se comportait si bizarrement les derniers temps qu'il avait fini par se sentir claustrophobe dans son propre appartement. A tel point que, si elle avait semé des sacs de couches un peu partout, il n'aurait probablement rien vu. Tout ce qu'il savait, c'était qu'une opportunité exceptionnelle lui était offerte à Boston, et qu'il en avait plus qu'assez des magazines de mariage et des disputes continuelles.

Avait-il cherché un moyen de s'échapper ?

Ce soir, dans le feu de la discussion, il avait fait à Brielle une déclaration d'amour à retardement. Certes, il avait tenu à elle plus qu'à aucune autre femme, mais l'avait-il aimée ?

Sans doute, puisque ces mots étaient venus spontanément.

Il avait aimé Brielle, et elle l'avait trahi de la pire façon en lui cachant la naissance de leur fils. Aujourd'hui, Justice avait presque cinq ans, et il ne savait rien de lui, sauf qu'il ressemblait à sa mère et qu'il aimait se déguiser en superhéros...

Il était clair aussi que cet enfant aimait sa mère.

Ross colla le front à la vitre, regardant sans les voir les lumières de la nuit.

En dépit de ce qu'il reprochait à Brielle, il devait admettre qu'elle avait bien élevé leur fils, qui l'adorait.

Ce qui compliquait les choses.

Parce que, s'il avait écouté son instinct, il aurait plaidé sa cause devant un juge et demandé la garde de Justice, même si cela devait coûter très cher. Mais, en tant que médecin, il savait qu'il devait faire preuve de prudence s'il ne voulait pas s'aliéner son fils ou le traumatiser.

S'il éloignait Justice de sa mère, les conséquences psychologiques pouvaient être dramatiques. C'était pour cette raison qu'il avait décidé de s'installer chez Brielle, qu'elle le veuille ou non.

Elle lui devait bien cela, et plus encore !

Une fois qu'il aurait établi un lien avec son fils et lorsqu'il saurait ce qui était le mieux pour lui, il déciderait s'il portait ou non l'affaire devant un tribunal.

Parce que dorénavant il ferait partie de la vie de son fils, et tant pis pour Brielle si ça ne lui plaisait pas ! Elle avait eu leur fils pour elle toute seule pendant cinq ans, maintenant c'était son tour.

7

Le lendemain matin, Brielle se leva fatiguée après une nuit blanche et malade d'angoisse à l'idée de devoir expliquer à son fils que Ross s'installait chez eux.

Pouvait-elle prétendre que l'ami d'oncle Vann allait passer quelques nuits à la maison sans que Justice se demande pourquoi ? Pis encore, comment allait-elle lui apprendre que Ross était son père ?

Pour le coup, Justice n'allait pas manquer de poser des questions. Le petit garçon était vif comme l'éclair et, même s'il ne le faisait pas immédiatement, son cerveau allait additionner les faits et réclamer des réponses.

La main sur la poignée du réfrigérateur, au lieu de l'ouvrir, elle posa le front contre l'acier brossé de la porte.

Ce matin-là, c'est Justice qui l'avait réveillée, comme toujours quand elle était en congé.

— C'est l'heure de se lever ! avait-il crié.

Puis il avait grimpé dans son lit et s'était blotti contre elle.

Elle l'avait pris dans ses bras, et ils avaient bavardé sur tous les sujets qui passaient par la tête de l'enfant, depuis les dinosaures à l'origine de la pluie, en passant par l'endroit où habitait l'ami d'oncle Vann.

En sortant du lit avec lui, elle avait l'intention de maintenir le train-train habituel. Elle était d'ailleurs dans la cuisine pour préparer le petit déjeuner, mais elle n'avançait pas beaucoup, tant elle était distraite.

Ross ne tarderait pas à arriver. Il allait habiter avec eux…

Pourquoi avait-elle le cœur serré à l'idée qu'il pouvait aussi bien repartir ensuite, comme il l'avait fait cinq ans auparavant ?

Pour être juste, à l'époque, il ignorait l'existence de son fils. La situation avait beau la rendre nerveuse, elle était contente qu'il le sache, maintenant.

En réalité, elle n'avait jamais vraiment voulu garder le secret. Elle avait multiplié les allusions au mariage, persuadée que leur relation ne pouvait les mener que devant l'autel. Elle était peut-être vieux jeu, mais elle voulait une demande en bonne et due forme, pas un contrat forcé parce qu'elle était « en cloque ». Pour finir, elle n'avait eu ni l'un ni l'autre, et plus le temps avait passé, plus il avait été difficile de dire à Ross la vérité.

Mais il avait raison sur un point : elle lui avait volé quelque chose qu'il ne récupérerait jamais, cinq années précieuses de la vie de leur fils.

Oui, elle était contente qu'il le sache. Mais elle était aussi parfaitement terrifiée.

— Maman ? Pourquoi tu as posé ta tête sur le frigo ?

Justice venait de faire irruption dans la cuisine. Il s'était brossé les dents et habillé, ainsi qu'elle le lui avait demandé.

Sans bouger, elle posa les yeux sur son fils qui la fixait avec curiosité.

— Tu as l'air drôle, lança-t-il avant de se retourner. Je crois que maman est en train de raconter quelque chose au frigo, je ne sais pas quoi. Quelquefois, les mamans sont bizarres.

Le cœur battant, elle se redressa pour voir à qui son fils parlait.

— Bonjour, dit Ross, souriant.

Si elle-même avait passé une nuit agitée, lui, il paraissait frais et dispos. Où était passé l'homme en colère qui avait quitté la maison quelques heures auparavant ?

— Ta journée a mal commencé ? demanda-t-il.

Elle repoussa ses cheveux en arrière, regrettant de ne pas s'être habillée et coiffée. Au lieu de cela, elle portait un bas de pyjama usé imprimé de motifs de pingouins de dessins animés et un T-shirt rose qui avait connu des jours meilleurs. Elle s'y sentait si bien qu'elle le gardait quand même. Elle avait noué sa chevelure sur le cou, un peu n'importe comment, et ses pieds étaient glissés dans de vieilles pantoufles.

Ross, lui, semblait tout droit sorti d'un magazine de mode. Sa chemise lui moulait parfaitement la poitrine, et on aurait dit que son jean était taillé sur mesure. Il était bien peigné, ses yeux brillaient, et il arborait un sourire décontracté.

Est-ce qu'il n'aurait pas pu avoir l'air un peu harassé ? Juste un tout petit peu ? La vie ne pouvait pas être aussi injuste.

Oh oui, la journée commençait très mal !

Elle se força à sourire.

— Ça ne pourrait pas aller mieux.

— Faire des bosses au réfrigérateur, ça fait partie de ton rituel matinal ? Il me faudra quelque temps pour m'y habituer.

— Ou ne pas t'y habituer, répliqua-t-elle.

Ross lui lança un coup d'œil acéré. Puis, se rendant compte sans doute que leur fils les observait avec attention, il arbora au seul bénéfice de Justice un sourire aussi faux que le sien.

Elle comprit le message : elle aussi devait adopter une attitude positive, car la façon dont elle se comportait avec Ross déterminerait les réactions de leur fils vis-à-vis de son père.

Si Ross voulait faire partie de la vie de Justice, elle le voulait aussi pour le bien du petit garçon. Elle connaissait les statistiques au sujet des enfants qui grandissaient sans père. Justice ne manquait ni de soins ni d'amour, mais il y avait certaines choses qu'elle ne pouvait pas faire pour lui.

Plaquant un large sourire sur ses lèvres, elle se concentra sur ce qui était le plus important au monde : son fils.

— Tu as faim, Bruce ?

Le petit garçon se détendit visiblement et hocha la tête. Il grimpa sur un tabouret près de l'îlot central.

Il avait l'habitude de s'installer là pour dessiner, colorier ou réunir les pièces d'un puzzle tout en bavardant avec elle, pendant qu'elle préparait le repas. Parfois, il l'aidait.

Ignorant Ross qui s'était assis sur le second tabouret, elle sortit des aliments du réfrigérateur et les déposa sur le comptoir.

— Mon papa a faim aussi, indiqua calmement Justice. Il est

parti longtemps pour travailler, mais maintenant il est revenu, et il a besoin de manger.

« Mon papa » ?

Elle lâcha le carton d'œufs qu'elle tenait.

Tremblante, elle s'occupa des dégâts, s'arrangeant pour que l'enfant ne voie pas son visage pendant qu'elle nettoyait le sol.

Elle comptait demander à Ross d'attendre que Justice fasse connaissance avec lui avant de lui dire la vérité, mais il était clair qu'il avait pris la direction des opérations et lâché sa bombe sur leur fils. Comment s'y était-il pris pour révéler à Justice qu'il était son père et qu'il allait habiter avec eux ?

Soudain, Ross fut près d'elle et lui prit l'éponge des mains.

Submergée par l'émotion, elle leva les yeux vers lui.

Les prunelles de Ross brillaient-elles de sollicitude, ou de malice ? Elles s'assombrirent et virèrent au bleu foncé. Il lui semblait qu'elle aurait pu basculer dedans et s'y noyer.

Se rendait-il compte à quel point son initiative la bouleversait ? Elle l'espérait... Mais elle espérait beaucoup de choses.

— Pourquoi ne pas prendre un peu de temps pour toi ? suggéra-t-il. Va prendre ta douche pendant que Bruce et moi te préparerons ton petit déjeuner.

Elle détestait qu'il s'approprie l'usage de ce surnom, tout comme elle lui en voulait d'avoir révélé la vérité à Justice sans la consulter. Etait-ce parce qu'il s'inquiétait de ce qu'elle pourrait dire à leur fils ? Ou bien s'était-il arrogé ce droit sans même se demander, dans son arrogance, si elle voulait le lui dire elle-même.

— Je m'appelle pas vraiment comme ça, remarqua Justice.

Il les observait attentivement, et elle comprit qu'il tentait de comprendre la tension qui régnait dans la pièce.

Son père avait été absent durant les cinq premières années de sa vie. Bien sûr, il sentait intuitivement que quelque chose n'allait pas entre ses parents, mais il était trop petit pour comprendre la complexité de leur relation.

Elle-même n'en saisissait pas tout non plus.

— Je sais, Justice, dit Ross. Je pense que ta maman a besoin de s'occuper d'elle avant d'affronter la journée.

Son regard restait fixé sur elle, intense et plein de...

Elle n'en était pas certaine. Bien qu'il se montre aimable, il lui en voulait clairement, et la colère n'était pas loin, prête à montrer sa vilaine tête si elle ne coopérait pas. Cela, elle le savait. Pourtant, il y avait autre chose. Peut-être de l'empathie... Et aussi du désir.

La veille, il avait prétendu qu'elle ne lui inspirait plus rien, mais l'alchimie sexuelle était toujours là, entre eux.

— Tout va bien, dit-elle à son fils, mais j'ai besoin de prendre une douche et de me changer.

Si elle ôtait ce pyjama, elle se sentirait peut-être un peu moins vulnérable.

— Moi, je me suis habillé tout seul, annonça Justice.

Ross contempla son fils avec une fierté qu'elle ne lui avait jamais vue.

— C'est très bien, le complimenta-t-il.

Le cœur serré, elle songea au nombre de fois où elle avait imaginé cet instant : Ross et Justice réunis tous les deux, Ross sachant qu'il était le père de Justice, et Justice sachant qu'il était son fils.

— Je suis sûr de pouvoir trouver quelque chose pour nous préparer un bon petit déjeuner pendant que ta maman se prépare, poursuivit Ross.

— Je sais verser mes céréales moi-même sans en mettre à côté ! se vanta Justice. Maman ne me laisse pas manger trop souvent les sucrées, mais elle est contente que je devienne grand.

Toujours bavard, l'enfant continua de papoter. Pendant ce temps, elle ne parvenait pas à détourner les yeux de Ross, qui la regardait aussi.

Il comptait vraiment lui faire à manger ? Ne lui mettrait-il pas de la strychnine dans ses aliments ? Parce qu'elle ne s'attendait pas à ce qu'il soit gentil avec elle, à moins que ce ne soit pour le bien de Justice.

— Tu as faim, maman ? demanda Ross en se détournant vers la plaque de cuisson.

Aussitôt, elle éprouva un sentiment de perte. Son contact lui manquait déjà.

C'était complètement absurde ! Il n'était pas là pour elle. Quoi qu'il y ait eu ou qu'il eût pu y avoir entre eux, tout était terminé depuis qu'il savait la vérité. Justice était dorénavant leur seul lien. Elle ferait bien de se rappeler une fois de plus qu'elle ne ressemblait pas à sa mère.

— Tu ne devrais pas t'adresser à moi de cette façon.

— Comment, alors ?

« Comme si j'étais ta femme. »

Non, ce n'était pas ce qu'elle souhaitait ! Plus maintenant. C'était bien ce qu'elle avait décidé, non ?

— Tu es une maman, et il est un papa, intervint Justice, alors c'est normal qu'il t'appelle comme ça.

Il tira à lui son panier de cahiers à colorier. Lorsqu'il eut trouvé celui qu'il cherchait, rempli de héros porteurs de capes, il poussa la boîte de crayons de couleur vers son père.

Sous les yeux étonnés de Brielle, Ross sélectionna une couleur et aida Justice à remplir les silhouettes. On aurait dit qu'il avait fait cela toute sa vie.

Comme elle tendait la main vers le mixeur, Ross l'arrêta d'un mot.

— Non. Justice et moi, nous allons préparer le petit déjeuner, lui rappela-t-il. Dès que nous aurons terminé de colorier cette page, en tout cas. Prends un bain, détends-toi, lave-toi les cheveux… Quand tu seras prête, nous mangerons.

Elle hésita.

Les laisser seuls ?

Comme s'il devinait ses pensées, Ross braqua sur elle un regard sombre.

— Tout va bien se passer, Brielle. Nous serons encore là quand tu sortiras de la salle de bains. Je ne suis pas comme toi…

Elle avait compris l'allusion : il ne partirait pas avec son fils et ne le cacherait pas pendant des années. *Comme elle l'avait fait.*

Elle n'acceptait pas cette accusation, et elle aurait voulu discuter. Mais, bien que Justice soit très occupé à colorier, elle savait qu'il ne manquait pas un mot de la conversation.

Elle ravala donc ses arguments et se contenta d'acquiescer face à l'homme qui envahissait sa maison et sa vie.

Elle acceptait de jouer le jeu, du moins pour l'instant.

— Très bien. Je vais prendre une douche et je serai de retour dans environ vingt minutes.

Moins. Parce que, même si elle ne croyait pas vraiment que Ross s'enfuirait avec Justice, le seul fait de les laisser seuls ensemble la rendait nerveuse.

Le cœur battant la chamade, Ross baissa les yeux vers son fils qui se concentrait sur sa tâche, tirant légèrement la langue.

Il se sentait brusquement un peu stressé à l'idée de rester en tête à tête avec lui jusqu'à ce que Brielle revienne.

Un peu plus tôt, lorsqu'il avait sonné et que la petite voix de Justice avait demandé qui était là, il n'avait pas pu réprimer le mot qui lui brûlait les lèvres.

— Ton papa.

Sans défaire la chaîne de sureté, Justice avait entrouvert la porte pour le regarder.

— Je croyais que tu étais un ami d'oncle Vann ?

— C'est vrai aussi. Je peux entrer ?

— Maman dit que je ne dois pas faire entrer n'importe qui dans la maison sans qu'elle le sache.

— Je ne suis pas n'importe qui, Justice.

Le petit visage de Justice avait reflété une intense réflexion, puis il avait fermé sans un mot.

Ross craignait que cette révélation ne l'ait choqué, mais au bout d'un instant il avait entendu la chaîne cliqueter, et la porte s'était ouverte.

— Puisque maman dit que tu es ami avec oncle Vann, tu n'es pas un étranger, hein ? avait demandé Justice en bloquant encore l'entrée avec son petit corps.

On aurait dit qu'il protégeait sa maison et hésitait encore à lui accorder le privilège d'y pénétrer.

— Exact.

— Alors, tu ferais mieux d'entrer, parce que je ne dois pas

rester là avec la porte ouverte. Sinon, les insectes entrent dans la maison. J'aime bien ça, mais pas maman. Tu es vraiment mon papa ?

Ross aurait voulu le prendre dans ses bras, le respirer et ne plus jamais le laisser partir. Au lieu de cela, il franchit le seuil et referma derrière lui avant de s'agenouiller pour être au même niveau que Justice.

— Oui. Je suis vraiment ton papa.

Justice sembla digérer l'information.

— Pourquoi tu es resté loin aussi longtemps ?

Un millier de réponses traversèrent l'esprit de Ross. Il aurait souhaité dire la vérité à son fils, mais il savait aussi que cela ne lui ferait aucun bien.

— Je travaillais à Boston. Mais je suis à la maison, maintenant, et je compte bien faire partie de ta vie.

— Tu retourneras là-bas ?

Bonne question. Il n'avait encore pris aucune décision, mais c'était le moment.

— Non. Je suis chez moi à Bean's Creek, maintenant. Ici avec toi et ta maman.

— C'est cool ! Tu m'as manqué.

La gorge serrée, il comprit ce que l'enfant voulait dire : son fils n'avait pas regretté son absence, mais celle d'un père. Il ressentit une brusque bouffée de colère à l'égard de Brielle, à cause de ce qu'elle leur avait volé, à lui et à Justice.

— Quelquefois, maman est triste, et elle pleure la nuit. Elle croit que je ne le sais pas, mais je l'entends. Je pense que tu lui manquais, à elle aussi.

Les paroles de son fils le replongèrent dans le conflit intérieur qui l'avait habité toute la nuit : il avait beau être furieux contre Brielle, il admirait aussi la façon dont elle avait assumé la responsabilité de leur fils et le travail qu'elle avait accompli en prenant soin de lui.

— Elle m'a manqué aussi.

Voyant son fils froncer les sourcils, il rectifia :

— Je veux dire que vous m'avez manqué tous les deux. Mais je suis là, maintenant, et je ne partirai plus.

En regardant le petit garçon colorier son livre d'images sur le comptoir de la cuisine, il sut qu'il avait eu raison de lui révéler la vérité un peu plus tôt. Il n'aurait pas pu laisser plus longtemps Justice dans l'ignorance, pas après avoir appris qu'il était son père.

— Maman me répète tout le temps que c'est formidable que je ne dépasse pas les lignes, fit Justice, sur un ton si naturel que Ross ne put s'empêcher de rire.

— Vraiment ? dit-il.

— Oui. Elle dit que je sais faire plein de choses. Les mamans sont comme ça. C'est leur travail.

— Et quel est le travail des papas ?

— S'occuper des mamans et des enfants.

— Tu as raison.

— C'est ce que tu vas faire, puisque tu es mon papa ?

Levant la tête, le petit garçon le fixa avec une telle intensité que Ross fut à court de mots. Il aurait voulu lui promettre la lune !

— Bien sûr. Je vais veiller sur maman et toi, maintenant que je suis ton papa.

Il aurait voulu expliquer à Justice qu'il l'avait toujours été et qu'il l'aurait fait depuis longtemps, s'il avait connu son existence.

Quelque part, il aurait dû le savoir, il aurait dû deviner qu'un événement monumental s'était produit, que Brielle avait donné naissance à cet adorable petit garçon qu'était leur enfant.

— La première chose à faire, dit-il d'une voix étranglée, c'est m'assurer que vous ne mouriez pas de faim tous les deux. Nous allons donc préparer le petit déjeuner.

— Je sais juste me servir des céréales, objecta Justice.

— En ce cas, il est temps que tu apprennes à confectionner une omelette. Les filles adorent ça.

Lâchant son crayon, Justice se mit à glousser.

— Les filles ?

Ross ébouriffa les cheveux de son fils.

C'était la première fois qu'il le touchait, et ses doigts s'attardèrent parmi les mèches soyeuses. Il se noya dans les grands yeux bleus innocents levés vers lui.

Cet enfant était sa chair et son sang. Son enfant.

Brusquement, il comprenait pourquoi Brielle parlait de leur fils avec une telle ardeur. Il éprouvait pour lui un amour identique, et il savait qu'il passerait le reste de son existence à lui assurer une belle et bonne vie. Justice saurait qu'il était voulu et aimé par ses deux parents.

Il aurait voulu le prendre dans ses bras, mais le petit garçon n'était sans doute pas prêt pour de tels débordements d'affection de la part d'un père qui venait de débarquer de nulle part.

Au lieu de cela, il lui adressa un regard entendu.

— Tu sais ce que c'est, les filles...

Fronçant le nez, Justice se remit au coloriage.

— Qu'est-ce que ça peut nous faire, qu'elles aiment les omelettes ou pas ?

— Apparemment, tu n'as pas encore rencontré la bonne, plaisanta Ross.

Les yeux de Justice pétillèrent.

— Il y en a des tas dans ma classe, assura-t-il. Emma Beth a même un chien... J'en voudrais un aussi, mais maman dit que ça fait beaucoup de travail. Je parie que je sais très bien faire les omelettes !

De nouveau, Ross ébouriffa les cheveux fins et duveteux pour le seul plaisir de toucher son fils.

— J'en suis certain.

Finalement, ils ne se révélèrent ni l'un ni l'autre de très bons cuisiniers. Célibataire de longue date, il n'avait normalement aucun mal à préparer des plats simples, mais cette fois il cuisinait pour Justice et Brielle. Pour compliquer le tout, il craignait constamment que Justice ne dégringole de son tabouret ou ne se brûle aux plaques électriques.

Quoi qu'il en soit, ses talents de cordon-bleu n'étaient pas au rendez-vous ce jour-là, et quand Brielle les rejoignit le chaos régnait dans la cuisine.

— Hum... Je vois que vous avez été très occupés, les garçons, dit-elle en balayant du regard les récipients et ustensiles de dosage éparpillés sur le comptoir.

Il la fixa, se demandant ce qui était arrivé à sa fonction respiratoire.

Elle avait enfilé un short et un T-shirt qui lui moulait les seins et soulignait la finesse de sa taille, et il éprouvait une envie irrésistible de l'enlacer pour vérifier si leurs deux corps s'accordaient comme autrefois.

Pourtant, lorsqu'il avait prétendu ne plus la désirer, il avait été sincère. Sur le coup, il avait été aveuglé par la colère et le sentiment d'avoir été trahi.

Brielle avait-elle ressenti la même chose alors qu'elle attendait leur enfant, lorsqu'elle l'avait vu avec une autre femme ?

Il ne s'était pas privé à l'époque, en effet. Il avait besoin de peupler sa solitude et d'oublier combien elle lui manquait. Les premiers mois, il avait joué les séducteurs en série, recherchant sans jamais le trouver ce qu'il avait connu avec Brielle.

— On fait des omelettes pour les filles, annonça fièrement Justice.

— Vous faites quoi ?

— Euh... Des omelettes pour les filles, expliqua Ross. Et plus particulièrement pour toi. Malheureusement, nous avons rencontré quelques problèmes.

— Quelques-uns seulement ? s'enquit-elle avec ironie.

Regardant autour de lui, Justice fronça le nez.

— Mon papa et moi, on n'est pas très forts pour attraper les filles.

— Il est clair que tu ne connais pas très bien ton papa ! dit Brielle, sur le ton sarcastique qui semblait teinter toutes ses réflexions.

Elle porta immédiatement la main à la bouche.

— Désolée. Je ne voulais pas dire... Eh bien, tu comprends.

Il comprenait très bien : vu que le petit garçon n'avait fait sa connaissance que la veille au soir, il ne le connaissait pas. C'était la faute de Brielle... Et la sienne.

A un moment donné, pendant la nuit, il avait admis sa part de responsabilité dans la façon dont les événements s'étaient succédé.

Plutôt que de relever le commentaire de Brielle, il haussa les épaules.

— Et si je vous invitais à prendre le petit déjeuner dehors, ce matin ?

Jetant un dernier regard à la cuisine dévastée, Brielle accepta de saisir la perche.

— C'est une bonne idée. En chemin, tu m'expliqueras quel est le rapport entre les filles et l'omelette.

— Justice y a fait allusion parce que les filles adorent qu'on leur fasse de l'omelette, c'est connu. C'est bien ça, bonhomme ?

Ross lança un coup d'œil à son fils, pour qu'il confirme sa version de l'histoire.

Visiblement ravi de partager une complicité avec lui, le petit rusé glissa sa main dans la sienne.

— C'est ça !

Ross posa les yeux sur les petits doigts de son fils dans sa main puis les leva vers le visage pâle de Brielle.

Si elle s'attendait à ce qu'il s'excuse parce qu'il tentait de créer un lien avec son fils, ou parce qu'il lui avait dit la vérité, elle allait être déçue. En ce qui concernait la cuisine, c'était une autre histoire. Il la nettoierait plus tard.

— Allons-y avant que ta maman ne nous en veuille vraiment, dit-il en serrant la main de son fils, la gorge serrée par l'émotion.

Il avait bien fait de venir à Bean's Creek.

Sans même le savoir, il était rentré chez lui.

8

Tout en se lavant les mains, Brielle jeta un regard noir à son amie Cindy.

Non, elle n'avait pas envie de lui expliquer pourquoi le Dr Lane avait dit qu'il avait adoré le petit déjeuner qu'elle avait préparé ce matin. Ce qu'elle voulait vraiment, c'était étrangler Ross parce qu'il tenait de tels propos devant Cindy.

Pourquoi pensait-il qu'elle insistait pour qu'ils se rendent séparément à l'hôpital ? S'efforçait-il de lui compliquer la vie dans toute la mesure du possible ?

C'était probable.

Parfois, il était si fâché contre elle qu'il la détestait de toutes les fibres de son corps. A d'autres moments, il s'adoucissait, et elle retrouvait les émotions qu'ils avaient partagées autrefois… Bien trop à son goût, d'ailleurs.

— Je ne suis pas aveugle, tu sais, insista Cindy, la bouche en cœur.

— Je sais, soupira Brielle. Est-ce qu'il faut vraiment qu'on en parle maintenant ?

Cindy jeta un coup d'œil à Ross, qui s'entretenait avec une patiente dans le box numéro 1.

— Eh bien, tu as été prise tous les soirs, cette semaine… Bien entendu, ça ne me regarde pas.

— Ce n'est pas ce que tu penses !

— Vraiment ? Le Dr Lane n'est pas ton amour d'autrefois surgi du passé pour te faire perdre la tête ?

— Certainement pas.

— Ah bon ? Alors, ma seconde hypothèse doit être la bonne.

— Laquelle ? ne put s'empêcher de demander Brielle.

— Je pense qu'il est le père de Justice. Il a compris qu'il avait perdu du temps, et il est revenu pour faire partie de votre vie à tous les deux.

— En grande partie exact, fit une voix masculine.

Toutes deux sursautèrent et se tournèrent d'un même mouvement vers Ross.

— Ne fais pas ça, siffla Brielle.

— Quoi donc ? M'adresser aux deux meilleures infirmières du service pour demander à l'une d'entre elles d'emmener Mme Jones en radiologie pour qu'on lui fasse une radio de la poitrine ? Je voudrais un bilan métabolique complet, ainsi qu'une numération de formule sanguine et un dosage du peptide natriurétique B, qui me permettra d'évaluer l'importance de son insuffisance cardiaque.

— Très bien, marmonna-t-elle, toute rouge. J'y vais tout de suite.

Cindy, dont les yeux étaient allés de Ross à elle, secoua la tête.

— Non ! Mme Jones est ma patiente, c'est à moi de m'en charger. Toi, tu restes ici, et tu cherches à comprendre pourquoi ma seconde hypothèse est seulement en grande partie exacte.

Brielle et Ross regardèrent Cindy s'éloigner, échanger quelques mots avec Mme Jones et préparer la prise de sang.

— Je devrais aller l'aider, murmura Brielle pour meubler le silence.

— Tu as peur ? demanda Ross en se rapprochant d'elle.

— De quoi ?

— De faire ce que Cindy a suggéré.

Il n'était qu'à quelques centimètres d'elle, au point qu'elle n'avait qu'une seule envie : prendre ses jambes à son cou. Mais elle ne bougea pas. Elle s'en serait voulu de paraître affectée par cette proximité.

— Je n'ai pas peur de toi, affirma-t-elle en redressant le menton.

— Vraiment ?

— Vraiment.

Mais elle s'éloigna tout de même pour aider son amie qui

n'en avait pas réellement besoin. Et elle ragea en entendant le rire de Ross retentir dans son dos.

Par moments, les urgences bourdonnaient d'activité. A d'autres, il ne se passait rien. A cet instant précis, le service semblait pris de folie, et tout le personnel disponible s'affairait.

Ross avait beau être très occupé, il savait à chaque instant où se trouvait Brielle. Elle posait un cathéter, elle faisait une piqûre, elle évaluait l'état d'un patient, s'arrangeant toujours pour ne pas passer une minute avec lui.

Ils cohabitaient depuis près d'une semaine maintenant, et elle le maintenait constamment à distance. Il aurait dû s'en réjouir, mais ce n'était pas le cas.

C'était pourtant lui, la victime, dans toute cette affaire. Si quelqu'un devait se montrer distant, c'était bien lui ! Mais au lieu de cela il nageait en pleine confusion. Il était venu à Bean's Creek pour revoir Brielle et comprendre où il en était par rapport à elle. Il n'avait rien résolu du tout, et elle le décontenançait complètement.

Heureusement, il n'en était rien avec son fils.

Justice était un enfant merveilleux, intelligent, drôle, plein d'audace. Ross ne se lassait pas d'admirer la façon dont son petit esprit fonctionnait. Si Brielle souhaitait qu'il s'en aille, elle en serait pour ses frais...

La voix de Cindy l'arracha à ses pensées.

— Docteur Lane, nous avons un problème. On vient juste de nous amener une patiente qui en est à trente-sept semaines de grossesse. Le col est dilaté à dix centimètres. Elle a subi un accident mineur de la circulation, mais le choc doit avoir accéléré le travail. Brielle voudrait que vous l'examiniez tout de suite.

— Appelez le service d'obstétrique et demandez si on peut la transférer.

Il se rendit aussitôt dans le box où il avait vu entrer Brielle quelques minutes auparavant, alors qu'il finissait de compléter un dossier.

Elle était en train de glisser un oreiller sous la nuque de la parturiente.

— Essayez de ne pas pousser, même si vous en avez envie, lui dit-elle.

— Il le faut ! cria la patiente, dont le front ruisselait de sueur. J'ai trop mal !

Le mari remarqua son arrivée.

— Vous êtes le médecin ? Vous pouvez faire quelque chose ? Elle souffre beaucoup. Il doit y avoir un problème, ce n'est pas normal. C'est à cause de l'accident ? Je conduisais trop vite parce que j'avais peur de ne pas arriver ici à temps.

— Pour l'instant, tout va bien. Je vois qu'on a déjà examiné votre épouse et qu'elle n'a pas été blessée.

Ross se lava les mains et enfila des gants.

— Nous allons bien nous occuper de vous, assura-t-il à la jeune femme. J'ai besoin de vérifier où vous en êtes, si vous le permettez.

La femme acquiesça d'un signe de tête, les doigts crispés sur les barreaux du lit. Son mari lui caressait le bras tout en s'efforçant de la calmer.

— Elle est à dix, précisa Brielle en jetant un coup d'œil au tracé du moniteur fœtal. La tête du bébé est visible, et la prochaine contraction ne va pas tarder.

— A la maternité, ils n'auront pas un lit de libre avant une demi-heure, les informa Cindy en tirant légèrement le rideau.

— Nous n'avons pas une demi-heure, répliqua Ross.

A cet instant, le ventre de la patiente se tendit sous l'effet de la contraction attendue. Elle se mit à gémir, pendant que son mari lui rappelait qu'elle devait respirer.

— J'ai besoin de pousser ! J'en ai vraiment besoin !

— Essayez d'attendre que la contraction soit passée.

— Je ne peux pas !

— Respire, chérie ! N'oublie pas de respirer.

La femme foudroya son mari du regard tout en grommelant quelques mots peu aimables à son endroit, puis elle ferma les yeux et cria.

— La tête est sortie, annonça Ross. Ne poussez plus.

La contraction se termina. La patiente pleurait. Son mari se déplaça de façon à voir ce que Ross voyait. Il pâlit et s'effondra sur la seule chaise qu'il y avait dans le box.

— Posez votre tête entre vos genoux, conseilla Brielle, et pensez à respirer.

Levant la tête, Ross croisa son regard et sourit.

Se surprenant en train de répondre à son sourire, elle se détourna.

De nouveau, elle lui donnait l'impression qu'il était le seul fautif...

Elle l'avait privé de cette expérience inoubliable. Il n'avait pas assisté à la naissance de son fils, il n'avait pas été présent durant les premiers instants de sa vie, tout comme il ne l'avait pas vu grandir.

— Je vous en prie, supplia la femme, dites-moi que je peux pousser.

Il fixa un instant le moniteur, dans l'attente du bon moment.

— Allez-y !

La patiente ne se le fit pas répéter deux fois. Elle poussa, cria et haleta.

Il saisit le bébé dès que les épaules apparurent, puis le reste du corps sortit à son tour. Il examina rapidement l'enfant.

— Apgar à dix, dit-il. C'est parfait. Toutes mes félicitations. Vous avez une belle petite fille.

Il posa le bébé sur le ventre de sa mère, puis il clampa le cordon ombilical et saisit les ciseaux stériles que lui tendait Brielle.

— Vous voulez couper le cordon ? demanda-t-il au père.

— Faites-le, répliqua l'homme, toujours très pâle.

Ross hocha la tête, plus ému qu'il ne l'aurait cru.

C'était la première fois qu'il procédait à un accouchement depuis qu'il avait appris sa propre paternité. Qui avait assisté Brielle ? Qui l'avait encouragée et réconfortée ? Qui avait coupé le cordon ?

Son frère, probablement. Mais cela aurait dû être lui...

Justice était né avec deux mois d'avance. Etait-il venu au monde par les voies naturelles ou par césarienne ? Brielle avait-elle regretté son absence ou bien s'était-elle réjouie qu'il soit sorti de sa vie ?

Brielle ne quitta pas Ross des yeux pendant qu'il coupait le cordon.

Jamais elle n'aurait imaginé partager un jour avec lui le miracle de la naissance. Ce miracle qu'elle aurait voulu vivre avec lui quand Justice était né !

Mais elle était seule. Normalement, Vann devait être présent, mais elle avait subi une césarienne en urgence.

Cindy entra dans le box, portant des serviettes chaudes dont elle enveloppa le bébé avant de le rendre à sa mère.

— Regarde comme elle est belle ! dit cette dernière à son mari, qui s'était rapproché et contemplait sa fille avec amour.

— Tu as été formidable, ma chérie.

Cette scène d'intimité familiale émut Brielle aux larmes.

Ross aurait dû assister à son accouchement, au lieu de se trouver à Boston avec une autre femme pendant qu'elle mettait leur fils au monde. Il aurait dû la réconforter quand on avait emmené Justice pour le mettre en couveuse et assurer le développement de ses petits poumons.

Toutes les émotions qu'elle avait ressenties à cet instant — la solitude, la peur et la haine — la submergèrent. Elle jeta un coup d'œil à Ross, qui aidait la mère à expulser le placenta. Comme s'il sentait son regard, il leva les yeux, et il parut choqué par son animosité visible.

— Tu aurais dû être là, murmura-t-elle.

Les nouveaux parents ne remarquèrent rien, mais l'échange ne fut pas perdu pour Cindy, qui prit doucement la petite fille dans ses bras.

— Désolée de vous l'enlever, mais je dois l'emmener à la nursery pour qu'on l'examine.

— Cela ne t'ennuie pas, si je m'en charge ? demanda Brielle.

— Bien sûr que non.

De nouveau, les yeux de son amie allèrent d'elle à Ross, comme si elle cherchait à voir quelque chose de tangible.

Il n'y avait rien, bien entendu. Le seul lien entre Ross et elle, c'était le merveilleux petit garçon qui était à la maternelle pendant que tous deux travaillaient.

Avant que sa patiente soit transférée à la maternité, Ross félicita une nouvelle fois l'heureux couple. Puis il repéra Brielle qui remplissait un dossier.

Il ne lui restait plus qu'une heure avant la fin de son service, et il se sentait épuisé. La phrase que lui avait décochée Brielle l'obsédait.

Il aurait dû être là, oui.

Du moins, s'il avait été mis au courant.

Elle ne leva pas les yeux quand il s'affala sur la chaise à côté d'elle. Jamais elle ne semblait remarquer sa présence.

— Parle-moi de la naissance de Justice.

Elle ne répondit pas.

— Je t'en prie, insista Ross.

— Qu'est-ce que tu voudrais savoir ?

— Tout.

— J'en étais au septième mois quand les contractions ont commencé. Dès que les médecins ont constaté la souffrance fœtale, ils ont décidé de pratiquer une césarienne. Ensuite, Justice est resté à l'hôpital pendant six semaines. Aujourd'hui, il est un peu petit pour son âge, mais il va très bien.

Ross se représenta son fils, entouré de tuyaux et de câbles.

Cette image lui serrait le cœur, mais ce devait avoir été bien pire pour Brielle, qui avait affronté cette épreuve toute seule.

— Vann était avec toi ?

— Il était prévu qu'il soit là, mais tout est arrivé si vite que j'ai accouché seule. Ensuite, il est resté auprès de moi et m'a aidée à me concentrer sur ce qui était important : Justice... Je ne m'en serais pas sortie sans lui.

— Je suis certain du contraire, mais je me réjouis qu'il ait été là pour toi.

Brielle se leva et regarda autour d'elle comme pour chercher quelque chose à faire, alors que le service était calme.

— J'ai besoin d'aller à la réserve.

— Tu veux dire, n'importe où pourvu que je n'y sois pas, répliqua Ross d'un ton morne.

Il ne regrettait pas d'être venu à Bean's Creek, mais il avait été fou d'imaginer que Brielle pourrait lui pardonner. Ils avaient peut-être trop de choses à se reprocher mutuellement pour se réconcilier…

Mais ils devaient au moins essayer pour le bien de Justice.

Une semaine plus tard, au petit déjeuner, Brielle regardait Ross et Justice assis en face d'elle.

Depuis l'irruption de Ross dans leur vie, le petit garçon insistait pour prendre place à côté de son père. Il semblait ne pas pouvoir se rassasier de sa présence, et apparemment ça ne gênait pas Ross. Au contraire, il accaparait toute l'attention de Justice et paraissait en vouloir toujours plus.

Comme Justice avait du mal à découper ses pancakes, elle tendit machinalement la main vers son assiette.

— Non, dit l'enfant. C'est mon papa qui va le faire.

Elle se pétrifia. Elle jeta un coup d'œil à Ross, avant de se détourner pour qu'il ne voie pas combien elle était affectée.

— Très bien, dit-elle en s'efforçant de sourire. Ton papa va s'en occuper.

En réalité, elle aurait aussi bien pu être ailleurs. Son fils savait qu'elle était là, mais seul comptait ce père qu'il venait de découvrir. Avec l'obstination d'un enfant de quatre ans à l'esprit curieux, il harcelait Ross de questions. Et celui-ci lui répondait patiemment, sans jamais se lasser.

« Où est-ce que tu étais ? » « Où est Boston ? »…

— Est-ce que tu as d'autres enfants que moi ?

Elle sentit son cœur manquer un battement.

Elle n'avait jamais envisagé cette possibilité.

— Je n'ai pas d'autre enfant que toi, assura Ross. Du moins, pas que je sache, ajouta-t-il en croisant le regard de Brielle.

S'il s'attendait à ce qu'elle disparaisse sous la table, il allait être déçu ! Elle avait agi du mieux qu'elle pouvait, étant donné les circonstances. Et personne n'était censé être parfait.

Mais, en regardant Justice absorber la moindre parcelle de l'attention que lui accordait Ross, elle ne pouvait nier que son fils avait besoin d'un père. Elle était navrée de l'en avoir privé par omission.

— Justice, Ross peut difficilement manger, si tu le forces à parler sans cesse. Laisse-le terminer son repas, et ensuite tu pourras lui poser toutes les questions que tu voudras.

Le petit garçon hocha la tête et se tut pendant près de trente secondes. Sous les yeux attentifs de son fils, Ross avala trois bouchées et posa sa fourchette. Sans doute pour boire, mais Justice en profita immédiatement.

— Qu'est-ce qu'on va faire aujourd'hui ?

Pour la première fois depuis l'emménagement de Ross, ils étaient en vacances tous les trois.

— Qu'est-ce qui te plairait ? demanda Ross avec un sourire.

— Maman et moi, on aime bien aller pêcher.

— Vraiment ?

Elle redressa le menton.

— Tu ne pensais tout de même pas que j'emmenais mon fils à des cours de danse ou de cuisine ?

— J'ose croire que tu as fait de notre fils un être équilibré et que, s'il était intéressé par les matières artistiques ou culinaires, tu serais suffisamment ouverte d'esprit pour ne pas t'y opposer.

Cette remarque la surprit. Elle voyait en Ross un homme trop viril pour accepter que son enfant se livre à des activités féminines.

— Qu'est-ce que c'est, un être équilibré ? demanda Justice.

— Cela veut dire capable de s'intéresser à différentes choses dans la vie.

— Comme les crêpes à la cannelle ?

— Tout à fait. Comme les crêpes à la cannelle, répliqua-t-elle en souriant.

— Et la pêche ?

Hochant la tête, elle prit une serviette pour enlever la trace de sirop qui ornait la joue de son fils.

Il leva vers elle des yeux suppliants.

— Est-ce que mon papa va nous emmener à la pêche ? A la maternelle, April m'a dit que les autres papas le font.

Justice n'avait pas mis longtemps à appeler Ross « papa » et à penser à lui comme à son père. Cela montrait à quel point il avait souhaité en avoir un comme ses camarades.

Cette idée attristait Brielle, comme si d'une certaine façon elle ne lui avait pas suffi.

Le petit garçon était visiblement impatient de passer tous ses moments de liberté avec son père, ce qui la chagrinait aussi un peu. Elle savait que c'était stupide et même injuste, mais elle ne pouvait s'en empêcher. Elle avait beau avoir bien élevé Justice, il lui avait manqué quelque chose qu'elle ne pouvait lui donner.

Certes, il y avait l'attrait de la nouveauté. Mais Ross prenait aussi son rôle de père très au sérieux, et il consacrait tout son temps à son fils quand il ne travaillait pas. Il n'y avait rien d'étonnant à ce que Justice soit séduit... Comme n'importe qui l'aurait été s'il avait bénéficié de l'attention exclusive de Ross.

— Papa...

Elle s'interrompit une seconde, tant le mot lui semblait étrange dans sa propre bouche.

— Papa a sans doute autre chose à faire, reprit-elle.

— Pas du tout, dit Ross en la regardant avec curiosité, comme s'il la perçait à jour. J'ai bien l'intention de passer la journée avec ma famille.

— Nous ne sommes pas ta famille, répliqua-t-elle sans réfléchir.

Elle comprit immédiatement qu'elle avait commis une erreur en voyant les yeux bleus s'assombrir.

— Si, affirma-t-il. Vous l'êtes. Justice est ma chair et mon sang. Il est mon fils, ma famille.

Elle ne répondit pas malgré toute l'envie qu'elle en avait.

Qu'aurait-elle pu dire, d'ailleurs ? Il avait raison. Justice était autant à lui qu'à elle, et pour le bien de son fils elle prévoyait qu'elle devrait souvent se taire pour épargner à ses petites oreilles des propos qu'il n'avait pas à entendre.

9

Tout en sifflotant la musique d'un dessin animé qu'il avait regardé avec Justice, Ross enfila le fil à l'extrémité de la canne à pêche acquise moins d'une heure auparavant.

Il avait aussi acheté une boîte d'articles de pêche comportant entre autres des appâts, et tout ce qui lui semblait pouvoir améliorer le matériel rudimentaire que Brielle et le petit garçon utilisaient d'habitude.

Un jour, il offrirait à son fils une vraie canne. Mais pour l'instant sa baguette noire de superhéros, avec l'emblème de Batman sur le flotteur, ça suffisait bien. Après tout, il n'avait que quatre ans.

— On pourrait croire que tu t'y connais, lança Brielle. Est-ce que tu sais pêcher ?

Perchée sur un rocher, la jeune femme l'observait au lieu d'accrocher un leurre à son propre hameçon. Elle l'avait déjà informé que Justice et elle se servaient d'appâts en plastique plutôt que de grillons ou de vers vivants.

Qu'est-ce qu'il y avait de drôle à cela pour un petit garçon ?

Il avait acheté les deux mais, après les avoir regardés un instant remuer au creux de sa main, Justice s'en était désintéressé. Pour l'instant, il cherchait des fossiles de dinosaures dans les roches.

— Je ne suis pas tout à fait né de la dernière pluie, Brielle. Bien sûr que je sais comment pêcher ! Mon père et moi, on s'adonnait souvent à cette activité pendant les vacances scolaires. Ce sont mes souvenirs d'enfance préférés. La dernière fois que ma mère et lui sont venus me voir à Boston, nous avons loué un bateau, et nous n'avons fait que ça pendant toute une journée. C'est un très bon souvenir, conclut Ross avec un sourire.

Brielle fronça les sourcils.

— Tu ne m'en avais jamais parlé !

— Tu ne me l'as jamais demandé, répliqua-t-il en haussant les épaules. Quand j'étais avec toi, j'avais d'autres idées en tête...

Lorsqu'ils étaient ensemble, Brielle occupait ses pensées. A son grand regret, cela n'avait pas changé lorsqu'ils avaient commencé à se disputer. Et, après leur séparation, il n'avait jamais réussi à l'oublier. Maintenant qu'elle était la mère de leur enfant, il acceptait le fait qu'elle ferait toujours partie de sa vie. A jamais.

Elle lui faisait toujours le même effet, quelle que soit la tension qui régnait entre eux. Mais cette fois il ne le regrettait pas. Il était plus âgé, plus sage, et la vie s'était chargée de lui donner quelques leçons.

— Nous n'avons jamais pêché, reprit Brielle en faisant la moue.

Il ne put s'empêcher de sourire.

— Je faisais des études, lui rappela-t-il. Je mettais toute mon énergie à devenir le meilleur médecin possible, et je ne voulais pas gâcher le peu de temps dont je disposais à pêcher.

Brielle devint toute rouge, ce qui ne manqua pas de l'amuser.

Si elle avait bonne mémoire, elle n'aurait pas voulu non plus passer leurs loisirs à la pêche, à moins qu'il ne s'agisse de se pêcher mutuellement dans l'obscurité.

— C'est vrai... Nous avons eu de bons moments, tu ne trouves pas ?

Il fixa l'hameçon au bout de sa ligne, puis il appuya sa canne contre sa boîte d'appâts et la serra très fort pour avoir quelque chose à faire de ses mains.

— Nous en avons eu beaucoup.

Levant les yeux vers Brielle, il remarqua son expression mélancolique, et il se donna mentalement un coup de pied.

Comment avait-il pu partir sans lutter pour la garder ? Sans tenter d'arranger les choses entre eux ?

Il connaissait les réponses, bien entendu, mais si c'était à refaire il ne la quitterait pas. Il la convaincrait de le suivre et mettrait toute son énergie à la reconquérir, même en ignorant qu'elle portait son enfant.

— Tu le sais bien, ajouta-t-il.

Il se rappelait les poursuites effrénées dans l'appartement. Ils riaient tellement qu'ils pouvaient à peine parler et, lorsqu'il l'attrapait, il la chatouillait pendant qu'elle tentait de lui échapper. Bientôt, la délicieuse torture se muait en jeu sensuel, et Brielle cessait de pousser des cris aigus pour gémir langoureusement. Au lieu de se tortiller pour fuir, elle s'offrait à lui, et ils prenaient possession l'un de l'autre.

Mais il n'y avait pas que le sexe. Il se souvenait de ses pleurs quand son premier patient était mort. Elle avait fini par s'endormir dans ses bras, et il avait eu le sentiment qu'il était exactement là où il devait être : avec Brielle.

Submergé par la même émotion, il serra plus fort sa canne à pêche.

Pour la première fois depuis cinq ans, il était à sa place, auprès d'elle.

— De supermoments..., fit-il d'une voix rauque.

Il toussota, espérant desserrer le nœud qui lui serrait la gorge et entravait le bon fonctionnement de ses cordes vocales.

— On était les meilleurs, conclut-il.

Son regard croisa celui de Brielle.

La poitrine de celle-ci se soulevait rapidement, ses lèvres étaient entrouvertes. L'instant était chargé d'une telle intensité que l'émotion était presque palpable autour d'eux. L'atmosphère vibrait d'une tension qu'il n'aurait su exactement nommer. A la fois sexuelle, physique, affective et mentale, sans doute.

Il brûlait d'envie de l'embrasser, de la prendre dans ses bras, de la poursuivre jusqu'à ce qu'ils s'effondrent en riant et en échangeant des baisers. Aucune femme ne pouvait être comparée à celle qui se tenait à deux mètres de lui et dont les yeux brillaient d'un désir égal au sien.

Il devinait aussi la colère de Brielle égale à la sienne.

Il pouvait facilement la détester pour l'avoir privé de son fils, tout comme elle pouvait le haïr de ne pas l'avoir assistée pendant sa grossesse, son accouchement et les mois d'inquiétude qui avaient suivi.

Relevant les genoux, elle enveloppa de ses bras ses jambes nues.

— C'est vrai, laissa-t-elle tomber enfin du haut de son perchoir. Mais ensuite tu es parti si vite que j'en ai conclu que ce n'était pas aussi formidable que ça. Sinon, tu serais resté.

Une fois encore, elle oubliait que c'était lui la victime, pas elle !

Mais, dans ce cas, pourquoi les paroles qu'elle venait de prononcer le transperçaient-elles ? Pourquoi avait-il envie de la supplier de lui pardonner de l'avoir abandonnée alors qu'elle avait besoin de lui ?

Oui, elle avait des torts, mais il s'en voulait aussi. Beaucoup. Il aurait dû la soutenir, l'aider à supporter le poids financier et émotionnel quand elle avait enduré cette épreuve. Comment avait-elle payé les factures de l'hôpital ? Vann avait-il allégé le fardeau ?

Si seulement elle avait réclamé une pension alimentaire !

Il avait été stupide de la quitter mais, s'il était resté, il en aurait peut-être eu du ressentiment... Il espérait que non, mais à l'époque il était immature. Aujourd'hui, il n'était plus le même homme, et de loin.

Il jeta un coup d'œil à Brielle.

Maintenant qu'elle avait relevé les jambes, il pouvait admirer la courbe gracieuse de ses cuisses. Ce n'était pas grand-chose, mais c'était pourtant suffisant pour qu'il ait envie de la basculer sur le rocher afin de redécouvrir son corps modifié par la maternité.

Remarquant son regard, elle tira sur son short.

— Désolée.

— Brielle... Je ne t'ai pas dit la vérité, la semaine dernière, quand j'ai prétendu que tu ne m'inspirais plus aucun désir. Quelles que soient les tensions entre nous ou la rancune que j'éprouve à ton égard, je ne peux pas être près de toi sans avoir envie de te toucher.

— Pourquoi tu me dis ça ? Je ne veux pas que tu me touches.

Mais elle mentait, et ils le savaient tous les deux. Il le voyait dans ses yeux, et à la façon dont ses seins pointaient sous son T-shirt.

— Il ne s'agit pas que de sexe entre nous, reprit-il. Je n'ai jamais rien éprouvé de tel avec une autre femme. En une seule minute, tu es capable de me faire passer par toutes les émotions imaginables. Je t'assure, il n'y a que toi pour me faire cet effet.

Elle le fixa comme si elle cherchait à savoir s'il était sérieux ou s'il cherchait un nouveau moyen de la démolir.

Il détestait la méfiance qu'il lisait en elle, mais sans doute que seul le temps pouvait guérir certaines blessures.

— Tu ne penses pas que ta présence m'affecte tout autant ? dit-elle enfin en se tournant vers le lac. Je ne veux pas de toi ici, et pourtant...

Sa voix se brisa, et elle haussa les épaules.

— Pourtant, tu n'as pas envie que je m'en aille ?

Elle lui sourit tristement.

— Non, Ross, je ne veux pas que tu partes. Je ne l'ai jamais voulu. Et, en dépit de ce que tu peux croire, j'ai toujours souhaité que tu fasses partie de la vie de Justice.

Comme il ouvrait la bouche pour parler, elle leva la main pour l'arrêter.

— C'est sans doute difficile à concevoir, puisque je ne t'ai rien dit. Tout ce que je peux affirmer aujourd'hui, c'est que j'ai toujours regretté que tu ne sois pas là. Toujours. Plus que tu ne l'imagineras jamais. Restons-en là, d'accord ?

Non, il n'était certes pas d'accord ! Il voulait qu'elle lui explique pourquoi elle avait pris la décision de l'exclure de la vie de son fils. Mais pour l'instant il souhaitait surtout faire la paix avec elle.

— Je m'incline pour le bien de Justice, dit-il.

Il savait qu'un jour ou l'autre, ils devraient aborder les questions qu'elle voulait éviter.

— Et nous devons ignorer notre attirance mutuelle, poursuivit-elle en se tournant vers leur fils qui examinait un caillou. Justice ne comprendrait pas.

Croyait-elle qu'il allait lui faire l'amour sur l'îlot central de la cuisine, quand l'enfant était dans les environs ?

— Si nous décidions de nous rapprocher sexuellement, argua-t-il, Justice n'aurait pas à le savoir. Personne d'autre non plus, d'ailleurs.

Brielle émit un rire léger.

— Tu t'apercevras très vite que, avec Justice, rien ne reste jamais très longtemps secret. Il sait que quelque chose s'est passé entre nous, tout comme il devine que nous avons des comptes à régler, même si nous faisons semblant de bien nous entendre.

Ross hocha la tête pensivement, en contemplant Justice qui examinait son caillou avec beaucoup d'attention.

Il était d'accord à cent pour cent. Le petit garçon avait beau avoir un peu moins de cinq ans, il était clair qu'il était extrêmement perspicace. C'était son enfant, sa chair et son sang, et il n'avait pas été long à s'emparer de son cœur de père. Mais, une fois encore, Justice était aussi le fils de Brielle.

Il inspira et expira lentement, sentant la tension quitter son corps en même temps que l'air qu'il rejetait.

— C'est bien pour cette raison que je suis prêt à laisser le passé derrière moi et à avancer, bien que je me sente trahi par les choix que tu as faits il y a cinq ans et que tu as maintenus depuis. Nous devons nous concentrer sur l'avenir et sur ce qui est bien pour notre fils.

— Je... Oui, tu as raison, admit Brielle. Justice est ce qu'il y a de plus important. Merci de l'avoir compris.

Serait-elle aussi accommodante lorsqu'il irait un peu plus loin ?

— De même, poursuivit-il en l'observant attentivement, tu vas devoir laisser derrière toi notre rupture et mon départ.

Immédiatement, les traits de Brielle se crispèrent.

Mais il était bien décidé à en finir avec cette affaire, non seulement pour Justice, mais aussi pour leur bien à tous les deux.

— Tu ne peux pas remettre à chaque instant cette question sur le tapis, reprit-il. Tu ne peux pas continuellement en faire un obstacle qui nous empêche de repartir de zéro et de construire une nouvelle relation, quelle qu'elle soit.

Elle écarquilla les yeux.

— Il est temps que tu me pardonnes, conclut-il. Tu crois que tu peux faire ça ?

Il attendit, mais Brielle restait silencieuse, les genoux relevés contre la poitrine, le visage pâle.

— Si je peux moi-même mettre de côté le fait que j'ai perdu cinq ans de la vie de mon fils et te pardonner...

Il n'en était pas certain, mais l'alternative était claire : soit il s'attardait sur le passé, soit il se tournait vers l'avenir. Il préférait la seconde solution.

— Je crois que ce n'est pas trop te demander d'en faire autant et d'oublier les conditions dans lesquelles j'ai accepté ce poste à Boston, déclara-t-il avec effort.

Il n'avait pas dit « les conditions dans lesquelles je t'ai quittée », mais c'était sa façon de lui faire comprendre qu'elle avait raison de lui en vouloir.

Leurs regards se croisèrent, et il vit les larmes briller dans les yeux de Brielle. Ses prunelles d'un brun doré exprimaient le regret, et bien d'autres sentiments qu'il n'aurait su nommer.

— Ross, je...

— J'en ai trouvé un ! cria Justice en courant vers eux, les mains tendues devant lui pour leur montrer sa découverte. Regardez !

Se détournant, Brielle se concentra sur son fils.

— Fais attention !

Ross voulut se lever pour rejoindre Justice, juste à l'instant où il glissait sur un rocher et tombait en avant, à quelques centimètres de Brielle.

Elle attira le petit garçon en pleurs sur ses genoux.

— Tu dois être plus prudent, mon bébé. Laisse-moi regarder. Où as-tu mal ?

Mais Ross avait déjà vu le sang qui dégoulinait de la jambe de Justice et tachait le T-shirt de Brielle.

En tant que médecin, la vue du sang ne l'avait jamais ému outre mesure, mais celui de son fils lui donna le vertige.

— Justice chéri ! murmura Brielle.

Elle câlina le petit garçon et déposa un baiser sur le sommet de son crâne tout en l'apaisant par des paroles de tendresse et de réconfort. Elle examina la petite main et le genou blessés, tandis que Ross tentait de recouvrer son calme.

Qu'est-ce qui n'allait pas, chez lui ? A divers moments de sa carrière médicale, il avait dû traiter des accidentés de la route, procéder à des amputations, endiguer des hémorragies. Rien de tout cela ne lui avait retourné l'estomac, alors qu'il était bouleversé par la souffrance de son fils.

— La coupure de sa paume est assez profonde, dit Brielle, mais la blessure au genou est pire.

Elle le fixait comme si elle se demandait pourquoi il restait figé sur place.

— Qu'est-ce que tu en penses ? insista-t-elle. Il aura besoin de points de suture, n'est-ce pas ?

— Je veux pas de « pointures ! » cria Justice, dont les cris se firent plus aigus.

Brielle baissa les yeux vers son enfant.

— Chut, bébé, tout va bien, dit-elle en le serrant plus fort contre son cœur.

Comme Ross ne répondait pas à sa question et ne bougeait pas, elle lui jeta un coup d'œil et fronça les sourcils.

— Je vais le tenir pendant que tu l'examines, Ross. Maintenant ! dit-elle en élevant la voix, pour lui faire comprendre qu'il devait agir.

Passant enfin en mode médecin, Ross commença par la main blessée.

La paume était profondément entaillée. Quand l'enfant avait tenté de prévenir sa chute, l'arête déchiquetée d'un rocher avait mordu sa chair.

Ross passa ensuite au genou.

— Les deux coupures nécessitent d'être recousues, dit-il.

Il détestait l'idée que son fils soit anesthésié et suturé, mais c'était une nécessité.

— C'est bien ce que je pensais, dit Brielle.

Ces deux-là étaient ce qu'il avait de plus précieux au monde. L'un d'entre eux était blessé et il se sentait impuissant. Il avait besoin de faire quelque chose, n'importe quoi.

Le voyant ôter son T-shirt, Brielle écarquilla les yeux.

— Qu'est-ce que tu fais ?

— Je vais bander ses plaies. Tu devras exercer une pression sur les bandages pendant le trajet. Dès que nous serons à l'hôpital, je lui ferai les points de suture. S'il ne voit plus son sang couler, il se calmera un peu.

Lui, et Brielle aussi. Ross devinait qu'elle était dans tous ses états.

— Tu vas t'en occuper toi-même ? demanda Brielle avec étonnement.

Elle ne s'imaginait tout de même pas qu'il laisserait quelqu'un d'autre s'en charger ? Evidemment, sa réaction première avait pu la tromper.

— Je suis urgentiste, lui rappela-t-il en déchirant son T-shirt. Je ne vois aucune raison pour qu'un autre médecin suture mon fils.

— Je ne veux pas de pointures ! sanglota Justice.

L'enfant savait-il seulement ce que c'était ? Avait-il déjà été recousu ? Il y avait tant de choses qu'il ignorait, tant de choses qu'il voulait apprendre à propos de son fils.

Désormais, il serait toujours là pour lui, et il saurait tout ce qu'il y avait à savoir sur son enfant.

— Je pensais juste..., fit Brielle.

Elle ferma un instant les yeux avant de continuer.

— Ta décision sera la bonne. Mais Justice est sur l'assurance que j'ai contractée en travaillant à l'hôpital, alors tu n'es pas obligé de le recoudre toi-même, il n'y a pas de problème. Tous les frais me seront remboursés.

Cette assurance couvrait vraiment toutes les dépenses ? Justice avait-il eu d'autres accidents ? Depuis sa naissance, Brielle assurait seule son entretien. Dieu seul savait combien les soins donnés à un bébé prématuré avaient coûté ! Une autre femme se serait tournée vers le père, un médecin dont les revenus étaient confortables. Elle lui aurait demandé de partager les dépenses... Mais pas Brielle. On pouvait compter sur elle pour relever un défi et se débrouiller sans se plaindre, sans jamais demander d'aide, même si elle avait du mal à joindre les deux bouts.

Cela allait changer.

Il confectionna un bandage de fortune qu'il noua autour du genou de Justice tout en exerçant une pression constante sur la plaie.

— Je te signale au passage que je te dois cinq ans de pension alimentaire, grommela-t-il. Tu me diras combien je te dois.

Brielle le fixa avec stupeur.

— Qu'est-ce qui te prend ? Justice et moi, nous n'avons besoin de rien !

Devinant que son ton un peu vif risquait de troubler leur fils encore un peu plus, elle ajouta plus doucement :

— Ce n'est pas le moment d'en parler, de toute façon.

Elle avait raison.

Ross utilisa ce qu'il restait de tissu pour bander sa petite main.

— Ouille ! Ouille ! hurla l'enfant en tentant de lui échapper. Maman, dis-lui d'arrêter.

— Calme-toi, mon bonhomme, dit Ross, un peu affecté par ce rejet momentané. J'ai besoin que tu sois super-courageux et que tu appuies bien fort là où ça fait mal.

— Chut, bébé, ton papa fait ce qu'il faut pour te soigner, susurra Brielle en frottant le bras de Justice pour le réconforter.

Elle s'efforçait de ne pas regarder Ross.

Quand aurait-il la bonté de se rhabiller ? Mais c'était impossible, puisque son vêtement était en lambeaux et imprégné du sang de Justice.

Son fils souffrait et tout ce qui l'obsédait, c'était le corps athlétique de Ross...

Qu'est-ce qui n'allait pas, chez elle ? Elle avait maintes fois traité des coupures et des écorchures aux urgences, et elle savait que Justice ne courait pas de réel danger. Malgré tout, il avait mal, et elle était distraite par cet étalage de beauté virile. La honte !

Et que dire du regard qu'elle avait échangé avec Ross, juste avant la chute de Justice ?

Quand il s'agissait de Ross, elle était vraiment pathétique.

Elle serra son fils contre son cœur et l'embrassa, regrettant de ne pouvoir prendre sa douleur.

— Aide-le à maintenir le pansement sur sa paume, dit Ross. Je crois que le genou ne saigne plus, parce que le bandage reste sec.

— Tu as raison. Ça va aller, mon bébé. Je te promets que nous allons bien te soigner.

Le petit garçon avait pivoté sur lui-même pour enfouir son visage contre sa poitrine. Il pleurait moins fort.

— Justice, dit Ross, maman va te porter dans la voiture pendant que j'emballe nos affaires vite fait.

— Aussi vite que Batman ?

— Encore plus, assura Ross en tendant la main à Brielle pour l'aider à se lever.

Un bras autour de la taille de son fils, elle saisit les doigts tendus. Dès que leurs paumes entrèrent en contact, elle tressaillit.

Cet homme dégageait plus de courant qu'une centrale électrique !

Ross garda sa main dans la sienne plus longtemps qu'il n'était nécessaire.

Est-ce qu'il sentait lui aussi son corps fourmiller sous l'effet de piqûres minuscules lorsqu'ils se touchaient, était-il submergé par les souvenirs ?

Peut-être n'éprouvait-il rien du tout...

— Je vais installer Justice dans son siège, dit-elle.

Il ne la lâcha pas pour autant.

— Je te retrouve là-bas, répliqua-t-il, d'une voix douce et chargée de promesses qu'elle ne comprit pas.

Pourquoi résonnait-elle ainsi à son oreille, s'il ne s'agissait que de se retrouver à la voiture ?

Elle remua la main, et Ross baissa les yeux vers leurs doigts entrelacés, l'air surpris, comme s'il avait oublié qu'il la retenait.

Visiblement, il n'avait pas senti le courant qui passait entre eux.

Il la libéra et parut sur le point de dire quelque chose, y renonça, secoua la tête, et commença à rassembler les affaires.

Sans un regard en arrière, elle gagna le véhicule, ouvrit la portière et posa Justice sur le siège-auto. Comme elle se redressait, l'enfant la retint.

— Non !

— Non ? Il faut que nous t'emmenions là où maman travaille, mon bébé.

— Je ne veux pas !

— Il le faut, mon cœur.

— Je ne veux pas laisser mon papa. Il risque de ne pas nous retrouver.

L'inquiétude de son fils lui serra le cœur.

— Chéri, nous n'allons pas le laisser. Il ramasse le matériel pour que nous puissions retourner à la pêche ensemble, mais il va arriver.

Mais elle eut beau le cajoler, Justice ne la laissa pas s'écarter tant que Ross ne les eut pas rejoints.

— Tout va bien ? demanda-t-il en leur jetant un regard curieux.

— Pas de problème, assura Brielle.

Pour l'instant, elle ne voulait pas lui répéter ce qu'avait dit Justice. Elle le ferait plus tard, lorsqu'ils seraient seuls. Ils avaient besoin de discuter, et elle avait beaucoup de choses à lui dire.

Ross ne parut pas tout à fait convaincu, mais il mit les affaires dans le coffre et enfila une chemise qu'il préleva dans un sac de vêtements de rechange.

Cette fois, elle put fixer la ceinture de sécurité de Justice sans que ce dernier proteste. Plutôt que de grimper à l'avant, elle s'assit à l'arrière près du petit garçon, au cas où le saignement empirerait.

Le sang n'avait pas transpercé le bandage du genou, mais le tissu qu'il serrait au creux de sa paume était bien rougi.

Ross conduisit en silence jusqu'à l'hôpital. Pendant tout le trajet, elle s'efforça de tranquilliser Justice.

Lorsqu'ils parvinrent devant l'entrée des urgences, Ross bondit hors de la voiture.

— Je vais le porter à l'intérieur.

Elle ne discuta pas. Cela n'aurait servi qu'à provoquer une scène en présence de leur fils, ce qui n'était pas souhaitable. De toute façon, Justice tendait déjà les mains vers son père.

A la vue de son enfant dans les bras de Ross, elle sentit ses jambes flageoler, mais elle se força à mettre un pied devant l'autre.

En voyant ses vêtements tachés et Justice blotti contre la poitrine de Ross, Cindy écarquilla les yeux.

— Brielle ? Docteur Lane ? Que s'est-il passé ?

— Il est tombé, expliqua Ross. Ce n'est pas trop grave, mais il va falloir le recoudre. Est-ce que vous pouvez m'installer dans le box numéro 2 ? dit-il après avoir vérifié du regard qu'il était libre.

— Vous ne voulez pas que j'appelle le médecin de garde ?

Ross ignora la proposition.

Cindy jeta un coup d'œil significatif à Brielle, comme pour lui faire comprendre qu'il allait bien falloir qu'elle s'explique.

Brielle haussa imperceptiblement les épaules.

D'accord, elle avait bien reçu le message. Pendant toute la semaine, elle avait éludé les questions de Cindy, qui voulait savoir si Ross était le père de Justice. Cette fois, elle serait bien obligée de lui fournir des détails.

Une fois dans le box, Ross lui fit signe de s'asseoir sur le lit, puis il déposa Justice sur ses genoux.

— Je vais me laver les mains et enfiler des gants, mon bonhomme. Ensuite, je nettoierai ta jambe et j'aurai besoin que tu sois très courageux. Mais je sais que tu peux l'être.

— Comme Bruce Wayne ?

— Exactement.

Visiblement décidé à rendre son père fier de lui, l'enfant ne bougea plus et suivit du regard tous les gestes de Ross. Cindy revint avec un plateau contenant tout le nécessaire.

— Voulez-vous que je vous assiste ? demanda-t-elle.

— Non merci, dit Ross en mettant des gants. Vous pouvez vous occuper de vos autres patients, Cindy. Brielle et moi, nous nous débrouillerons.

— Vous êtes sûr ?

— Tout à fait. Si j'ai besoin de vous, je vous appellerai. Je sais que vos malades vous attendent, puisqu'il n'y avait qu'un box de libre.

Les yeux de Cindy allèrent de Ross à Brielle.

— Très bien, dit-elle avant de disparaître.

— Est-ce qu'il est allergique à quelque chose ? demanda Ross à Brielle.

— Juste à la pénicilline.

— Il tient ça de moi, remarqua Ross avec une sorte d'incrédulité émerveillée.

Il enleva le bandage qui enveloppait la main de Justice. Le saignement avait cessé, mais la peau arrachée s'en alla avec le pansement.

— Ouille ! gémit le petit garçon.

Semblant se rappeler qu'il devait être courageux, il pinça les lèvres.

Ross lui nettoya la paume avec du sérum, s'assurant qu'il ne restait aucun débris de terre ou de roche. Il aspergea ensuite le centre de l'entaille, de façon à en chasser d'éventuelles bactéries. Prenant ensuite une seringue préparée par Cindy, il s'apprêta à anesthésier la zone avant de suturer la plaie.

Oubliant ses bonnes résolutions, Justice se serra contre elle.

— Je veux pas de piqûre ! Maman, empêche-le de la faire !

— Je vais juste asperger ta blessure avec quelques gouttes, pour commencer, lui assura Ross. Cela picotera un peu, mais tu n'auras pas trop mal.

Mais Justice ne se laissa pas convaincre, et elle dut lui maintenir fermement la main tandis qu'il se tortillait.

— Ouille ! Ouille !

Ross arrosa la plaie avec une dose généreuse d'anesthésiant, puis il attendit quelques secondes avant de procéder à une première injection.

Très crispée, Brielle souhaita une fois de plus pouvoir prendre la douleur de son fils.

— Non ! Arrête ! Je ne t'aime plus ! Ouille ! Ouille ! Arrête, papa !

Le mot, prononcé sur son lieu de travail, la fit sursauter.

Il était clair que tous ses collègues avaient pu l'entendre. Evidemment, ils soupçonnaient tous qu'il y avait quelque chose entre Ross et elle. Mais il valait peut-être mieux leur donner quelque chose à se mettre sous la dent, pour qu'ils puissent passer à un autre potin bien croustillant.

Cindy écarta légèrement le rideau.

— Vous avez besoin d'aide ?

— Tout va très bien, répliquèrent Brielle et Ross avec un bel ensemble.

Ross, qui avait terminé d'anesthésier la zone, reposa la seringue. Justice s'était un peu calmé, il frotta ses joues mouillées de larmes contre le T-shirt de Brielle.

— Je veux pas de pointures.

— Est-ce que ta main te fait toujours mal ? demanda Ross.

Le petit garçon hocha la tête sans le regarder.

— Tu en es sûr ? Parce que grâce à ma potion magique j'ai jeté un sort sur ta main, de façon à ce que tu ne sentes plus rien.

Justice parut réfléchir.

— Ça marche peut-être un peu.

— Tant mieux, mon bonhomme. Si jamais tu avais encore mal, je veux que tu me le dises, parce que ma potion doit te protéger. D'accord ?

Justice baissa les yeux vers sa paume, comme s'il s'attendait à en voir sortir des éclairs ou un nuage de fumée.

Ross entama alors pour de bon son travail de magicien : il rapprocha les berges de la plaie et les aligna du mieux possible, puis il commença à les recoudre.

Tout d'abord, elle parvint à détourner l'attention de son fils, et Ross en était au deuxième point quand Justice remarqua l'aiguille.

— Non ! cria-t-il.

Il voulut retirer sa main, mais elle la maintint fermement en place.

Ross ne s'arrêta pas pour autant.

— Tu dois rester tranquille, mon bonhomme. Rappelle-toi la potion magique, dit-il calmement. Tu n'as pas senti la première suture, et tu ne vas pas sentir celle-ci non plus, puisque ma magie te protège.

L'enfant ne sembla pas totalement convaincu, mais il laissa son père terminer sa tâche. Son petit corps se détendit contre celui de Brielle, et au huitième point il ferma les yeux.

— Il est épuisé, lança-t-elle.

— Ce n'est pas étonnant. La pêche est un sport exténuant, plaisanta Ross.

— Il n'a même pas lancé sa ligne.

— La chasse aux fossiles est aussi très fatigante.

Elle se déplaça légèrement pour que Ross ait un meilleur accès au genou de Justice.

Le bandage collait l'entaille à cause du sang séché. Il l'humecta avec du sérum de façon à détacher le tissu de la blessure sans tirer sur la peau. Répétant ensuite les gestes qu'il avait faits pour soigner la main, il nettoya la blessure, puis il la désinfecta et versa dessus quelques gouttes d'anesthésiant avant de procéder à l'injection proprement dite.

Justice gémit dans son sommeil.

Elle le réconforta en fredonnant une chanson et en lui frottant le dos comme elle l'avait toujours fait.

Ross sutura la plaie sous ses yeux attentifs,

— Tu t'es très bien comportée, avec lui, la complimenta-t-il en coupant le fil.

Elle sentit quelque chose de chaud lui gonfler la poitrine.

— C'est justement ce que je me disais à ton propos. Ton idée de potion magique était magistrale.

— Cette semaine, presque tous nos jeux ont tourné autour des sorts ou des champs de protection magiques.

— Les enfants sont presque tous fascinés par ce genre d'histoires.

— Tu as fait du bon boulot avec lui, Brielle. Un homme ne pourrait pas espérer une meilleure mère pour son enfant.

Elle se sentit rougir, sans comprendre si c'était à cause du compliment ou de la façon dont il la regardait. Elle savait seulement que c'était Ross qui avait provoqué le trouble agréable qui l'envahissait.

— C'était bien de t'avoir auprès de moi pour m'aider, admit-elle. J'aurais eu beaucoup plus de mal à me débrouiller si tu n'avais pas été là.

Ross laissa échapper un soupir et la regarda dans les yeux.

— J'aurais été là depuis le début, si j'avais été au courant.

— Je sais.

Bien sûr qu'elle le savait ! Simplement, elle n'avait pas voulu qu'il reste auprès d'elle par obligation. Les hommes piégés de cette façon finissaient toujours par partir. Celles qui avaient cru les garder pour toujours étaient anéanties.

10

Ross porta le petit corps flasque de son fils dans sa chambre, attendit que Brielle ait tiré les couvertures et le déposa sur le lit. Puis il la regarda glisser un oreiller sous la nuque de l'enfant et le border.

Son fils.

Deux semaines auparavant, il ignorait qu'il en avait un, et il ne pouvait déjà plus imaginer son existence sans lui : ce gamin s'était emparé de son cœur.

Il ne pouvait pas non plus envisager de vivre sans Brielle.

Comme il se tournait vers elle, il vit que ses yeux brillaient comme si elle luttait pour ne pas pleurer. Mais elle perdit la bataille, et une larme coula le long de sa joue.

— Ne pleure pas, Brielle, il va bien.

Il aurait voulu la prendre dans ses bras, mais elle l'aurait repoussé. Malgré le moment d'apaisement qu'ils avaient partagé à l'hôpital, elle se fermerait comme une huître et érigerait de nouveau un mur entre eux.

— Je sais, balbutia-t-elle. Ce n'est pas ça, c'est...

— Quoi donc ?

Elle jeta un coup d'œil à leur fils endormi, secoua la tête et passa près de lui sans le regarder. Comme elle s'éloignait, il la suivit, prenant conscience qu'il ne supportait pas qu'elle s'éloigne de lui.

Parvenu devant sa chambre, il poussa la porte qui n'était pas fermée.

— Brielle ?

Elle était assise sur son lit, le visage enfoui dans les mains, sanglotant sans bruit.

Comment ne pas la prendre dans ses bras, à présent ?

Sans attendre sa permission, il traversa la pièce, s'assit auprès d'elle et l'attira contre lui.

Elle le regarda comme si elle ne s'était pas rendu compte qu'il était là jusqu'à ce qu'il la touche.

— Ne pleure pas, Brielle. Je ne supporte pas de te voir pleurer, dit-il doucement en essuyant ses larmes du bout des doigts.

— Ne sois pas gentil avec moi, s'il te plaît.

— Pourquoi ne le serais-je pas ?

— Je ne le mérite pas.

Il la serra plus fort.

— Bien sûr que si !

Comme elle baissait la tête, il passa un doigt léger sous son menton pour la forcer à lever les yeux vers lui.

— Regarde-moi, Brielle ! Tu le mérites parce que tu es la mère de mon fils, parce que quand je suis parti, au lieu de te battre contre moi, tu as donné naissance à notre enfant et tu l'as élevé seule, sans aucune aide de ma part, alors que j'aurais dû être auprès de toi pendant tout ce temps.

— Par ma faute ! Parce que je ne t'ai rien dit, sinon tu aurais été là.

— Mais tu ne t'en serais pas satisfaite, c'est ça ?

Elle secoua la tête.

— Non, je voulais…

Sa voix se brisa et elle se détourna.

De nouveau, il orienta son visage vers lui et s'aperçut qu'entre leurs bouches la distance s'était singulièrement réduite.

— Qu'est-ce que tu voulais ?

— Toi, souffla-t-elle, les yeux fermés.

Il sentait qu'elle était au supplice, tout comme lui. Pour mettre fin à cette agonie, il se pencha et posa les lèvres sur les siennes.

Elle releva brusquement les paupières, comme pour le questionner silencieusement.

Mais il était bien incapable de lui donner des réponses qu'il ne possédait pas lui-même. Tout ce qu'il savait, c'était qu'il n'avait jamais cessé de désirer cette femme, même s'il avait été longtemps trop têtu pour l'admettre.

La bouche de Brielle demeurait inerte sous la sienne, c'était insupportable. Il fallait qu'il la goûte, qu'il plonge sa langue dans cette cavité satinée, qu'il en prenne totalement possession...

Enfin, répondant à son injonction silencieuse, elle entrouvrit les lèvres.

Il poussa un grognement de plaisir.

— Tu es délicieuse...

— Ne parle pas, chuchota-t-elle. Contente-toi de m'embrasser.

S'il avait eu l'esprit clair, il aurait pris le temps d'analyser ces paroles. Mais il était incapable de réfléchir depuis la seconde où il l'avait prise dans ses bras.

Non, depuis plus longtemps que cela. Cela datait du moment où il avait posé les yeux sur la petite sœur de son compagnon de chambre. Elle venait de terminer ses études d'infirmière et elle lui avait littéralement coupé le souffle.

Comment avait-il pu l'oublier ? Comment avait-il pu oublier à quel point il avait été frappé de stupeur ? Il avait tout de suite su qu'elle serait à lui...

Et pourtant il l'avait quittée.

Mais, pour l'instant, rien ne lui paraissait aussi urgent que d'aimer cette femme et de refaire connaissance avec sa bouche, son visage, son cou.

Oh ! son cou ! Comme il l'avait aimé ! Comme sa nuque était gracieuse !

Quand il embrassa sa gorge et glissa les mains sous son T-shirt, il ne put retenir un gémissement en retrouvant la douceur de ses courbes.

Les doigts de Brielle s'enfoncèrent dans ses cheveux, tandis qu'il se grisait de son parfum délicieux.

Ses seins étaient plus lourds, constata-t-il. La maternité les avait épanouis. Il adorait leur nouvelle générosité.

Ses doigts trouvèrent les agrafes de son soutien-gorge, libérant sa poitrine, et il fit voler le T-shirt taché.

— Tu es belle, Brielle, dit-il en la contemplant. Si belle !

— Trêve de discours, lui rappela-t-elle.

L'attirant à elle, elle posa sa bouche sur la sienne et l'embrassa avec une ardeur qui le mit aussitôt en état d'urgence.

Il avait besoin de sentir sa peau contre la sienne, sans qu'aucun obstacle ne les sépare.

La prenant par les épaules, il l'étendit sur le lit avant d'enlever sa propre chemise.

— C'est toi qui es beau, murmura-t-elle en lui caressant le torse. Tu as toujours été superbe, Ross.

Il allait protester, lorsqu'elle posa les mains sur la fermeture Eclair de son pantalon.

Cessant de respirer, il attendit la suite.

Non ! Avant de penser à son propre plaisir, il devait se concentrer sur celui de Brielle. Il voulait qu'elle se prenne au jeu, qu'elle le désire autant qu'il la désirait. Il la voulait affamée, ardente.

Lorsqu'il arrêta sa main, elle leva vers lui des yeux interrogateurs.

Pour toute réponse, il fit glisser très doucement son short le long de ses hanches puis de ses cuisses, avant de l'abandonner sur le sol.

Etendue sur le lit et uniquement vêtue de sa culotte de coton rose, Brielle offrait le plus ravissant spectacle qu'il lui ait jamais été donné de voir.

Elle était belle. *Et elle était à lui.*

Plus jeune, il avait été suffisamment stupide pour ne pas évaluer la force du lien qui les unissait, mais désormais il savait : ils étaient faits l'un pour l'autre, maintenant et à jamais. Cette fois, il avait acquis suffisamment de sagesse pour le comprendre, au lieu de fuir une relation aussi forte.

C'était ça, l'amour.

Il aimait Brielle. Il l'avait toujours aimée, et il l'aimerait toujours.

Glissant les doigts sous le slip, il lui fit prendre le même chemin que le reste.

Complètement nue, elle le regardait, le visage rosi par le désir, les paupières-mi-closes, les lèvres entrouvertes. *Si belle.*

Très lentement, il fit courir ses mains le long de ses jambes, savourant la douceur de sa peau.

Sous sa paume, la chair de Brielle se hérissait de points

minuscules, ce qui accrut sa propre excitation. Les pointes de ses seins se dressaient comme si elles demandaient à être elles aussi caressées.

Il les prit l'une après l'autre entre ses lèvres, l'amenant à la limite de l'orgasme.

Il les abandonna parce qu'il ne pouvait résister à l'attrait irrésistible du renflement de son pubis. Déposant une pluie de baisers sur son ventre, il parvint à son intimité féminine et frôla du bout de la langue le petit bouton rose et gonflé.

— Ross ! gémit-elle.

Tout en se cambrant pour mieux s'offrir à la caresse, elle plongea de nouveau les doigts dans ses cheveux.

Il continua jusqu'à ce que la respiration de Brielle se fasse haletante et qu'elle répète son prénom encore et encore, comme si elle psalmodiait une incantation magique.

C'était sûrement le cas, parce qu'il avait l'impression de subir l'effet d'un enchantement. Il lui appartenait totalement.

Le corps de Brielle s'arqua, et elle émit un gémissement sourd en parvenant au plaisir.

En l'entendant, il se laissa submerger par le désir qu'elle lui inspirait. Il se redressa, ôta son pantalon en un temps record, puis il la prit dans ses bras et plongea en elle sans hésitation, là où était sa place.

Avec Brielle.

Brielle ferma les yeux et s'abandonna au plaisir qui se diffusait par vagues dans tout son corps.

Chaque fois que Ross la touchait, il allumait ce feu qui avait couvé en elle pendant tant d'années. Chaque frôlement de sa bouche, sur sa peau, suscitait un incendie qu'il était le seul à pouvoir éteindre. Maintenant qu'il était en elle et qu'il la remplissait, elle avait envie de pleurer de joie.

D'ailleurs, tout cela avait débuté avec des larmes…

Non, elle ne voulait pas réfléchir aux émotions qui l'avaient assaillie lorsqu'ils avaient couché Justice ensemble. Pour le moment, elle souhaitait juste s'abandonner à la volupté, prendre ce que le corps de Ross lui donnait et ressentir tout ce qu'elle s'était refusé pendant cinq ans.

Cinq longues années solitaires s'étaient écoulées depuis la dernière fois qu'elle avait fait l'amour avec cet homme. Cinq années de désespoir durant lesquelles elle l'avait aimé et désiré. Et voilà qu'il réapparaissait miraculeusement dans sa vie, l'emportait dans un tourbillon et lui disait qu'il éprouvait la même chose pour elle !

Elle n'avait jamais imaginé que cela puisse se produire un jour.

Pas vraiment.

Ou est-ce que cette possibilité n'avait pas cessé de lui trotter dans la tête ?

Bien sûr, une toute petite partie d'elle-même en rêvait, mais elle la tenait enfouie au plus profond d'elle-même pour qu'elle survive, jour après jour. Elle s'était concentrée sur Justice, Vann, le travail. Elle avait été heureuse, même si elle savait que quelque chose — ou plutôt quelqu'un — lui manquait.

Et maintenant cet homme unique était là. Son corps magnifique bougeait contre le sien. Il s'enfonçait de plus en plus profondément en elle jusqu'à ce que toute pensée rationnelle la quitte, jusqu'à ce qu'elle veuille se perdre en lui.

Les lèvres de Ross avaient pris possession des siennes, comme s'il était affamé et puisait en elle la nourriture dont il avait besoin pour vivre. Ses mains la caressaient, quand il ne prenait pas appui sur le lit pour la regarder tout en la pénétrant.

Elle-même s'enivrait à sentir sous ses paumes son torse musclé, ses épaules, ses fesses.

Soudain elle se crispa, tendue comme un arc.

Au centre d'elle-même un brasier venait de s'allumer, qui se propagea tel un incendie, et elle eut l'impression de se liquéfier de l'intérieur, jusqu'à ce que chaque cellule d'elle soit comme emportée par une tornade de plaisir.

Elle s'agrippa aux draps, soulevée par les spasmes qui la traversaient vague après vague, et se mordit la langue pour retenir les cris que cet orgasme monstrueux provoquait.

Une véritable fusion nucléaire.

Mais ce n'était pas terminé. Juste au moment où elle franchissait le dernier pic de plaisir, Ross le raviva en prenant un mamelon dans sa bouche pour le téter vigoureusement, sans cesser d'aller et venir en elle.

Elle perdit le compte des fois où il la menait au seuil de l'orgasme et relâchait la tension juste un instant, pour qu'elle puisse apprécier l'ascension d'une nouvelle crête. Vint un moment où elle crut que son cerveau ne serait plus jamais capable de fonctionner, court-circuité par la foudre qui lui traversait le corps encore et encore.

Puis Ross changea de rythme. Ses muscles abdominaux se tendirent, et elle souleva les hanches pour aller à sa rencontre, accueillant avec joie le plaisir qui la submergeait.

Au moment suprême, il prononça son prénom. Puis, ruisselant de sueur, il s'affaissa contre elle et roula sur le côté, l'entraînant avec lui de telle sorte qu'elle se retrouva couchée sur lui, leurs corps toujours unis.

Elle enfouit le visage dans le cou de Ross.

Son cœur battait si fort qu'elle en ressentait les pulsations jusque dans ses extrémités. Son corps tout entier palpitait et vibrait.

Cette intensité s'atténua quand son cerveau recommença à fonctionner. Elle put alors évaluer l'impact de ce qu'ils venaient de faire.

Son corps humide était allongé sur celui de Ross, ils étaient tous les deux hors d'haleine et s'agrippaient l'un à l'autre. On aurait dit qu'il ne supportait pas d'être séparé d'elle, qu'il voulait réchauffer cette partie d'elle enfouie depuis si longtemps dans des profondeurs glacées.

Il l'avait fallu, pour se protéger contre la douleur qui la détruisait. Mais la banquise se fissurait peu à peu sous l'effet du dégel, et elle se sentait de plus en plus vulnérable.

Ils ne s'étaient retrouvés que depuis deux semaines, et déjà elle écartait les jambes pour l'accueillir en elle. Cela faisait-il d'elle une femme facile ?

Peut-être, mais elle ne l'était que pour cet homme, il avait seul le pouvoir de la faire craquer. C'était le seul qu'elle avait jamais voulu. Qu'y avait-il de mal à prendre ce qu'il lui offrait ?

Elle n'avait pas planifié ce qu'il venait de se passer, bien au contraire. Il y avait trop d'obstacles entre eux, et le sexe en serait un de plus.

Le sexe ? Etait-ce tout ce qui venait de les unir ?

Autrefois, quand elle était avec Ross, elle ne se posait jamais ce genre de question. Mais ensuite il l'avait quittée, et cela avait tout changé. Elle n'était plus la fille naïve qui était tombée amoureuse de lui au point de lui donner son cœur et son corps. Il l'avait guérie de cette naïveté.

S'écartant de lui, elle s'étendit sur le dos et fixa le plafond.

Attrapant instinctivement la main de Brielle, Ross la pressa dans la sienne. Puis il prit une profonde inspiration avant de lâcher sa bombe.

— On devrait se marier.

Il n'eut pas besoin de tourner la tête pour savoir que Brielle le fixait comme s'il avait perdu l'esprit. Il devina son expression sidérée et perçut le choc que lui causait sa déclaration.

On aurait dit qu'il venait de formuler une requête farfelue dans une langue étrangère ! Ce n'était pas exactement la réaction attendue de la part d'une femme que l'on demande en mariage.

— On a couché ensemble une fois, et tu voudrais que l'on se marie ? dit-elle avec incrédulité.

— Une fois en cinq ans, riposta-t-il.

Les sourcils froncés, elle continuait de le regarder comme s'il était devenu fou.

— Parlons-en, justement ! A l'époque où je t'aimais de tout mon cœur et où nous faisions souvent l'amour, une telle idée ne t'est jamais venue. Et maintenant je dois être si bonne au lit qu'il suffit d'une fois pour que tu éprouves le besoin de m'habiller de blanc et de faire sonner les cloches de l'église ? Pardonne-moi si j'ai du mal à te suivre...

Il s'appuya sur un coude pour mieux la regarder.

— Je te trouve bien sarcastique. Après ce que nous venons de partager, tu trouves le moyen de persifler alors que je te pose une question sérieuse.

Brielle ne désarma pas.

— Tu ne m'as rien demandé.

— Tu veux que je me mette à genoux, Brielle ? Est-ce que cela susciterait un sourire de ta part ? Est-ce que cela te rendrait plus heureuse ? Parce que si c'est ce que tu veux je le ferai.

— Non.

Il regretta aussitôt de s'être montré légèrement hargneux. Simplement, il ne comprenait pas qu'elle n'ait pas vécu ce qui venait de se passer de la même manière que lui. Leur entente sexuelle avait toujours été merveilleuse, mais ce qui venait de se passer était...

Il chercha le mot approprié pour définir ce qu'il avait partagé avec Brielle.

La voix de celle-ci l'arracha à ses pensées.

— Je ne veux pas t'épouser.

— Quoi ?

N'en croyant pas ses oreilles, il se redressa pour fixer le joli visage têtu.

Elle l'avait aimé, elle était la mère de son enfant, elle lui avait infligé des tonnes de magazines de mariage quelques années auparavant, et maintenant elle ne voulait pas être sa femme ?

— Tu m'as bien entendue.

Il chercha à déchiffrer son expression pour savoir ce qui se cachait derrière les mots.

— C'est ta façon de me punir parce que j'ai refusé de faire le grand saut il y a cinq ans, quand tu voulais me contraindre au mariage ?

Brielle s'assit sur le lit, les yeux brillants de colère.

— Pas du tout. Aujourd'hui, c'est moi qui ne veux pas me marier avec toi.

Il secoua la tête. Son euphorie s'était totalement évanouie pour faire place à un sentiment sombre et terrifiant.

— Tu n'as pas changé à ce point !

Brielle croisa les bras sur sa poitrine. Prenant alors conscience de sa nudité, elle remonta les draps pour la dissimuler.

— Tu es le seul homme que je n'épouserai jamais, tu as compris ?

— Et pourquoi ça ?

— A cause de Justice.

— Excuse-moi, mais je ne comprends pas. Notre fils est un obstacle à notre mariage ? Tu ne l'as peut-être pas remarqué, mais il m'aime et il a besoin de son père dans sa vie.

— Je n'ai jamais dit le contraire. Bien sûr qu'il t'aime ! Tu lui as donné de l'attention et des cadeaux, alors je ne vois pas pourquoi il ne t'aimerait pas.

— A t'entendre, on dirait que, parce que je lui ai offert quelques bricoles, j'ai essayé de l'acheter ! Grâce à toi, j'ai cinq années à rattraper, alors tu peux comprendre que mes débuts de père m'aient rendu un peu fou et que j'aie voulu voir le visage de mon gosse s'éclairer quelques petites fois. Et pardonne-moi si tout n'est pas parfait. Je fais mon apprentissage et je crois avoir le droit de me lâcher un peu, tu ne crois pas ?

— Bien entendu. Pas plus que toi, je ne peux modifier le passé. Si j'avais su que tu voulais faire partie de la vie de Justice, j'aurais...

— Oh ! épargne-moi ton histoire à faire pleurer dans les chaumières ! Nous connaissons tous les deux la vérité. Tu ne m'as rien dit parce que tu voulais me punir d'être parti.

— C'est faux !

— Non, c'est vrai. De cette façon, tu donnais naissance à mon fils et tu l'élevais sans que je sois au courant. Est-ce que tu en as tiré du plaisir, chaque fois que tu le regardais tout en sachant que mes yeux ne s'étaient jamais posés sur lui ?

Les yeux brillants de colère, Brielle lui désigna la porte.

— Sors d'ici !

— La vérité fait mal, n'est-ce pas ?

Sautant hors du lit, elle se rhabilla à toute vitesse, puis elle lui jeta sa chemise à la figure.

— Sors d'ici ! répéta-t-elle. Quitte ma chambre, quitte ma maison. On ne veut pas de toi ici, tu m'entends ? On se débrouillait très bien sans toi, et on n'a pas besoin de toi. Je ne veux plus te voir chez moi.

— Comme si je voulais rester !

Il enfila le vêtement, se demandant comment la magie des

moments qui avaient précédé s'était muée en une scène aussi glauque. Et aussi pourquoi il ne tentait pas de reprendre le contrôle de la situation, puisqu'il savait au plus profond de lui qu'il ne voulait pas partir.

Mais, au lieu de supplier Brielle de lui pardonner son orgueil, il déclara :

— Tu auras des nouvelles de mes avocats. J'ai essayé d'arranger les choses, je t'ai même demandée en mariage, mais il fallait que tu fasses ta difficile !

Ou bien était-ce lui qui avait trop pressé les choses ?

Non ! Il voulait épouser la mère de son enfant de cinq ans. Il avait même du retard sur ce point. Mais elle ne voulait plus de lui…

Cette idée lui broya le cœur.

— C'est comme tu veux, reprit-il. On ne se mariera pas, mais mon fils vivra avec moi. Il n'est pas question que je me contente d'un week-end de temps à autre.

Très pâle, Brielle se rassit sur le lit comme si ses jambes ne la portaient plus.

— Non ! Tu ne peux pas faire ça !

Non, parce qu'elle était une bonne mère et que Justice avait besoin d'elle…

— Bien sûr que si, Brielle, dit-il cependant.

Il reconnaissait à peine sa propre voix, mais la douleur le poussait sur un chemin différent de celui qu'il voulait emprunter. Tant pis pour elle ! Il n'allait pas la plaindre après ce qu'elle leur avait fait, à leur fils et à lui. Tout cela parce qu'elle estimait qu'il aurait dû l'épouser sans savoir qu'elle était enceinte. Et maintenant elle le punissait en le repoussant ! Elle ne méritait pas qu'il la ménage, puisqu'elle ne l'avait pas ménagé.

— Tu as eu cinq ans, poursuivit-il. Je veux ce que tu m'as volé : cinq ans.

Les pommettes rosies de Brielle contrastaient avec ses joues pâles.

— Aucun juge ne te l'accordera.

Il dressa les sourcils, trop en colère pour mesurer ses paroles.

— Tu crois ça ? Tu penses avoir les moyens de donner à cet enfant une meilleure vie que moi ? Réfléchis-y.

— C’est ce que j’ai toujours fait.

— Non ! Tu ne lui as pas permis d’avoir le père dont il avait besoin, c’est-à-dire moi.

Sur ces mots, il lui jeta un regard dégoûté et quitta la chambre.

Il aurait voulu claquer la porte derrière lui, mais il s’en abstint pour ne pas réveiller leur fils endormi.

Celle-ci se referma doucement derrière lui, tandis qu’il longeait le couloir.

Et s’éloignait de Brielle.

Pourquoi avait-il l’impression de commettre une terrible erreur ?

11

Brielle avait redouté de retourner à l'hôpital, parce qu'elle devait forcément y voir Ross : il n'y avait pas moyen de s'éviter, aux urgences.

Mais sans doute avait-elle tort de s'inquiéter, car il l'ignorait délibérément, comme elle le faisait elle-même.

Elle ne l'avait pas vu depuis qu'il avait quitté la maison comme un ouragan. Il n'avait vécu chez elle qu'une semaine, pourtant elle le voyait partout : il jouait avec Justice, ou bien son rire résonnait dans les pièces, ou encore son odeur imprégnait l'atmosphère. Parfois, elle avait seulement l'impression qu'il était toujours là.

Il lui manquait, mais il manquait bien plus à Justice.

Le lendemain de leur dispute, Ross avait appelé. Il avait demandé très sèchement à parler à son fils. Après avoir tendu le téléphone au petit garçon et malgré son envie d'écouter la conversation, elle s'était forcée à aller dans la cuisine pour leur accorder un peu d'intimité.

Lorsqu'elle était revenue, Justice avait simplement posé l'appareil sur la table avant de gagner sa chambre. Elle avait porté le récepteur à son oreille, mais Ross avait raccroché.

Ce silence, à l'autre bout du fil, lui avait rappelé la vacuité de sa propre vie.

Justice ne lui avait pas rapporté ce que Ross avait dit, mais il avait posé de nombreuses questions :

— Où est mon papa ?

— Pourquoi mon papa a dû s'en aller ?

— Est-ce que mon papa revient bientôt à la maison ?

— Il faudrait qu'on aille le chercher, tu ne crois pas ?

On aurait dit qu'il ne parvenait à se concentrer sur rien, hormis sur la disparition de son père.

Vann lui-même y avait fait allusion lors d'une visite.

Son frère n'avait pas dit grand-chose à propos de Ross. Il avait juste écouté sa version édulcorée des faits, parce qu'elle n'était tout de même pas assez stupide pour lui dire qu'elle avait couché avec Ross. Vann lui avait conseillé d'être patiente et de pardonner. Selon lui, Ross avait probablement besoin de temps pour assimiler les derniers événements.

Ce n'était pas tout à fait la réponse qu'elle espérait, aussi avaient-ils cessé de parler de ça. En revanche, Justice avait harcelé son oncle de questions pour savoir où se trouvait son père.

Son pauvre fils... Elle avait voulu le protéger, mais au lieu de cela elle avait cédé à sa passion pour Ross et tout gâché.

Etaient-ils voués à l'échec dès le début ? Le passé était-il trop pénible pour leur permettre de construire une relation amicale ?

Elle espérait que non, pour le bien de Justice.

Elle s'était plus ou moins attendue à recevoir une convocation au tribunal concernant la garde de Justice, mais cela devait prendre un certain temps.

Elle était prête à partager leur fils, mais elle se battrait jusqu'à son dernier souffle si Ross voulait le lui enlever complètement. Il en avait peut-être le droit, puisqu'il avait manqué cinq ans de sa vie. Mais, s'il lui interdisait de voir son enfant, ça la tuerait.

Quelque part, elle était convaincue qu'il agirait pour le bien du petit garçon. Il avait lui-même reconnu qu'elle était une bonne mère. Malgré leur dispute, il ne la séparerait pas de Justice...

La voix de Ross, justement, l'arracha à ses pensées.

— Box numéro 3, j'ai besoin des signes vitaux et d'une surveillance cardio-respiratoire par télémétrie, ainsi que du taux d'enzymes cardiaques, ordonna-t-il.

— Oui, docteur.

Elle posa le dossier qu'elle était en train de remplir.

L'infirmière chargée du box numéro 3 avait disparu immédiatement après avoir informé le médecin que son patient souffrait de douleurs à la poitrine. Mais elle ne perdit pas de temps à expliquer qu'elle n'était pas censée s'occuper de ce malade. Si quelque chose se passait dans le service, quiconque était disponible devait agir sans se préoccuper de savoir qui avait donné les premiers soins.

En entrant dans le box, elle se présenta au patient, un homme de cinquante-trois ans qui se tenait la poitrine.

Son visage rouge, sa peau moite et ses yeux écarquillés l'alertèrent.

— Personne ne vous a accompagné, monsieur Cook ?

— Non. Je suis venu dans ma voiture.

C'était assez effrayant, mais elle n'insista pas, pour ne pas aggraver son anxiété.

Elle l'aida à retirer sa chemise, puis elle passa à son bras gauche le brassard d'un tensiomètre automatique avant de brancher le moniteur cardiaque par télémétrie. Comme il était très poilu, elle dut le raser avant de poser les électrodes.

Dès qu'elle eut tourné le bouton, elle ouvrit de grands yeux en voyant l'écran.

Le rythme cardiaque du patient était irrégulier, mais surtout on comptait de cent à cent cinquante battements par minute !

— Docteur Lane ? fit-elle d'une voix calme. J'ai commencé la surveillance cardiaque de M. Cook. Si vous voulez bien regarder...

Sachant qu'elle ne l'aurait pas appelé si elle n'avait pas eu besoin qu'il vienne sur-le-champ, Ross la rejoignit. Dès qu'il eut jeté un coup d'œil à l'écran, il indiqua un traitement adapté. Pendant qu'elle réunissait les produits demandés, il posa lui-même le cathéter et procéda ensuite à l'injection.

— J'ai besoin d'un cardiologue immédiatement, lui dit-il avant de se tourner vers le patient. Nous allons devoir vous hospitaliser pour voir ce qu'il se passe exactement, monsieur Cook. Pour l'instant, votre rythme cardiaque est très irrégulier. En attendant l'arrivée du spécialiste, les remèdes que je viens de vous administrer empêcheront la formation d'un caillot et soulageront votre cœur, qui n'aura plus à travailler si dur.

L'homme hocha la tête comme s'il comprenait, mais au lieu

de répondre il ferma les yeux. Sur l'écran, le tracé cessa de faire des pics pour se muer en ligne continue.

Le genre de ligne qui suscitait une décharge d'adrénaline chez n'importe quel professionnel de la santé.

Pendant que Ross commençait le massage cardiaque, elle prépara le défibrillateur et lui tendit les électrodes.

— On dégage ! lança-t-il en délivrant un choc électrique au patient.

Rien.

Cindy, qui avait entendu le code d'alerte, les rejoignit. Elle commença à ventiler le patient grâce à un masque facial, pendant que Brielle et Ross s'occupaient de la réanimation cardio-respiratoire. Tandis que le défibrillateur se rechargeait, Brielle effectuait les compressions thoraciques.

— On recommence, annonça Ross. Ecartez-vous !

Cindy et Brielle reculèrent d'un pas pendant que Ross posait les électrodes sur la poitrine de l'homme, dont le corps se contracta au moment de la décharge.

Brielle retint son souffle, espérant un signe.

Le bip-bip se fit entendre de nouveau. Puis encore un autre, et un autre.

— Dieu merci, souffla-t-elle en échangeant un regard avec Cindy.

Mais le patient n'était pas encore hors de danger.

De nouveau, Ross lui indiqua les produits à injecter. Hochant la tête, elle prit ce qu'il lui fallait sur le plateau, tandis qu'il se tournait vers Cindy.

— Faites venir un cardiologue. Tout de suite !

— Oui, docteur. Le Dr Heather Abellano se trouve dans l'unité de soins intensifs cardiologiques. Je l'ai aperçue tout à l'heure.

Cindy jeta un coup d'œil à Brielle puis sortit du box.

Brielle continua de surveiller son patient, consciente que Ross l'observait. Il ne lui adressa pas un seul mot. Pas un seul.

Quelques minutes plus tard, le Dr Abellano arrivait. Après avoir examiné M. Cook, elle le fit transférer en cardiologie, afin de procéder à des examens plus poussés avant de poursuivre le traitement.

Dès que M. Cook fut emmené, Brielle laissa échapper un soupir de soulagement, contente de voir approcher la fin de son service et d'aller chercher Justice pour le ramener à la maison. Elle jeta un coup d'œil à Ross, qui reportait les derniers événements sur le dossier de M. Cook.

Levant les yeux, il la surprit en train de le fixer. Il dressa les sourcils, puis se détourna.

Qu'est-ce qu'il croyait ? Qu'elle allait lui parler ? Qu'était-elle censée dire qu'ils n'avaient pas déjà dit ?

Ross apposa son nom au bas du rapport, s'efforçant de se concentrer sur sa tâche et d'oublier la femme qui était en train de réapprovisionner le chariot d'urgence.

La femme qui avait mis sa vie sens dessus dessous.

Il avait pris la bonne décision, en venant à Bean's Creek. Du moins en ce qui concernait Justice, qu'il aurait pu ne jamais connaître. Pour le reste, il ne savait pas trop.

Tout était clair dans sa tête quand il s'était rué hors de chez Brielle : il fallait qu'il parte. Mais, ce faisant, est-ce qu'il n'avait pas agi comme Brielle s'y attendait depuis le début ? Il s'en allait quand la situation devenait trop difficile…

Peut-être avait-elle de bonnes raisons pour le voir ainsi, puisque, avec elle, il n'était pas resté quand leur relation se gâtait. Pourtant, il n'était pas un dégonflé, ou le genre d'homme à fuir les problèmes. Normalement, il ne s'en allait pas en courant, il cherchait et trouvait des solutions. Et cette fois il n'avait pas l'intention de disparaître.

Ces jours-ci, il avait pris des décisions majeures. Le genre de résolutions que l'on prend quand on a la tête froide. Mais apparemment il ne parvenait pas à garder des idées claires en présence de Brielle. Elle le rendait littéralement fou.

En même temps, avec elle, il se sentait vivant. Plus vivant qu'à aucun autre moment de sa vie. Depuis qu'il l'avait retrouvée, ses émotions étaient plus intenses, plus réelles.

Il aurait sans doute dû s'incruster chez elle, camper sur son canapé jusqu'à ce qu'ils se calment tous les deux. Au lieu de cela, il avait pris l'avion pour Boston, cédé ses parts du cabinet à ses associés, mis son appartement en vente et pris toutes les dispositions nécessaires.

En effet, il n'avait nullement l'intention de retourner à Boston au bout de ses trois mois d'intérim à Bean's Creek. Malgré ce qu'il s'était passé entre Brielle et lui, il comptait s'établir en Caroline du Nord, là où se trouvait sa famille.

Comment s'y prendre pour la retrouver, à présent ?

Il avait tourné et retourné cette question dans sa tête, ces derniers jours. En tout cas, il détestait la situation actuelle. Il avait la chair de poule chaque fois qu'il s'apercevait que Brielle le regardait de ses grands yeux tristes. Il voulait les remplir de joie, la faire sourire, et non pas lui causer du stress ou du chagrin.

Mais il était bien déterminé à faire partie de l'existence de son fils. Il avait manqué cinq années de sa vie, cela ne se reproduirait pas. Justice lui manquait. *Brielle* lui manquait.

Il jeta un coup d'œil dans sa direction.

Elle était en train de parler avec l'infirmière qui avait emmené M. Cook en cardiologie. Elle semblait épuisée, comme si elle avait à peine dormi la nuit précédente, et il savait que c'était sa faute.

Il aurait voulu la prendre dans ses bras, lui dire qu'il voulait rentrer à la maison.

« La maison » ? Etait-ce ainsi qu'il pensait à cette petite bicoque pittoresque ?

Le foyer d'un homme se trouve là où est son cœur. Alors oui, il voulait rentrer chez lui… Chez eux.

Ce qui voulait dire que Brielle et lui devaient discuter. Il ne la menacerait pas au sujet de la garde de Justice. Simplement, il souhaitait qu'ils fassent marche arrière tous les deux… Et qu'elle lui dise qu'il lui manquait autant qu'elle lui manquait, qu'elle l'aimait autant qu'il l'aimait.

Autant qu'autrefois.

Si Brielle l'avait aimé à cette époque, il saurait la reconquérir. Il la connaissait, elle n'était pas du genre à tomber amoureuse facilement. Plus de cinq ans auparavant, elle lui avait donné son cœur. Il fondait son futur bonheur sur l'hypothèse qu'elle ne le lui avait jamais complètement repris. Autrement, elle n'aurait pas fait l'amour avec lui. Entre eux, l'attraction était toujours aussi puissante, mais ce qui les unissait n'était pas seulement physique…

Pourquoi se torturer ainsi l'esprit, d'ailleurs ? Il savait ce qu'il voulait, et il n'avait aucun doute sur la direction qu'il devait prendre. A la fin de leur service, il avait décidé de s'agenouiller devant elle et de la supplier d'admettre qu'il méritait une seconde chance.

Si elle acceptait de la lui donner, il l'aimerait et la chérirait jusqu'à la fin de leurs vies, ainsi que Justice.

Il jeta un coup d'œil à sa montre.

Par bonheur, ils arrivaient tous les deux au bout de cette longue journée de travail.

Il fourra sa main dans la poche de sa tenue d'hôpital, et ses doigts caressèrent l'écrin de velours.

Justement, Brielle regagnait la station centrale.

— Je voudrais voir Justice, ce soir, lui dit-il.

— Parfait.

Il se crispa un peu. Le mot ne lui plaisait pas.

— Est-ce que je peux vous inviter tous les deux à dîner ?

Elle n'hésita qu'une seconde.

— Non, mais tu peux faire manger Justice ou jouer avec lui à la maison.

— En revanche, tu ne souhaites pas passer du temps avec moi ?

— Moins nous serons ensemble, mieux ce sera pour Justice.

— Pourquoi cela ?

— Parce que c'est comme de mélanger le feu et l'essence. Nous ne pouvons pas cohabiter.

— Nous l'avons fait pendant des années, et plutôt bien.

— C'était avant.

— Avant quoi ?

— Avant Justice.

— Il est la raison principale pour laquelle nous devons y parvenir.

Brielle secoua la tête négativement.

C'était exactement ce qu'elle ne voulait pas. Grâce à sa mère, elle savait très bien où cela menait de contraindre un homme au mariage.

— Il sera ravi de te voir, dit-elle pour compenser son refus. Tu lui manques.

— C'est réciproque. Ecoute, Brielle, il faut que l'on discute, mais pas ici, ni à la maison, en présence de notre fils. Juste toi et moi.

— Je n'en vois pas la nécessité.

— Donne-moi l'occasion de te la montrer.

Elle soupira.

Elle n'avait pas envie de parler avec Ross, mais elle savait bien qu'il le faudrait tôt ou tard.

— Très bien, mais je dois passer prendre Justice à la maternelle en sortant de l'hôpital, alors pas ce soir.

Ross s'apprêtait à protester, quand le téléphone portable de Brielle se mit à sonner.

On l'appelait rarement au travail.

Elle le sortit de sa poche pour regarder le numéro qui s'affichait sur l'écran.

C'était l'école.

— Allô ?

— Bonjour, Brielle. Rachel, à l'appareil. Je ne sais pas comment vous le dire, mais Justice a disparu. Nous l'avons cherché partout, mais il est parti.

Elle sentit son cœur s'affoler. Incapable de parler, elle vacilla sous les yeux inquiets de Ross et lui tendit le récepteur d'une main tremblante.

— Dr Lane à l'appareil. Que se passe-t-il ?

En état de choc, elle vécut les minutes suivantes sans vraiment enregistrer ce qu'il se passait autour d'elle, uniquement consciente de la douleur qui la taraudait.

Justice avait disparu !

Quelques minutes plus tard, Ross avait prévenu la police, et on leur envoyait un inspecteur qui les retrouverait sur place, à l'école.

Alors qu'ils roulaient dans la voiture de Ross et qu'elle luttait pour ne pas céder à la panique, il lui prit la main.

Elle ne résista pas, heureuse de ne pas être seule pour affronter cette terrible épreuve, et laissa couler ses larmes.

Lorsqu'ils parvinrent à destination, Ross resta à son côté et l'aida à sortir une photo de son portefeuille puis la remit au policier, tant ses mains tremblaient.

— Toutes les unités sont sur le coup, les informa l'homme. Vous devriez rentrer chez vous, au cas où il y serait.

Un timide espoir s'éveilla en elle.

Etait-ce possible ? Jusqu'à maintenant, elle avait envisagé toutes sortes d'explications, incluant un enlèvement. Mais si Justice était parti de son plein gré ?

Pourquoi aurait-il fait cela ?

Entrevoyant la vérité, elle jeta un coup d'œil à Ross.

— Il n'est pas à la maison.

— Comment le sais-tu ?

— A mon avis, il est parti te chercher.

— Mais je lui ai dit que je reviendrais après avoir passé quelques jours à Boston.

— Apparemment, il n'a pas voulu attendre un instant de plus pour te retrouver. Il n'arrêtait pas de répéter que l'on devait partir à ta recherche.

Submergée par les remords, elle ferma les yeux.

Oh ! Justice ! Elle aurait dû prêter davantage attention à ses questions, savoir que son fils si intelligent allait entrer en action.

— On va surveiller les arrêts de bus et appeler les services de taxi pour savoir si quelqu'un se souvient de lui, leur indiqua le policier.

Elle hocha la tête, puis elle sursauta quand son téléphone se mit à sonner.

Priant le ciel pour qu'on lui donne des nouvelles de son fils, elle regarda l'écran.

Vann.

Elle n'avait même pas pensé à prévenir son frère. Evidemment, Justice avait pu se rendre chez lui pour lui demander de l'aide.

— Justice est avec toi ? demanda-t-elle dès qu'elle eut décroché.

— Oui. Il vient juste d'arriver. Tout seul. Qu'est-ce qu'il se passe ?

Elle se détendit brusquement.

— Dieu soit loué !

— Il est avec Vann ? demanda Ross avec un soulagement évident.

Elle acquiesça d'un signe, tout en écoutant son frère lui expliquer comment Justice était arrivé en taxi à l'hôpital où il travaillait, affirmant qu'il avait besoin que son oncle l'aide à retrouver son papa.

Elle se mit à pleurer sans pouvoir s'arrêter. Ce n'étaient pas des larmes silencieuses, mais de gros sanglots qui lui secouaient tout le corps.

Ross la prit dans ses bras.

— Chut, bébé, ça va aller. Il est hors de danger, et Vann va nous le ramener.

Après avoir informé l'école et la police des derniers événements, ils regagnèrent la maison pour y attendre Vann. Là, Ross la força à s'asseoir sur un tabouret de la cuisine et à boire un verre d'eau.

Elle savait qu'il s'efforçait juste de la distraire.

— Je ne l'empêcherai jamais de te voir. Jamais ! assura-t-elle, fondant de nouveau en larmes.

— Je le sais, répliqua-t-il, et c'est pareil pour moi. Il a besoin de nous deux.

Se tournant vers lui, elle s'aperçut qu'elle n'était pas la seule à avoir les yeux humides.

— Tu as raison… Oh ! Ross, je suis tellement désolée !

Il se leva pour l'entourer de ses bras.

Elle en éprouva un réconfort immédiat. Par la suite, elle aurait été incapable de dire combien de temps ils étaient restés dans cette position. Elle savait seulement qu'ils s'agrippaient l'un à l'autre pour se consoler mutuellement.

— Pardonne-moi, Ross. Pardonne-moi de ne pas t'avoir dit que j'étais enceinte, supplia-t-elle en sanglotant. Je voulais que tu me veuilles, moi, pas parce que j'attendais un enfant.

— Je te voulais.

S'écartant légèrement de lui, elle décida de jeter son orgueil aux orties.

— Je veux dire pour toujours, Ross. Je suis sans doute sotte, vieux jeu ou désespérément romantique, mais je souhaitais que tu m'enlèves sur ton grand cheval blanc, pas que tu te sentes obligé de m'épouser.

— J'ai été idiot, Brielle. J'aurais dû deviner qu'il y avait une bonne raison pour que tu aies changé aussi radicalement. Je n'ai rien compris, et au lieu de me battre pour toi, pour nous, j'ai été pris de panique et me suis enfui.

— N'oublie pas que l'on t'offrait une grande opportunité, à Boston. Tu aurais été fou de la refuser.

— Et plus fou encore de te quitter comme je l'ai fait.

— Ce n'est pas ça... Nous ne voulions pas les mêmes choses, tous les deux. Si tu étais resté, ça aurait mal tourné.

— Dis-moi, Brielle. Est-ce que tu as souhaité que nous nous mariions avant de savoir que tu étais enceinte, ou après ?

Elle n'eut pas à réfléchir longtemps.

— Je l'ai désiré dès notre premier baiser.

— Mais tout s'est précipité quand tu as découvert que tu attendais un enfant, non ?

— Je m'étais toujours dit que nous attendrions que tu aies terminé ton internat et que tu t'installes. Honnêtement, j'étais si heureuse d'être avec toi que je ne me projetais pas dans l'avenir.

— Jusqu'à ce que la nature te force à y penser.

— J'ai eu tort de ne pas t'en parler, mais...

— Je ne connaissais pas tous les faits, Brielle, si bien que je n'ai pas compris ton brusque changement de personnalité.

— J'aurais dû te mettre au courant.

Ross prit une profonde inspiration.

— C'est vrai. Mais, maintenant que j'ai discuté pendant plusieurs heures avec ton frère, je peux comprendre tes raisons. Tu attendais davantage de moi.

— Tu as parlé avec Vann ?

— Hier, quand mon avion a atterri, je suis allé tout droit chez lui. Nous avons dîné ensemble.

— J'ai toujours regretté que vous ayez cessé d'être amis par ma faute.

— Je l'ai regretté aussi, mais tu n'y es pour rien, Brielle. Je ne me suis pas battu pour préserver notre amitié, tout comme j'ai accepté notre rupture sans lutter. Je peux juste blâmer mon ignorance, ma jeunesse et ma stupidité.

— Tu n'es ni ignorant ni stupide.

— J'ai fait preuve d'une grande bêtise en perdant la seule femme que j'aie jamais aimée…

Elle retint son souffle, attendant les mots qui allaient suivre.

— Je suis sorti avec pas mal de femmes, Brielle. Aucune d'entre elles n'a retenu mon attention, parce qu'aucune d'entre elles n'était toi…

L'espace de quelques secondes, elle souffrit de l'imaginer avec d'autres, mais elle se mordit la lèvre et resta silencieuse, sachant qu'il n'avait pas terminé.

— J'ai fait la connaissance d'une collègue. En théorie, elle était la partenaire parfaite, et j'ai envisagé de la demander en mariage…

Elle sentit une main invisible lui broyer le cœur. L'entendre parler de ses liaisons était une chose, mais l'imaginer avec une femme qu'il aimait en était une autre.

Il y avait eu quelqu'un de spécial dans la vie de Ross ?

— Pourtant, je n'ai jamais pu me résoudre à le faire, poursuivit-il. Je pensais très souvent à toi, je me demandais ce que tu faisais, si tu étais mariée, s'il y avait la moindre chance que l'étincelle jaillisse de nouveau entre nous. La nuit, je rêvais de toi, je me voyais tendre les bras vers toi, mais tu n'étais pas là. J'ai fini par me convaincre que nous avions laissé passer la chance et qu'il fallait être fou, pour s'attarder ainsi sur le passé…

Ross émit un petit rire avant de reprendre.

— Et puis, j'ai assisté à ce congrès, à Philadelphie. J'y ai rencontré Vann, et j'ai su aussitôt que je ne pourrais pas avancer tant que je ne t'aurais pas revue.

Il avait pensé à elle ? Il avait rêvé d'elle ? Peut-être aux mêmes moments où elle en faisait autant de son côté ?

— Presque en passant, dit Ross, Vann a mentionné que l'hôpital où tu travaillais cherchait un remplaçant pour une urgentiste qui prenait un congé de maternité. J'ai sauté sur l'occasion, parce que je savais qu'il ne me suffirait pas de te croiser. A l'idée de notre rencontre, je me suis senti revivre. Et, quand je t'ai vue, j'aurais voulu que tu lâches tout pour te précipiter dans mes bras.

Elle déglutit péniblement, dans l'espoir de faire disparaître la grosse boule qui s'était formée dans sa gorge.

— Tu voulais quoi ?

— Toi. Et, avant que tu ne te lances dans une tirade sur le sexe, sache qu'il ne s'agissait pas seulement de désir physique, mais de toi, seulement de toi. En te perdant il y a cinq ans, j'ai perdu une partie de moi, et je veux la récupérer.

Les tempes bourdonnantes, elle avait du mal à réfléchir.

— Qu'est-ce que tu dis ?

— Que mon cœur t'appartient.

— Et tu veux que je te le rende ?

Ross poussa un profond soupir.

— Pas tout à fait, non. Quand je t'ai demandé de m'épouser l'autre soir, je ne pensais pas à Justice… Ni même à toi.

— A quoi pensais-tu, alors ?

— A moi, répondit-il simplement.

— A toi ?

— Je t'ai toujours voulue, Brielle. J'ai toujours voulu que tu sois à moi. Pas à cause de notre fils, mais parce que je ne peux pas supporter d'être séparé de toi.

Lui prenant le visage dans ses mains, il la regarda gravement.

— Je t'aime, Brielle Winton. Depuis toujours et pour toujours.

Après avoir ouvert son cœur à Brielle, Ross attendit la réponse.

Comme si ses jambes ne la supportaient plus, elle s'appuya contre lui et posa sa joue sur son épaule.

— Oh ! Ross !

Se demandant ce que signifiait cette exclamation, il déposa un baiser dans ses cheveux.

— Tu n'es pas obligé de m'épouser, dit-elle d'une petite voix. Je t'appartiens depuis toujours et pour toujours.

— Tu n'écoutes pas ce que je dis, Brielle. Je *veux* me marier avec toi.

— Tu dis ça parce que nous avons été tous les deux bouleversés par la disparition de Justice. Nous pouvons vivre ensemble, cela suffit pour former une famille.

Lui prenant la main, il la serra légèrement.

— Ma demande n'a aucun rapport avec le coup d'éclat de notre fils. J'ai demandé ta main à Vann hier.

— Tu as fait *quoi* ?

— Tu m'as bien entendu.

— Qu'est-ce qu'il a dit ?

Ross se mit à rire.

— Que ce n'était pas trop tôt et qu'il me souhaitait bonne chance pour te convaincre de dire oui.

Un léger sourire erra sur les lèvres de Brielle.

— Alors dis-moi, mon cœur, poursuivit-il, que doit faire un homme pour persuader la femme qu'il aime qu'il veut passer le reste de sa vie avec elle, qu'il veut qu'elle porte son nom, ainsi que leurs enfants ?

Brielle lui adressa un large sourire et haussa les épaules.

— Il devrait peut-être lui demander si elle est d'accord et voir ce qu'elle en dit.

— Je suppose que s'il était malin il s'agenouillerait devant elle pour le faire dans les formes, non ?

— Il suffirait peut-être qu'il lui pose la question...

Il mit un genou à terre.

— Ross, tu n'es pas obligé de faire ça, murmura Brielle. Je vais t'épouser.

— Chut ! Tu n'as pas lu de contes de fées ? Tu n'es pas censée me répondre avant que j'aie fait ma demande... Brielle Winton, me ferez-vous l'honneur d'être ma femme et la mère de mes enfants ?

— Je pourrais te faire remarquer que, dans les contes, le héros ne demande pas à l'héroïne d'être la mère de ses enfants cinq ans après les faits.

Il poussa un soupir exagéré.

— Il est clair que tu n'as pas de bonnes lectures, ma chérie. Tu me tues, avec ta logique à deux sous, alors que je fais de mon mieux pour être romantique.

Un large sourire aux lèvres, il sortit l'écrin de sa poche et souleva le couvercle de velours.

Les yeux de Brielle s'emplirent de larmes.

— Réponds-moi, Brielle. Acceptes-tu de m'épouser et de m'autoriser à te chérir pendant le reste de ma vie ?

Se penchant vers lui, elle l'embrassa sur la bouche, puis sur les joues, le front, les yeux, et encore sur la bouche.

— Oui, Ross ! Je veux me marier avec toi, si tu es bien certain de le souhaiter toi-même.

Le cœur gonflé d'amour, il lui rendit ses baisers.

— J'en suis sûr. Je t'aime, Brielle.

— Moi aussi... Et depuis toujours, tu le sais.

— Oui...

Au plus profond de lui-même, il avait toujours su qu'ils étaient promis l'un à l'autre. Même quand il était trop têtu et stupide pour admettre combien il avait besoin d'elle.

— Et cela ne cessera jamais, dit-il, parce que je passerai le reste de mon existence à te donner des raisons de continuer à m'aimer.

Brielle baissa les yeux vers le gros diamant qui brillait à son doigt, symbolisant son union avec Ross.

— Est-ce que je rêve ?

— Non. C'est la réalité... notre réalité.

Elle se blottit contre lui.

— C'est drôle, parce que j'ai l'impression de rêver.

— Quand je te disais que tu avais de mauvaises lectures !

— Tu crois ?

— Mais peu importe, parce que je ne veux plus que tu lises de contes de fées : dorénavant, tu en vivras un pour de bon, avec l'amant le plus amoureux et le plus passionné de tout l'univers.

Elle s'écarta légèrement pour le regarder dans les yeux.

— Cette perspective me plaît assez.

— A moi aussi, dit Ross en l'embrassant. J'aime aussi que quelqu'un soit en train de frapper à la porte, parce que ça veut dire que Vann nous ramène notre fils.

Elle se leva d'un bond. Se tournant vers Ross, elle le prit par la main, posant sur lui des yeux pleins d'amour.

— Viens, nous allons raconter à notre fils un conte de fées très spécial : le nôtre. Où les héros se retrouvent et sont heureux à jamais.

Épilogue

Se penchant en avant, Justice souffla ses cinq bougies.

Autour de lui, ses parents, son oncle Vann, Samantha et plusieurs de ses amis de la maternelle applaudirent.

Quelques mois auparavant, si quelqu'un lui avait demandé ce qu'il voulait pour son anniversaire, il aurait répondu « un papa ».

Désormais, il en avait un.

Un bon papa, qui faisait beaucoup sourire sa maman. Ça lui plaisait. Il aimait aussi tous les cadeaux que son papa rapportait à la maison pour sa maman et lui. Parfois, il ne comprenait pas leurs gloussements, mais les adultes faisaient ça, parfois. C'était un peu bizarre, et cela montrait qu'ils n'étaient pas aussi intelligents qu'ils auraient dû l'être.

Après tout, c'était grâce à lui si son papa était revenu à la maison. Evidemment, ses parents l'avaient beaucoup grondé. Mais comment aurait-il pu savoir que son papa était déjà rentré et qu'il ne repartirait plus jamais ?

Il avait été privé d'ordinateur et de jeux vidéo pendant une semaine, mais ça lui était bien égal, depuis qu'il avait son papa et sa maman tout le temps.

Seulement, ils étaient tellement occupés à se regarder avec des yeux qui leur sortaient de la tête et à s'embrasser que quelquefois il aurait eu besoin de quelqu'un de sa taille pour s'amuser avec lui. Ce serait bien, s'il arrivait un petit frère ou une petite sœur ! Il préférait un frère, mais une sœur ferait l'affaire.

Tout sourires, il se frotta les mains, pressé que son souhait se réalise.

— Quel est ton vœu, mon bonhomme ? demanda son papa, dont le bras entourait la taille de maman, comme d'habitude.

Justice regarda ses parents et leva les yeux au ciel.

— Si je le dis, il va pas se réaliser. Mais c'est bon, parce que vous le saurez de toute façon, quand la cigogne arrivera.

— La cigogne ? répétèrent papa et maman d'une seule voix.

Ensuite, papa posa une main sur le ventre de maman, et ils se sourirent d'un air débile, tandis qu'oncle Vann et Samantha fixaient le ventre de maman avec étonnement.

Hochant la tête, maman leur sourit.

Les adultes ! Ils étaient trop bizarres, quelquefois !

Justice enfonça son doigt dans le gâteau puis le porta à sa bouche.

Le flash d'un appareil photo crépita.

— Mmm... Je peux ouvrir mes cadeaux ?

Parce qu'il était vraiment pressé de savoir si les cigognes faisaient leurs livraisons dans la journée.

LUCY RYDER

Une promesse trop fragile

BLANCHE

HARLEQUIN

Titre original :
RESISTING HER COMMANDER HERO

Ce roman a déjà été publié en 2018.

1

— Envoyez la civière ! cria dans son micro la technicienne médicale d'urgence, Francis Abigail Bryce.

Frankie regardait l'hélicoptère qui se tenait en vol stationnaire, trente mètres au-dessus d'elle. Le vent et la pluie fouettaient la corniche sur laquelle elle était accroupie, protégeant l'alpiniste qui gisait sur le rocher.

Elle n'avait pas vraiment prévu de passer ainsi son vendredi soir, mais quand, un peu plus tôt, le poste de garde avait annoncé qu'un homme avait fait une chute en montagne, c'était elle qu'on avait envoyée sur place.

Les pluies diluviennes qui s'étaient abattues sur Port St. John's, une ville côtière de l'État de Washington située sur la péninsule Olympic, avaient provoqué un glissement de terrain qui mobilisait tous les secours. Les sauveteurs creusaient sans relâche, essayant de dégager les survivants. Avec les dégâts créés par l'orage qui avait frappé le détroit de Juan de Fuca, les secours d'urgence étaient débordés.

Frankie était revenue avec quelques blessés et c'était elle qui avait été dépêchée pour secourir l'alpiniste malchanceux. Elle s'était trouvée au mauvais endroit au mauvais moment. Ainsi, au lieu de soigner les victimes du glissement de terrain, elle était maintenant coincée sur une étroite corniche où elle risquait sa vie parce qu'un groupe de randonneurs avait trouvé malin de faire de l'escalade sous une pluie torrentielle.

Elle regarda le visage juvénile de la victime et secoua la tête.

Sans doute s'agissait-il d'un étudiant en vacances. Les équipes d'intervention d'urgence étaient toujours très sollicitées dans ces périodes-là pour sortir d'affaire des gamins imprudents.

— Tiens bon, mon grand ! cria-t-elle au milieu des bourrasques.

Elle était auprès de lui depuis quinze bonnes minutes et elle avait noté qu'il perdait conscience de plus en plus souvent. Elle soupçonnait un éclatement de la rate et avait déjà placé la jambe du blessé dans un plâtre de compression gonflable.

Pourquoi l'évacuation de son patient prenait-elle autant de temps ? À cet instant, elle entendit dans ses écouteurs qu'on lui donnait un avertissement.

— Attention !

Elle vit alors une silhouette massive atterrir sur la corniche. Vêtu d'une combinaison rouge et noir, l'homme portait un casque lui couvrant la moitié du visage et équipé d'un micro. On eût dit un gros insecte débarquant d'une autre planète.

Frankie n'avait pas besoin de voir ses yeux pour savoir qui il était. Cette mâchoire virile et cette bouche sensuelle qui ne souriait pas lui suffisaient pour identifier le nouveau venu, sans parler des frissons qui l'avaient parcourue en le voyant surgir devant elle.

Nathan Oliver. L'homme qui était revenu depuis des mois et qui n'avait même pas pris la peine de le lui faire savoir.

Mais que faisait-il ici ? N'était-il pas une sorte d'officier de marine chargé de missions ultrasecrètes, qui commandait l'EISM, l'équipe d'intervention de sécurité maritime ? Sauf si son patient était un terroriste ou un étranger en situation irrégulière, ce dont elle doutait, elle était certaine qu'un membre de cette unité stationnée à Port St. John's n'avait en principe rien à faire dans une opération de sauvetage comme celle-ci. Mais peut-être que le glissement de terrain et les dégâts qui s'étaient produits dans le détroit avaient nécessité de faire appel à toutes les forces spéciales de la côte, y compris l'EISM. Et n'était-ce pas incroyable que ce soit justement lui qui soit tombé du ciel ?

Décrochant le câble qui le reliait à l'hélicoptère, il adressa des signaux au pilote avant que son filin de sécurité disparaisse dans la pluie qui tombait dru.

La gorge nouée, Frankie réprima l'envie folle de l'attraper avant que le souffle créé par le rotor ne le fasse basculer dans le vide. Nathan Oliver était bien la dernière personne qu'elle avait envie de voir, mais elle ne souhaitait pas pour autant sa mort.

Ils avaient été trop importants l'un pour l'autre — autrefois.

Par ailleurs, en équilibre sur la corniche, le pied sûr, aussi puissant qu'un lion des montagnes, Nate était parfaitement capable de les sauver tous les deux. Il avait fait partie des forces spéciales de la Navy, la marine de guerre des États-Unis, avant d'être transféré dans l'unité du Pacifique nord-ouest des gardes-côtes, avec le titre de lieutenant commandant de l'EISM. Si les conditions actuelles n'étaient sans doute pas les pires qu'il ait connues, il ne pouvait pas, par un temps pareil, escalader des falaises à pic.

Il vint s'accroupir près d'elle, la fixant de son regard pénétrant. Si elle eut soudain des frissons, c'était parce qu'elle était trempée jusqu'aux os et complètement gelée, et non parce que Nathan la troublerait encore.

Tout cela était de l'histoire ancienne et elle n'avait pas l'habitude de refaire deux fois les mêmes erreurs. Surtout celles qui avaient eu lieu en public et qui avaient mis à mal non seulement sa fierté, mais aussi son cœur.

— Est-ce que ça va ? demanda-t-il.

Au lieu de répondre, elle lui posa à son tour une question en hurlant pour se faire entendre.

— Où est la civière ? Il est en état de choc.

Nathan pointa un doigt vers le ciel. Levant les yeux, elle la vit qui se balançait au gré des rafales de vent. Nate aboya un ordre en direction de l'hélicoptère et le pilote se rapprocha lentement de la falaise. Mais, au lieu de se stabiliser, la civière se mit à tournoyer. Se redressant avec précaution, Nate tendit le bras pour l'attraper.

La voyant changer brusquement de direction sous l'effet des bourrasques, Frankie ouvrit la bouche pour mettre Nathan en garde.

Il s'aperçut trop tard du danger et ne put éviter le choc. La civière vint heurter le côté de son casque, envoyant Nathan tituber au bord de la corniche. Il tentait de recouvrer son équilibre quand, soudain, son pied glissa et, un bref instant, son regard croisa celui de Frankie.

Tous les sentiments contradictoires qu'elle avait réussi à refouler durant les douze dernières années explosèrent soudain en elle. Elle devait l'empêcher de disparaître à tout jamais de sa vie. Sans prendre le temps de réfléchir, elle bondit vers lui dans un élan désespéré.

La peur lui donnait des ailes, et aussi de la force. Elle réussit, malgré ses doigts glacés, à saisir le harnais de Nate un geste qui la propulsa contre lui avec un bruit sourd. Elle l'enserra alors de ses jambes, l'emprisonnant comme dans un étau tandis que tous deux basculaient de la corniche.

Elle l'entendit jurer et sentit qu'il l'étreignait de toutes ses forces, comme s'il l'entourait d'un cercle en acier. Son filin de sécurité se détendit et, durant quelques instants affreux, elle crut qu'ils tombaient dans le vide. Elle se cacha le visage dans le cou de Nate en se disant qu'après tout ce n'était peut-être pas là une mauvaise façon de mourir.

Nichée dans les bras puissants de Nate, les poumons emplis de son odeur masculine...

Jamais elle ne s'était trouvée aussi proche de lui depuis douze ans. La dernière fois, cela avait été le soir de son anniversaire, alors qu'elle fêtait ses dix-huit ans. Le soir où il l'avait profondément humiliée devant la moitié de la ville.

Il était parti au loin durant des années et elle ne s'était pas aperçue à quel point il avait changé. Elle ignorait aussi qu'il avait perdu des camarades de combat au cours de sa dernière mission. Il lui avait paru être le même, quoique plus costaud et en meilleure forme physique, et se comporter comme le garçon qu'elle connaissait depuis l'enfance. Elle avait bien remarqué, ce soir-là, qu'il avait le regard plus dur, les lèvres serrées et la mâchoire crispée, mais elle avait mis cela sur le compte d'une certaine arrogance masculine. Lui qui appartenait à l'élite des forces armées du pays était sans doute contrarié de se retrouver avec une bande d'adolescents immatures parce qu'elle l'avait supplié de venir à son anniversaire.

Elle aurait dû savoir qu'elle n'avait aucune chance avec Nate. Pour lui, elle était la petite sœur de son meilleur ami, et rien d'autre. Une petite sœur sauvage, téméraire, qui voulait toujours les suivre partout.

Elle ne lui était jamais arrivée à la cheville, ni à celle de son frère Jack. En tout cas, pas aux yeux de ses parents. Jack avait été leur enfant chéri et Nate, si populaire, grand sportif et incroyablement intelligent, était comme leur second fils. Tous deux excellaient en tout, et vivre dans leur ombre avait été intimidant.

L'incident qui s'était produit lors de son anniversaire avait été très humiliant pour elle. Elle avait dit des choses qui, chaque fois qu'elle y pensait, l'emplissaient de honte et la faisaient culpabiliser.

Ce jour-là, elle avait perdu Nate... Et, sept ans plus tard, elle avait perdu Jack, victime d'une attaque au mortier.

Ils étaient ses champions. Ses super-héros à elle.

Le cœur de Frankie se serra. Nate et elle allaient tomber au fond du ravin et elle n'aurait jamais plus l'occasion de prouver qu'elle...

Son filin de sécurité se tendit brusquement, mettant fin à leur balancement dans le vide pour les projeter vers la paroi de la falaise.

Frankie se crispa. Le choc allait être brutal.

Nate essaya de se tourner, probablement pour encaisser le plus gros de l'impact, mais celui-ci fut si violent que Frankie en eut le souffle coupé... et elle sentit le corps chaud et musclé de Nate venir s'insérer entre ses cuisses.

Était-ce ce contact ou bien la secousse qui lui fit perdre soudain tout bon sens ? Elle eut soudain des pensées parfaitement inappropriées compte tenu de la situation. Une vague de chaleur l'envahit. Nate Oliver était toujours l'homme le plus sexy qu'elle ait jamais connu.

— Ne regarde pas en bas, ordonna-t-il. Et, pour l'amour du ciel, ne lâche rien. Pas encore.

Bien sûr, Frankie ne l'écouta pas. Se tordant le cou, elle regarda ce qu'il y avait en dessous et le regretta aussitôt. Il n'y avait que le vide. Un vide noir, glacial. Elle fut prise de vertige.

— Ah, Frankie, je t'avais dit de ne pas regarder, marmonna Nate dans son oreille.

Elle voulut lui dire qu'il n'avait pas d'ordre à lui donner, mais elle avait le souffle coupé et était incapable de parler.

Oh ! Seigneur, comme c'était mortifiant ! Frankie L'Intrépide, celle qui avait été autrefois l'enfant sauvage de Port St. John's, était en pleine panique.

— Je vais te lâcher, dit Nate d'un ton calme.

— Non !

Elle le tint encore plus serré. Il n'était pas question de le laisser partir.

— C'est juste pour libérer mes mains et mes pieds, ajouta-t-il d'un ton calme. Ensuite, je vais nous rapprocher de la corniche. D'accord ?

Elle avait envie de répondre non, mais elle savait que cette manœuvre éviterait que le filin ne soit trop tendu et se cisaille contre les aspérités de la paroi. Levant les yeux, elle vit que la civière était suspendue juste au-dessus d'elle, sur sa gauche, et qu'elle ne bougeait plus.

Les dents serrées, elle hocha la tête et s'agrippa de toutes ses forces au harnais de Nate, tandis qu'elle resserrait ses cuisses autour de lui au point d'en avoir mal.

— Tu es une gentille fille, murmura-t-il.

Elle voulut lui rire au nez, car elle ne se considérait pas du tout comme une « gentille fille ».

Il la lâcha et, appuyant ses pieds contre la falaise, il se rapprocha lentement de la corniche.

Il s'était écoulé une minute à peine depuis que Frankie avait fait un bond spectaculaire pour rattraper Nate, mais elle sentait que ses muscles commençaient à trembler. Combien de temps allait-elle pouvoir encore tenir ?

Sous la combinaison de Nate, elle voyait ses muscles travailler, ce qui généra chez elle de nouvelles pensées inappropriées. En d'autres circonstances, cela aurait pu l'effrayer, mais, étant si près de la mort, elle s'y sentait autorisée. Et puis, il y avait si longtemps qu'elle n'avait pas eu ce genre de fantasmes qu'elle pouvait bien en profiter.

Finalement, la tension de son harnais s'allégea et Nate se redressa, solidement planté sur ses pieds.

— Maintenant, tu peux lâcher, Francis.

Il avait levé la visière de son casque. La chaleur de son regard, habituellement indéchiffrable, la surprit.

— Est-ce que ça va ? demanda-t-il.

Morte de peur, Frankie jeta un rapide coup d'œil sur sa gauche et vit alors qu'ils étaient revenus sur la corniche. Son patient, enveloppé dans une couverture de survie, était à quelques dizaines de centimètres de là, attendant qu'elle ait repris ses esprits.

— Je vais bien, répondit-elle d'une voix rauque.

Impatiente de rétablir une certaine distance entre eux, elle relâcha son étreinte et se laissa glisser sur le sol. Ses doigts accrochés au harnais de Nate restaient le seul contact physique qu'elle avait avec lui.

— Francis, aide-moi à sécuriser le plateau d'évacuation du patient pour que nous puissions quitter cette corniche.

Ce n'était pas le moment de se laisser submerger par l'émotion, se dit-elle. Le blessé réclamait toute son attention, et la civière qui se balançait doucement au-dessus de leurs têtes était là pour permettre de le transporter jusqu'au centre de traumatologie le plus proche.

Tout le reste pouvait attendre. Y compris sa crise de panique.

Il ne fallut que quelques minutes pour transférer l'étudiant sur le plateau d'évacuation et l'attacher sur la civière. Nate fixa ensuite la sangle permettant de hisser la civière et, d'un geste de la main, donna le signal pour que l'équipage remonte le blessé. Frankie retint son souffle jusqu'au moment où le patient fut enfin à bord de l'hélicoptère.

Elle avait hâte de quitter la corniche, mais, avec ses jambes et ses bras qui ne cessaient de trembler, l'ascension serait difficile, même avec l'aide des sauveteurs.

Elle avait l'intention d'attendre que Nate soit parti avec l'hélicoptère avant de commencer à grimper car elle avait trop peur de se sentir une nouvelle fois humiliée devant lui.

Le câble réapparut et Frankie laissa échapper un soupir de

soulagement. Elle allait bientôt se retrouver seule, et libre de laisser cours à ses émotions sans aucun public.

Elle regarda Nate attraper le clip et l'entendit murmurer quelque chose qu'elle ne saisit pas parfaitement. Le moment était venu, se dit-elle, de laisser Frankie l'Intrépide reprendre le contrôle de la situation, car il valait mieux plaisanter et prendre les choses de haut plutôt que de trembler de peur et se montrer lâche.

— À plus tard, soldat..., lança-t-elle avec un sourire arrogant et un salut désinvolte.

— Ce n'est pas « soldat », mais « marin », marmonna-t-il tout en décrochant le filin de sécurité de Frankie.

— Qu'est-ce que tu fais ? protesta-t-elle.

Elle tenta de rattraper le filin, mais il était déjà hors de sa portée, les sauveteurs étant en train de le remonter dans l'appareil.

Elle se tourna vers Nate.

— As-tu perdu la tête ?

Il ne répondit pas, occupé à l'attacher à son propre harnais. Elle voulut l'en empêcher, mais il lui écarta les mains d'une pichenette et réussit à les accrocher, elle et lui, au câble qui les hisserait jusqu'à l'hélicoptère, puis il la prit dans ses bras.

— Fais-moi confiance.

La vérité la frappa en plein cœur. Oui, elle lui faisait confiance. Elle ne voulait pas, mais c'était plus fort qu'elle.

— Non, dit-elle.

Elle mentait, et Nate devait le savoir car il donna l'ordre à l'équipage de les remonter.

Lorsqu'ils quittèrent la corniche, Frankie avala sa salive. Elle n'appréciait pas d'être suspendue dans le vide, en pleine nuit, sous la pluie et au milieu des bourrasques. Elle se sentait trop... vulnérable. Et elle détestait cela.

Elle s'était montrée vulnérable, autrefois, avec Nate. Et il l'avait détruite. Elle s'était juré que c'était la dernière fois qu'elle s'autorisait à montrer ses sentiments.

— Je te revaudrai ça, soldat, dit-elle, les dents serrées.

Elle ferma les yeux, étroitement serrée contre cet homme qu'elle avait du mal à reconnaître.

Il n'était plus le beau garçon arrogant qui l'avait traitée autrefois avec l'agacement et l'indulgence d'un grand frère. C'était aujourd'hui un homme doté d'un pouvoir d'attraction qui le rendait irrésistible.

Son regard aussi était différent. Plus intense, à la fois protecteur et distant.

Le Nate d'aujourd'hui était comme une version plus mature, plus sexy et plus redoutable du garçon qu'elle avait aimé autrefois, mais il avait acquis un côté sombre qui le rendait encore plus dangereux pour les femmes.

Malgré le bruit infernal de l'hélicoptère, elle entendit Nate l'interpeller.

— Tu t'endors, femme araignée ?

Elle ouvrit les paupières et vit que le fuselage rouge et blanc était tout près d'eux. Deux hommes surveillaient et contrôlaient leur remontée.

— Non, murmura-t-elle. Je m'imagine être sur une plage à Hawaï.

Nate dut l'entendre car il esquissa un sourire. Elle sentit des mains s'emparer d'elle et la faire entrer dans l'habitacle. Dès qu'elle fut libérée de la sangle qui la reliait à Nate, elle rejoignit le coin de l'appareil où un homme d'équipage s'occupait de l'étudiant blessé.

Celui-ci avait les yeux ouverts, mais il semblait étourdi et désorienté.

— Regarde-moi, mon grand, dit-elle en lui dégageant le bras pour le mettre sous perfusion. Accroche-toi, d'accord ?

À cet instant, elle remarqua que plusieurs regards étaient fixés sur elle et que les visages affichaient de grands sourires. Ce qui n'était pas le cas de Nate qui paraissait mécontent. Mais cela semblait être une habitude chez lui, du moins quand il la regardait.

— Qu'y a-t-il ? demanda-t-elle, l'estomac noué.

— Eh bien, belle dame, vous avez sauvé Sammy en effectuant une cascade tout à fait impressionnante, lança un homme d'équipage dont le casque à écouteurs ne laissait voir que les joues et un sourire éclatant. Vous n'avez jamais pensé à rejoindre un cirque ?

Sammy ? se demanda-t-elle. S'agissait-il de son patient ?

— Je suis allergique à la piste ronde, comme à tous les anneaux, du reste.

Elle se mit à rire en voyant leurs regards gênés, mais elle n'avait nullement l'intention de s'expliquer sur le sujet. Il y avait bien longtemps qu'elle avait décidé qu'elle n'était pas faite pour le mariage. Les hommes avaient l'air de croire que toutes les femmes rêvaient de porter une alliance et de vivre dans une maison entourée d'une palissade blanche.

Maintenant, elle souhaitait de tout son cœur que l'hélicoptère vole à la vitesse maximum. Plus vite ils arriveraient à l'hôpital, plus vite son patient serait emmené au bloc opératoire. Et plus vite elle pourrait fuir l'attirance inexorable que Nathan semblait exercer sur elle.

2

Quelques heures plus tard, Frankie traversait d'un pas traînant l'aire de stationnement des ambulances pour pénétrer dans la salle des urgences. Ses poussées d'adrénaline étaient retombées depuis longtemps et tout son corps, à présent, la faisait souffrir.

Heureusement, le glissement de terrain n'avait pas été aussi étendu qu'on l'avait craint et la plupart des habitants avaient pu échapper au pire. Ceux qui avaient été sérieusement blessés étaient maintenant hospitalisés. Les autres, une fois soignés, avaient été renvoyés chez eux.

Frankie se dit qu'elle venait d'assurer la garde la plus longue de toute sa carrière. Sa combinaison était trempée et ses boots lui donnaient l'impression de patauger à chaque pas. Et puis, il y avait aussi ce mal de dos qu'elle ne pouvait plus ignorer. Il fallait qu'elle se fasse examiner.

Par chance, le service des urgences était calme après la frénésie qu'il avait connue peu de temps auparavant. Frankie trouva la personne qu'elle cherchait dans la salle de repos réservée au personnel.

Paige Carlyle, les joues gonflées par le beignet qu'elle dégustait, en sortait déjà un autre de la boîte à biscuits. En entendant la porte s'ouvrir, elle leva les yeux, l'air coupable, comme si elle venait d'être surprise en train de commettre un délit.

— Ces trucs finiront par te tuer, dit Frankie. Et ce truc-là aussi, ajouta-t-elle avec une grimace en avisant le gobelet posé sur le comptoir.

— C'est chaud et délicieux, et j'ai besoin de sucre !

— Mais non, tu n'en as pas besoin. Tu ferais mieux de boire un jus de légumes et de prendre un long bain chaud.

En entendant parler de jus de légume, Paige afficha un air horrifié.

— Je ne vais sûrement pas boire ces choses infectes !

Puis elle trempa son beignet dans le chocolat chaud avant de l'avaler en faisant des bruits que Frankie jugea vraiment disgracieux.

— Mais je rêve d'un bon bain chaud, ajouta Paige en refermant à regret la boîte de biscuits. J'ai mal aux pieds et je ne suis pas rentrée chez moi depuis si longtemps que Ty a dû sans doute oublier à quoi je ressemblais.

— Arrête de gémir, c'est fatigant, tout comme ta façon de rappeler constamment que tu as un beau mec qui t'attend à la maison avec de bons petits plats faits maison et des massages quotidiens.

Paige afficha un grand sourire.

— Tu sembles jalouse. Comme si, toi aussi, tu voulais avoir un beau mec qui t'attende à la maison.

— Qui n'en a pas envie ? marmonna Frankie.

— Eh bien, je connais un autre type sexy, célibataire, qui pourrait t'intéresser..., lança Paige d'un air entendu.

— Ton frère ? Le pilote de chasse ? Il est sexy et j'adore les hommes en uniforme...

— Mais non ! Je parlais de quelqu'un qui est dans un autre secteur des forces armées. Disons... le garde-côte ?

— Il ne m'intéresse pas... Et je peux gérer moi-même ma vie sentimentale, merci. Occupe-toi seulement de Ty le Terrible.

Tyler Reese avait été le meilleur ami de Nate et de Jack jusqu'à l'été de leurs dix-huit ans. Quelque chose s'était passé qui avait plongé les trois amis dans une foule de problèmes et Ty avait quitté Port St. John's pour ne plus y revenir, excepté à l'occasion des funérailles de Jack. Mais les choses avaient changé lorsqu'une blessure avait menacé de mettre fin à sa carrière de chirurgien. Il était revenu passer sa convalescence à Port St. John's et était tombé sur Paige dès le premier soir.

Ou plutôt sur la lampe électrique de Paige, ce qui, visiblement, l'avait impressionné, car il avait renoncé à son style de vie et à la superbe carrière qu'il menait dans une grande ville pour venir s'installer dans le nord du pays.

Paige s'éclaircit la gorge et regarda attentivement Frankie.

— Auriez-vous quelque chose à me dire, mademoiselle Bryce ?

Frankie haussa les épaules.

— Non.

— Allons..., insista Paige.

— Il n'y a rien.

Elle espérait que Paige, qui semblait aussi lasse qu'elle, allait laisser tomber son interrogatoire.

— Raconte-moi tout avant que j'appelle Ty, dit Paige. Ou, mieux encore, je devrais peut-être faire appel à un solide garde-côte. Il pourrait te faire tenir tranquille pendant que je t'examinerai.

Devinant à qui Paige faisait allusion, Frankie plissa les yeux d'un air menaçant, mais son amie ne parut pas le moins du monde impressionnée.

— Allons-y, dit Paige en jetant son gobelet vide dans la poubelle.

Elle se dirigea vers la porte et, constatant que Frankie n'avait pas bougé, elle se retourna, l'air agacé.

— Eh bien, qu'est-ce que tu attends ?

— Un médecin urgentiste.

Paige leva les yeux au ciel. Tout le monde savait qu'elle était pédiatre et qu'elle travaillait aux urgences pour rembourser ses frais d'études.

— Vos grands airs ne m'intimident pas, mademoiselle Bryce. Box n° 4. Maintenant.

Puis elle quitta la pièce.

Frankie ferma les yeux. Elle se sentait trop fatiguée pour bouger. Et, à chaque respiration, elle se souvenait de sa cascade, digne d'un numéro de trapèze volant. Elle n'avait plus la force de faire le moindre mouvement.

Quelques secondes plus tard, la porte s'ouvrait à nouveau et Paige passa la tête dans l'entrebâillement. Elle lança un regard noir à Frankie.

— Tout de suite ! ordonna-t-elle sèchement.

— Ty sait-il à quel point tu es agaçante ?

— Bien sûr ! C'est l'une des choses qu'il aime chez moi.

Elle disait vrai. Ty l'adorait. Ses sentiments pour cette petite Attila en jupons, pas plus haute que trois pommes, étaient si évidents que Frankie en était un peu jalouse. Elle avait envie que quelqu'un la regarde, *elle*, de cette façon.

Poussant un soupir, elle suivit Paige dans un box resté vide.

— Bon, où as-tu mal ? s'enquit Paige.

— Tu ferais mieux de me demander où je n'ai pas mal, répondit Frankie avec un ricanement.

Elle commença à défaire la fermeture Éclair de sa combinaison en se demandant si elle serait capable de se rhabiller tant ses muscles la faisaient souffrir.

Paige enfila une paire de gants chirurgicaux et se mit à l'observer attentivement.

— Laisse-moi deviner. Tu t'es montrée imprudente durant cette opération de sauvetage en montagne et tu t'es fait mal au dos.

— Quel sauvetage en montagne ? Comment sais-tu que c'est mon dos ? demanda Frankie, irritée. Et je ne suis jamais imprudente… Enfin, plus maintenant. C'est fini.

Haussant un sourcil, Paige la regarda d'un air à la fois agacé et compréhensif qui mit Frankie mal à l'aise.

— Je sais que tu détestes te sentir un fardeau pour les autres parce que tu veux absolument te racheter pour ce que tu as fait par le passé, Frankie. Bon, d'accord, tu étais une enfant sauvage et rebelle. Et alors ? Quand on est jeune, on fait tous des bêtises.

— C'est ridicule…, bredouilla Frankie. Je te parie que…

— Tu es une excellente technicienne médicale d'urgence, l'interrompit Paige, et même la meilleure de toute la côte, mais tu devrais peut-être songer à te sauver toi-même.

Frankie lui jeta un regard agacé.

— Que veux-tu dire ?

— Que tu devrais accepter de recevoir de l'aide de temps en temps. Par exemple, maintenant… Pendant que nous tenons toutes les deux encore debout, conclut Paige en étouffant un petit rire.

Elle commença à dégager les épaules de Frankie en baissant sa combinaison. Arrivée à la hauteur des bras, elle poussa un cri.

— Oh ! C'est plutôt vilain !

— Quoi ? demanda Frankie. Qu'est-ce qu'il y a ?

Comme Paige lui ôtait sa chemise qui était toute trempée, elle ne put cacher qu'elle avait mal. Paige poussa un juron.

— Cela est-il arrivé avant ou après que Frankie L'Intrépide a fait sa cascade ? demanda-t-elle.

— Je ne vois pas de quoi tu parles.

— Mais si, tu vois très bien, car tout le monde est au courant, marmonna Paige. Et comment se fait-il que c'est en écoutant les commérages que j'ai appris que tu avais sauvé la vie d'un super-héros ? Je croyais que l'on se disait tout quand on était des amies intimes.

Non, pas tout... Parce qu'il y avait des choses qu'on ne partageait avec personne. Particulièrement celles qui nous couvraient de honte chaque fois qu'on y repensait.

Comme elle la débarrassait de son débardeur imprégné de sang, la laissant en soutien-gorge, sa combinaison roulée jusqu'à la taille, Paige ne put retenir un cri d'exaspération en découvrant l'état du dos de son amie.

— Vraiment, Frankie, qu'est-ce qui t'a pris de sauter d'une corniche ? Avais-tu perdu la tête ?

— Qui t'a parlé de ça ?

— C'est donc vrai ? insista Paige en palpant doucement le dos meurtri de Frankie.

— C'est compliqué à expliquer... Aïe, tu me fais mal !

— Et tu vas avoir encore plus mal, rétorqua Paige. Sérieusement, on pourrait croire que tu avais envie de mourir. Il y a des bleus, des lacérations et quelques vilaines éraflures. Que s'est-il vraiment passé ?

Frankie haussa les épaules d'un air désinvolte.

— J'ai été coincée entre un rocher et une surface dure.

Paige poussa un soupir et commença à soigner les plaies.

— Tu veux me raconter ?

— Non.

Au même instant, une voix grave se fit entendre à l'entrée du box.

— Oui, Francis, raconte.

Elle ferma les yeux, vaincue par la fatigue. *Pas maintenant. Jamais.* En tout cas, pas quand elle se sentait bout de force et percluse de douleurs.

Elle avait espéré éviter le sermon auquel, à coup sûr, elle allait avoir droit, mais elle aurait dû savoir qu'il la chercherait. Il avait passé sa vie à traquer des terroristes. Comment avait-elle pu croire qu'elle lui échapperait ?

Si elle avait pu l'éviter depuis le soir de ses dix-huit ans, c'était parce que Nate l'avait voulu ainsi. C'était aussi son désir à elle, dans l'espoir d'oublier que le garçon qu'elle avait idolâtré l'avait traitée de gamine égoïste et têtue qui ne pensait pas une seconde aux conséquences de ses actes sur les autres. Il lui avait aussi reproché son imprudence en ajoutant qu'elle ferait bien de grandir.

Puis il avait quitté la ville, mettant la plus grande distance possible entre elle et lui.

Eh bien, il avait eu raison d'agir ainsi, se dit-elle. Et elle aurait préféré qu'il ne revienne jamais.

Elle se tourna vers lui, tentant d'arborer un air indifférent. Mais, après cette nuit difficile, il avait l'air plus en forme et plus sexy que jamais, alors qu'elle-même se sentait complètement épuisée.

— Ceci est une salle d'examen, dit-elle d'un ton détaché. Seul le personnel médical y est admis.

Nate haussa un sourcil.

— Tu veux appeler la Sécurité, Francis ? demanda-t-il avec une pointe d'ironie dans la voix.

— Non ! Je préfère qu'il n'y ait pas de témoin lorsque je me sers d'un scalpel.

Elle n'ajouta pas « contre toi », mais ces mots flottaient dans l'air.

La lueur d'amusement qui apparut dans les yeux de Nate ne fit que l'agacer davantage. Quel type arrogant ! songea-t-elle, se rappelant que Paige et elle le pensaient déjà de lui quand elles étaient adolescentes.

— Tu veux t'attaquer à moi, Francis ?

— Tu crois que je n'en suis pas capable ?

À vrai dire, le défier dans l'état de fatigue où elle se trouvait ne serait pas très intelligent. Sa fierté et surtout son cœur risquaient d'en souffrir sérieusement.

Elle le regarda fixement. Pourquoi ne s'en allait-il pas ? Pourquoi ne la laissait-il pas tranquille ?

— Tu peux toujours essayer, dit-il avec un sourire suffisant.

Appuyé contre le chambranle de la porte comme s'il avait parfaitement le droit d'être là, il la regardait avec une moue désapprobatrice. Il n'avait plus l'air de plaisanter.

Frankie frissonna. Elle avait oublié la façon qu'il avait de fixer quelqu'un en lui donnant l'impression d'être examiné au microscope. Elle lui tourna le dos, mais son corps, ce traître, fut submergé par une vague de chaleur.

Faisant mine d'ignorer Nate, elle s'adressa à Paige.

— Excusez-moi, docteur, mais n'y a-t-il pas un règlement qui dit que seuls les membres de la famille sont autorisés à pénétrer dans un box aux urgences ?

Paige jeta un coup d'œil rapide à Nate et murmura ensuite quelque chose qui ressemblait à : « Ne me mêle pas aux histoires qu'il y a entre vous deux. »

Durant quelques secondes, Frankie se sentit coupable. Elle ne voulait pas impliquer son amie, mais l'attitude de Nate l'exaspérait.

— Il n'y a rien entre nous, répondit-elle d'un ton méprisant.

— Frankie ! s'indigna Paige.

Nate ne bougeait toujours pas. Frankie savait qu'il l'observait puisqu'elle-même le regardait du coin de l'œil tout en faisant semblant de l'ignorer.

Finalement, il se décolla de l'encadrement de la porte

— Très bien. Je m'en vais. Je le fais pour toi, doc...

Ce qui voulait dire clairement qu'il ne le faisait pas pour elle, mais pour Paige, songea Frankie qui se sentit blessée. Mais elle se rappela aussitôt que se laisser atteindre par l'attitude de Nate était aussi stupide qu'inutile. Par ailleurs, elle n'avait plus le ridicule amour-propre d'une adolescente, et la dernière chose dont elle avait besoin ou envie, c'était bien de quelqu'un atteint du complexe du héros.

Au moment où il quittait le box, leurs regards se croisèrent et il esquissa un sourire ironique.

Un lourd silence s'abattit dans la pièce, mais Frankie avait conscience que son amie avait une envie folle de lui poser mille questions. Elle finit par craquer.

— Sérieusement, Frankie, tu l'as jeté dehors ? Es-tu malade, stupide, ou bien folle, tout simplement ? Dis-moi ce qui se passe entre vous !

— Rien.

Elle soupira. Soudain, la tension avait disparu, la laissant dans un état d'épuisement complet.

— De toute façon, poursuivit-elle, je n'ai pas envie d'en parler. Mais je me demande pourquoi tout le monde dit *Sammy* en parlant de Nathan.

Paige resta un moment silencieuse avant de répondre.

— C'est le pseudo qu'on lui donne chez les gardes-côtes.

— Le pseudo ?

Paige leva les yeux au ciel.

— Le surnom, le sobriquet...

— Je sais ce qu'est un pseudo, docteur Mignonne.

Elle savait que Paige détestait le surnom que sa petite taille lui avait valu.

— C'est juste que je ne comprends pas pourquoi on l'appelle ainsi, continua-t-elle.

Paige haussa les épaules tout en nettoyant une plaie particulièrement sensible, amenant Frankie à serrer les dents.

— Je pense que cela a peut-être à voir avec le fait qu'il a appartenu aux forces spéciales de la Navy. Il a servi l'Oncle Sam, conclut-elle en lui passant de la teinture d'iode sur le dos. Allonge-toi sur le ventre, veux-tu ? Je dois faire quelques sutures.

Frankie esquissa une grimace.

— Tu es vraiment obligée ?

— Oui, je te connais, la première chose que tu feras en rentrant chez toi, ce sera d'ignorer les consignes du médecin et de prendre une douche puis tu reviendras ici avec une infection. Par ailleurs, je ne veux pas que ces plaies te laissent des cicatrices.

Frankie renonça à protester. Après tout, Paige la connaissait bien, en effet.

Elle s'allongea donc sur la couchette et sans doute tomba-t-elle dans une sorte de somnolence car elle sursauta lorsqu'elle sentit que Page lui tapotait le bras.

— C'est terminé, belle endormie, dit-elle d'un ton chaleureux. Et, ne proteste pas, je t'ai prescrit quelques jours de repos. Maintenant, tu vas rentrer chez toi et dormir un peu. Ne porte rien de lourd et renonce à sauter d'une corniche. Abstiens-toi de tout effort physique, sinon tu réduirais à néant tout ce que je viens de faire pour toi.

Après s'être assise en bâillant, Frankie se tordit le cou pour voir son dos et constata qu'il était recouvert de pansements résistants à l'eau. Roulant légèrement les épaules pour tester leur souplesse, elle fut agréablement surprise de constater que ce mouvement n'était pas douloureux.

— Pendant que tu somnolais, je t'ai injecté des antalgiques et des antibiotiques, dit Paige, levant ainsi le mystère. Cela devrait être efficace jusqu'à demain matin.

— Le jour va se lever dans une heure environ, répliqua Frankie en se laissant glisser de la table d'examen. Combien de temps ai-je dormi ?

— Environ vingt minutes, répondit Paige en l'aidant à enfiler de nouveau le haut de sa combinaison.

— Je peux m'habiller toute seule, maman, merci.

Paige émit un petit ricanement avant de prendre son carnet d'ordonnances. Elle écrivit quelques mots puis leva les yeux.

— Es-tu à jour pour tes vaccins antitétaniques ?

Frankie grommela quelque chose que Paige dut comprendre car elle déchira une feuille du carnet et la tendit à son amie.

— Je t'ai prescrit des antibiotiques et des antalgiques. Prends-les. Avec toutes ces ecchymoses, tu risques de souffrir dans la matinée.

— Merci, doc, tu es la meilleure.

Elle serra Paige dans ses bras puis se dirigea vers la porte.

— Oui, c'est vrai, dit Paige en riant.

Au moment de franchir le seuil, Frankie s'arrêta brusquement. Elle n'avait aucune envie de se trouver nez à nez avec Nate si jamais il avait décidé de l'attendre dehors. Elle se sentait trop vulnérable pour lui faire face, avec tous ces antidouleurs qui venaient de lui être injectés.

La voyant s'immobiliser, Paige s'inquiéta.

— Qu'y a-t-il ? As-tu mal autre part ?

Secouant la tête, Frankie fit un pas de côté et poussa Paige vers la porte.

— Dis-moi si tu vois quelque chose, demanda-t-elle.

Son amie la fixant comme si elle pensait qu'elle était devenue folle, elle s'impatienta.

— Allez, regarde !

Levant les yeux au ciel, Paige passa la tête dans l'entrebâillement de la porte.

— Que dois-je regarder ?

— Euh… Quelque chose d'étranger au service des urgences.

Paige ouvrit de grands yeux, de toute évidence amusée.

— Tu veux dire, un… un animal marin, par exemple ?

— Mais non ! protesta Frankie avec un rire nerveux.

Mais si, bien sûr. Un drôle d'animal marin, marchant sur deux jambes.

— Je ne vois rien.

— Parfait, parce que je ne suis pas en état d'affronter quoi que ce soit.

Et surtout pas Nate. Tout ce qu'elle voulait, c'était rentrer chez elle, se doucher et dormir une semaine entière.

— Merci, Paige, je te revaudrai ça, dit-elle en quittant la pièce.

— Oui, j'y compte bien, Francis Abigail, répondit Paige en passant la tête dans le couloir. Et je prévois de te réclamer une explication. Au sujet des animaux marins…

— Bien sûr… Je sais beaucoup de choses sur les baleines et les dauphins.

Elle eut un sourire en coin en entendant Paige pousser un gros soupir, mais elle n'avait aucune envie de parler de Nathan Oliver et des humiliations qu'il lui avait infligées. Elle n'en avait jamais parlé à personne et il n'était pas question pour elle d'en discuter maintenant.

Ni jamais. Même avec sa meilleure amie.

3

Appuyé contre le mur de l'hôpital, le lieutenant commandant Nathan Oliver buvait dans l'obscurité un café servi dans un gobelet jetable. Non qu'il ait eu vraiment envie d'avaler ce breuvage insipide, mais cela lui réchauffait les mains et l'aidait à rester éveillé tandis qu'il attendait la seule femme de la planète capable de le rendre complètement dingue.

Il rentra les épaules dans son blouson de garde-côtes encore tout mouillé, et cligna des yeux, cherchant à chasser les picotements désagréables qu'il sentait sous ses paupières. Il était gelé, trempé et épuisé après une garde qui avait duré trente heures, et il n'était pas d'humeur à discuter avec Frankie. Mais il devait le faire avant que la folle imprudence de la jeune femme ne lui soit fatale un jour. Et puis, être gelé, trempé et épuisé n'était rien en comparaison de ce qu'il avait déjà vécu au sein des équipes d'interventions. Et ce n'était rien, comparé à ce qui aurait *pu* arriver en montagne.

Il ne voulait même pas y penser. Il était parcouru de frissons en se rappelant l'expression horrifiée de Frankie lorsqu'elle s'était levée d'un bond pour se ruer vers lui une demi-seconde avant qu'il tombe dans le vide.

Il savait d'expérience que ce souvenir le hanterait pendant des semaines, peut-être même pendant des mois. Il sentit son estomac se nouer tandis qu'une douleur sourde lui étreignait la poitrine, juste à côté du cœur.

Sans doute était-ce dû au café de l'hôpital, et s'il avait bu ce truc infâme, c'était la faute de Frankie. Un grief de plus à ajouter à la longue liste des reproches qu'il avait à lui faire. Comme, par exemple, de l'avoir arraché à son lit douillet, d'agir sans réfléchir... et d'avoir grandi et d'être devenue bien trop belle pour sa sécurité à elle.

Et pour sa sécurité à lui, mais il n'était pas question qu'il le dise tout haut... Ni même qu'il nourrisse ce genre de pensées. Il avait promis à Jack que, s'il lui arrivait quelque chose un jour, il veillerait sur sa petite sœur, une enfant téméraire et têtue. Mais Frankie n'était plus une enfant. Il avait bien dû le constater lorsqu'il était entré dans le box, tout à l'heure.

Il avala sa salive en se rappelant la vision qu'il avait eue de Frankie assise sur la table d'examen, le dos couvert de bleus et de lacérations. Des blessures qu'elle s'était faites en volant à son secours pour lui sauver la vie.

Ce spectacle l'avait bouleversé. Il avait eu l'impression de recevoir une balle en pleine poitrine. Disparue, la maigre adolescente qui jouait les garçons manqués. Elle avait fait place à une magnifique jeune femme aux courbes harmonieuses dont la beauté l'éblouissait.

Frankie avait bien grandi.

Mais la dernière chose qu'il désirait remarquer chez elle... c'était cela. Elle avait toujours été comme une sœur pour lui. Et il y avait le serment qu'ils s'étaient fait, Jack et lui, le jour où ils étaient partis rejoindre les forces armées.

Il allait honorer cette promesse, de loin, de préférence, mais pour l'instant, il devait lui faire comprendre que sa façon d'agir avait été imprudente, irréfléchie et dangereuse.

Il avait eu l'intention de le faire la nuit dernière, mais il y avait toujours eu du monde autour d'eux et Frankie n'avait cessé de le fuir dès l'instant où ils s'étaient posés sur l'héliport de l'hôpital. C'était le jeu auquel ils s'étaient livrés tous les deux depuis qu'il était revenu à Port St. John's. Un jeu dont il commençait à se fatiguer.

Après cette première semaine où il avait surpris Frankie en train de bavarder dans la cuisine avec sa mère et sa sœur, il avait délibérément gardé ses distances avec elle. Il lui avait fallu gérer le fait d'être revenu à Port St. John's et de s'adapter à ses nouvelles fonctions au sein de l'EISM. Par ailleurs, il avait aussi été très occupé, voulant aider sa mère à faire face aux conséquences d'un accident d'escalade qui avait laissé Terri, sa sœur, paraplégique.

Ensuite, même s'il se refusait à l'admettre, il avait souffert de cauchemars où il revivait sa dernière mission dans les forces spéciales de la Navy. Une mission au cours de laquelle plusieurs de ses camarades avaient perdu la vie et où lui-même avait été gravement blessé. Perdant son sang, il avait malgré tout tenté de secourir ceux qui étaient tombés, mais il s'était retrouvé coincé. Tandis qu'il attendait l'arrivée des renforts, il n'avait cessé de penser au regard désespéré de Frankie lors des funérailles de Jack et il s'était demandé si elle aurait autant de chagrin en apprenant qu'il était mort en combattant.

La violence des émotions dont il s'était senti alors submergé l'avait terrifié. Ne sachant comment y faire face, il avait décidé d'enfouir tout cela au plus profond de lui-même. En partie parce que Frankie n'aurait eu de cesse de le harceler pour qu'il lui révèle tous ses secrets les plus sombres, l'amenant à dévoiler ainsi sa souffrance et son sentiment d'échec. Mais surtout parce qu'il ne se faisait pas confiance et n'était pas sûr de résister à son attirance pour elle. Jamais aucune autre femme ne lui avait fait un tel effet.

Sa mère lui avait juré que Frankie avait changé, qu'elle n'était plus l'adolescente intrépide d'autrefois, mais Nate n'en était pas convaincu. Cette stupide cascade était exactement ce que l'enfant téméraire aurait pu faire par le passé. Avec les mêmes terribles conséquences.

Sa mâchoire se crispa quand il imagina ce qui aurait pu arriver si Frankie n'avait pas été attachée à son filin de sécurité. Elle serait morte avec lui.

Quelle folie pouvait pousser quelqu'un à commettre une telle imprudence ?

Il connaissait la réponse. C'était le genre de folie qui faisait passer la vie des autres avant la sienne. Il n'avait vu cela que chez ses deux meilleurs amis, Jack et Ty, et chez ses camarades de combat.

Sans la moindre hésitation, Frankie avait sauté d'une corniche pour le sauver, et, malgré tout, il l'avait repoussée.

Il se demanda s'il cherchait à la punir de toutes les émotions contradictoires qu'elle déclenchait en lui.

À cet instant, il vit la femme qui occupait toutes ses pensées franchir les portes automatiques de l'hôpital. Francis Abigail Bryce. La sœur de son meilleur ami. La fille sauvage, exubérante, qu'il avait regardée grandir pendant des années, avant de passer les douze années suivantes à essayer de l'oublier.

Respirant lentement, il se décolla du mur, obligeant son corps à se détendre et son esprit à se calmer. C'était un truc qu'il avait appris à l'armée et qui l'aidait à se focaliser sur la mission qu'il avait à accomplir, en oubliant tout le reste.

Discuter avec Frankie pouvait être aussi dangereux, aussi imprévisible et explosif que n'importe laquelle des missions auxquelles il avait survécu.

Les yeux fixés sur les magnifiques cheveux cuivrés de Frankie arrangés dans un désordre artistique, il jeta son gobelet vide dans une poubelle et commença à suivre la jeune femme.

À cet instant, la porte s'ouvrit brusquement et une jeune médecin apparut, l'air affairé. Elle s'arrêta net en le voyant.

— Nate, Dieu soit loué, tu es là ! dit Paige d'une voix essoufflée.

Malgré son envie de rejoindre Frankie, Nate marqua une pause et regarda la fiancée de son meilleur ami.

— Un problème, doc ?

— Oui ! Elle ne devrait pas prendre le volant. Je voulais l'obliger à monter dans ma voiture afin qu'elle n'ait pas à conduire pour rentrer chez elle, mais je suis de garde.

— Ne t'inquiète pas, Paige, dit-il en lui donnant un baiser rapide sur le front. Je m'en occupe.

— Tu es sûr, Nate ? Parce que Frankie est...

— Je suis sûr, doc. Ne te fais pas de souci, je vais ramener notre gamine chez elle, en toute sécurité.

Plongeant les mains dans ses poches, il s'éloigna dans l'obscurité.

Notre gamine.

Combien de fois Jack, Ty et lui avaient parlé de Frankie en ces termes ? *Que fait notre gamine en ce moment ? Notre gamine n'aurait tout de même pas l'imprudence de vouloir plonger dans la mer depuis la Pointe du Diable ?*

Il rattrapa Frankie au fond du parking, là où elle avait garé son vieil utilitaire à côté de son propre véhicule.

Il sut à quel instant précis elle prit conscience d'être suivie. Elle avait ralenti le pas, mais d'une manière si imperceptible qu'il ne s'en serait pas aperçu s'il n'avait pas été un observateur entraîné. Ou s'il n'avait pas eu les yeux fixés sur ses longues jambes fines.

Il la vit se raidir.

— Rentre chez toi, soldat, dit-elle sans se retourner.

— Il faut qu'on parle, répliqua-t-il, ignorant délibérément le fait qu'elle continuait à l'appeler « soldat ».

Elle était décidée à le contrarier, et lui était tout aussi décidé à garder son calme. Il n'allait pas le perdre pour si peu. Il y avait des choses beaucoup plus importantes à régler.

Comme de savoir si elle allait vraiment bien et... *Qu'est-ce qui lui avait pris de se comporter comme elle l'avait fait sur la corniche ?*

Serrant les dents pour résister à l'envie de lui hurler dessus, il la suivit jusqu'au moment où elle s'arrêta près de sa voiture et se mit à fouiller dans son sac, cherchant ses clés.

— Parler de quoi ? demanda-t-elle sans le regarder.

— D'abord de ton imprudence à circuler ainsi dans un parking plongé dans le noir, et ensuite de ta détermination à prendre le volant alors que tu es sous l'effet de médicaments, et cela après une très longue garde.

Elle ricana.

— Ne sois pas ridicule. Je suis parfaitement capable de conduire. Par ailleurs, *toutes* mes gardes sont longues.

— Raison de plus pour être prudente après avoir avalé des médicaments, rétorqua-t-il en tentant de lui prendre son sac.

Elle essaya de l'en empêcher, mais, soudain, elle chancela et, dans la faible lumière diffusée par une lampe de sécurité toute proche, Nate vit qu'elle était devenue livide.

Poussant un juron, il la saisit par la taille et la tint contre lui. Sentir son corps doux et chaud se presser contre le sien lui coupa le souffle. Poser les mains sur elle n'avait pas fait partie de son plan.

Mais cette femme pâle comme un linge réveillait en lui quelque chose de si profondément enfoui qu'il en avait oublié l'existence même. Quelque chose qu'il ne voulait pas examiner de plus près.

— Allez, viens, murmura-t-il d'un ton las. Je vais te raccompagner chez toi.

— Je peux très bien rentrer toute seule, commandant Grand Manitou.

Mais sa voix était si faible qu'elle en perdait toute crédibilité. Sans doute en fut-elle contrariée, car, lui posant les mains sur le torse, elle tenta de le repousser. En vain.

— Je vais bien, marmonna-t-elle Et cela fait un bon moment que je prends soin de moi toute seule, je te remercie.

— C'est *lieutenant* commandant Grand Manitou, corrigea-t-il doucement.

Il desserra son étreinte, mais la rattrapa par le bras lorsqu'elle tenta de partir.

— Ce n'est pas pour toi que je m'inquiète, petite folle, mais pour les malheureux que tu pourrais croiser sur la route, dit-il en l'entraînant vers son 4x4 flambant neuf garé tout près. Tu as une façon de conduire qui ferait peur aux conducteurs de voiture de sport les plus aguerris.

— Je suis une excellente conductrice ! Tu devrais le savoir. C'est Jack et toi qui m'avez appris à conduire.

Lorsqu'elle prononça le nom de Jack, tous deux se figèrent. La dernière fois où il avait essayé de lui parler de son frère, Frankie avait piqué une crise. Il avait voulu lui dire à quel point Jack comptait pour lui, mais elle n'avait rien voulu écouter. De toute évidence, elle ne le souhaitait pas davantage maintenant, car son visage habituellement si expressif s'était brusquement fermé.

Cela remontait à plus de cinq ans, songea-t-il, et Jack lui manquait toujours autant, surtout depuis son retour à Port St. John's.

— C'est pour ça que je sais que tu es nulle. Tu devrais peut-être équiper ta voiture d'une sirène, ajouta-t-il en la faisant monter dans le 4x4, à la place du conducteur. De cette façon, les gens sauraient que tu arrives. Par ailleurs, je m'étonne que cette espèce de tas de ferraille que tu conduis tienne encore la route.

— Hé ! Ce n'est pas parce que ma voiture ne correspond pas à l'idée que tu te fais de la perfection qu'elle est pour autant bonne pour la casse. Pour toi, n'est beau que tout ce qui brille. C'est comme…

Elle se tut brusquement lorsqu'elle s'aperçut qu'elle n'occupait pas le siège passager. Elle leva lentement les yeux vers Nate qui remarqua alors qu'elle avait un sourire bizarre et le regard un peu vitreux.

Génial. Elle était complètement perchée.

— Tu me laisses conduire ?

Comme il lui répondait par un grognement, elle soupira.

— Tu n'es pas drôle…, lança-t-elle d'un ton boudeur.

Elle lui avait adressé le même reproche le soir de son dix-huitième anniversaire. Le soir où elle avait failli se noyer en se jetant dans une mer houleuse sous prétexte qu'elle était une excellente nageuse. Le soir où il avait perdu son calme lorsqu'il avait compris qu'elle avait fait cela pour attirer son attention.

C'était aussi ce soir-là qu'il avait réalisé qu'une Frankie devenue femme, avec toutes les courbes d'une féminité épanouie, était plus dangereuse pour lui qu'une bande de terroristes.

— Allez, Francis, laisse-moi la place. C'est *moi* qui conduis.

— Tu es toujours aussi autoritaire et ennuyeux. Et si je n'étais pas aussi fatiguée, je te dirais que tu n'es pas mon patron.

Il lui adressa un sourire ironique.

— Je suis sûr que tu le ferais. Allez, installe-toi avant que je ne perde patience et te pousse dans le bassin du port.

Elle lâcha un petit rire et enjamba le levier de vitesse, offrant à Nate un point de vue charmant sur son fessier. Il voulut détourner le regard, mais il n'en fut pas capable parce qu'une Frankie arrivée à l'âge adulte était de nature à tenter un saint.

— Je voudrais bien voir ça, murmura-t-elle, de mauvaise humeur.

Nate perdit alors toute envie de rire. Tout cela n'avait rien de drôle et surtout pas le spectacle qu'offrait le visage blême, fatigué, de Frankie. Ce dont il était en partie responsable, ce qui le mettait d'autant plus mal à l'aise.

Il prit place derrière le volant et mit la clé de contact en regardant sa passagère du coin de l'œil.

— Est-ce que ça va ?

— J'ai la pêche, répondit-elle sèchement.

Il poussa un long soupir. L'adolescente toute maigre, avec sa chevelure rousse toujours en désordre, ses taches de rousseur sur le nez et son sourire contagieux, s'était muée en une superbe femme. Mais ses yeux vert clair, autrefois si joyeux, étaient à présent assombris par des secrets qu'elle ne voulait pas lui confier. Il secoua la tête et, mettant le moteur en marche, il sortit du parking.

Il ne lui fallut pas longtemps pour arriver au bungalow qu'occupait Frankie.

— Tu es prête à parler, ma petite rouquine ? dit-il tandis qu'il tournait dans l'allée menant à la maison.

Il s'aperçut aussitôt qu'il venait d'employer le surnom qu'il lui donnait quand elle avait une dizaine d'années. Cela lui avait échappé. Peut-être parce que le nom de Jack avait été prononcé, le ramenant à l'époque où ils étaient tous jeunes, en vie... Et ensemble.

Elle se tourna vers lui, le visage indéchiffrable alors qu'autrefois il pouvait lire en elle comme dans un livre.

— Parler de quoi ? Je pensais que tout était réglé entre nous puisque j'ai accepté de te laisser me raccompagner chez moi afin d'éviter que je prenne le volant.

— Il s'agit de ton imprudence.

— Mon imprudence ? Tu veux rire ! Je voulais juste rentrer chez moi. Je n'avais pas l'intention de faire une virée en roulant à tombeau ouvert le long de la côte. Par ailleurs, je me suis inclinée devant ton autoritarisme, non ?

— Tu sais à quoi je fais allusion, Francis. Je parle de ce que tu as fait sur la corniche, dans la montagne.

— Je ne vois pas quel est ton problème, marmonna-t-elle en s'agitant sur son siège comme si elle était prête à se battre. Ce n'est pas moi qui étais sans filin de sécurité, mais *toi*. Ce n'est pas moi qui me prends pour un guerrier indestructible, capable de défier la mort.

— Qu'est-ce que tu insinues ? Je ne me crois pas indestructible, bien sûr. Qu'est-ce qui peut te faire penser ça ?

— Oh ! Je ne sais pas, dit-elle en ouvrant la portière. Peut-être ton besoin insatiable de jouer les héros.

Elle sauta du 4x4 avant qu'il ait eu le temps de répondre et, refermant derrière elle, elle s'avança d'un pas nerveux sur le sentier qui traversait le jardin.

Lâchant quelques jurons à mi-voix, Nate sortit pour la suivre tout en se demandant ce qu'il était en train de faire. Voilà pourquoi il devait rester à distance : il lui suffisait de passer cinq minutes avec Frankie pour avoir envie de hurler tant elle le mettait à bout.

Il grimpa quatre à quatre les marches du perron et rejoignit Frankie alors qu'elle fouillait dans son sac, à la recherche de ses clés.

— Va-t'en, dit-elle d'un ton irrité, sans même lever les yeux. Je ne suis pas d'humeur à écouter l'un de tes sermons qui m'ennuient tellement.

Il se força à se contrôler.

— Fais-moi plaisir, Frankie. Tu me dois bien ça.

— Excuse-moi ? Je te dois ça ?

Elle le regarda, bouche bée, puis partit d'un rire moqueur.

— Je crois que tu inverses les choses, commandant Grand Manitou, dit-elle en lui pointant son index sur le torse. Si je me rappelle bien, mon gars, tu étais en train de tomber de cette falaise quand *je* t'ai sauvé la vie.

Il lui saisit la main et la retint malgré les efforts qu'elle faisait pour se libérer. Voyant son agacement, il eut un haussement de sourcil amusé.

— Exactement, répliqua-t-il en arborant un air de supériorité, sachant que cela la mettrait hors d'elle.

Après tout, pourquoi serait-il le seul à avoir une montée de tension artérielle ?

— Tu oublies que je te connais bien, Francis. Quand tu as bondi de la corniche, tu as agi de manière impulsive, sans penser une seconde à ce filin de sécurité, et tu le sais.

— Tu ne sais rien de moi, Nathan, rétorqua-t-elle d'un ton sec en libérant sa main. Tu te l'imagines, c'est tout. Tu as quitté la ville quand j'étais adolescente, et tu as fait ça pour prouver que tu étais un dur à cuire. N'est-ce pas là le comble de l'imprudence ? Par ailleurs, je ne suis plus cette petite gamine admirative que tu as connue autrefois. Et même si ce que tu dis *est* vrai — et ce n'est pas le cas —, tu as de la chance que j'aie bondi vers toi, parce que, sinon, tu serais en train d'en faire baver aux pauvres anges protecteurs des soldats, au lieu d'être là, devant moi, et de m'ennuyer avec tes discours.

— Frankie...

— Excuse-moi, Nate, je ne le pensais pas. Ce que je voulais dire, c'est que tu as toujours cherché à sauver les âmes perdues. Ne passes-tu pas ta vie à ça, lieutenant commandant ? À sauver les âmes perdues ?

Elle poussa un long soupir avant d'ajouter :

— Je ne suis pas une âme perdue, Nate. Je ne l'ai jamais été. Mais tu ne veux pas le voir.

— As-tu oublié combien de fois je t'ai tirée d'affaire durant des années ? demanda-t-il sèchement.

Il se rappelait tout ce que Jack, Ty et lui avaient fait pour essayer de compenser le peu d'intérêt que les parents de Frankie portaient à leur fille.

Elle ferma les yeux un instant, puis elle mit la clé dans la serrure.

— Je n'ai pas besoin d'être sauvée, Nate, murmura-t-elle. Je peux le faire toute seule. Mais même si j'avais besoin d'un sauveur, ce ne serait pas toi.

Ces mots l'atteignirent au plus profond de lui-même.

— Je vois... Mais ce que tu as fait hier soir était imprudent.

— Ne te monte pas la tête, lança-t-elle d'un ton désinvolte en ouvrant sa porte. J'aurais fait la même chose pour n'importe qui. Ce qui te rend fou, c'est que toi, le dur à cuire des forces spéciales de la Navy, tu as été sauvé par une femme.

Il ignora son accusation car ce qu'elle venait de dire était ridicule. Par ailleurs, c'était lui, le professionnel expérimenté. C'était son job de sauver les gens.

— Ne refais jamais ça, Frankie, dit-il, irrité.

— Pourquoi pas ? rétorqua-t-elle vivement. Ce n'est pas comme si j'avais été toute seule sur la corniche. Comme si j'allais juste...

Elle se tut brusquement.

— Comme si tu allais... Quoi, Frankie ? Agir sans réfléchir ? Parce que, d'habitude, c'est ce que tu fais, non ?

Le regard qu'elle lui lança par-dessus son épaule montrait qu'elle était blessée et très en colère contre lui.

— Tu sais quoi ? Tout ça n'a aucune importance. Tu m'as ramenée chez moi. Merci.

Elle lui tourna le dos, comme si elle ne pouvait plus supporter de le voir.

— Tu peux partir. Tu sais très bien faire ça.

— Excuse-moi ? dit-il en l'attrapant par le bras.

Elle essaya de se libérer, mais il la tenait fermement, ne voulant pas la voir disparaître à l'intérieur de la maison.

— Si j'ai quelque chose à te dire, Nate, c'est que tu es loin d'être aussi intelligent que je le pensais.

— Et toi, bébé ? marmonna-t-il. Tu te crois intelligente ?

Elle se raidit et lui lança un regard glacial.

— Dis-moi que tu ne viens pas de m'appeler bébé ! Retire ça tout de suite et je verrai si je peux te laisser en vie.

Nate ne put s'empêcher de rire. C'était la chose à ne pas faire. Elle répliqua en lui donnant un coup de poing.

Elle voulut lui en assener un autre, mais Nate s'y attendait. Il réagit avec la rapidité de l'éclair et, lui saisissant le poignet, il l'attira vers lui.

Il éprouva une certaine satisfaction en l'entendant pousser un cri scandalisé.

— Tu n'as droit qu'à un seul essai, bébé... , lança-t-il d'une voix suave en la regardant au fond des yeux.

Des yeux que la surprise avait rendus plus sombres.

Rendue folle de rage par les propos de Nate, par ce nom de « bébé » qu'il lui donnait et, surtout, par sa façon de rire d'elle, Frankie regarda fixement son beau visage dur et, de sa main restée libre, elle le frappa une seconde fois. Plus fort.

Son poing rebondit presque sur les abdominaux en acier de Nate. Avant qu'elle puisse exprimer sa frustration, il la plaqua contre le mur, lui emprisonnant les deux poignets qu'il lui immobilisa de chaque côté de la tête, ce qui la mit en fureur.

Elle commença à protester, mais Nate l'interrompit en lançant un juron.

— Tu n'as pu t'en empêcher, n'est-ce pas ? dit-il d'une voix sourde.

Il fit alors quelque chose qui la choqua encore davantage. Se penchant brusquement vers elle, il colla sa bouche sur la sienne.

Frankie resta figée sur place. Si elle avait espéré qu'il réagirait, elle ne s'attendait vraiment pas à ce qu'il...

Comment avait-il osé l'embrasser ? Elle tenta de le mordre, mais il s'écarta d'elle, le souffle court. Il semblait nerveux, comme s'il se retenait de l'étrangler et que cela lui demandait un gros effort.

Eh bien, elle aussi se retenait, non pas de l'étrangler, mais de s'effondrer à ses pieds. Mais il n'était pas question qu'elle l'admette jamais. Même sous la menace d'être démembrée.

— Petite diablesse..., murmura-t-il d'une voix rauque.

Puis il s'empara de nouveau de sa bouche, mais cette fois le baiser dura bien plus longtemps et Frankie ne put s'empêcher d'y répondre. Timidement, au début, puis... Waouh !

Nate savait comment embrasser une femme pour lui faire perdre la tête. Il se montrait tour à tour fougueux et tendre, et il émanait de lui une force sur laquelle elle s'appuyait pour ne pas tomber tant ses genoux tremblaient.

Elle s'entendit pousser un gémissement de plaisir et sut alors qu'elle ne pourrait lui opposer aucune résistance.

Au moment où elle s'abandonnait dans ses bras, il s'écarta brusquement et se mit à jurer à mi-voix. Tandis qu'elle reprenait difficilement son souffle, elle retrouva aussi sa lucidité. *Qu'est-ce qui vient de se passer ?*

Elle ouvrit les yeux, se demandant si vraiment Nate avait... S'il avait...

— Qu'est-ce que... ? commença-t-elle.

Puis elle se tut.

Pestant tout bas, Nate se passa une main dans les cheveux.

— Rentre chez toi, Frankie, ordonna-t-il d'un ton las.

Choquée par le ton autoritaire qu'il avait pris et par le fait qu'il ne semblait pas le moins du monde troublé par le baiser qu'ils venaient d'échanger alors qu'elle-même en sortait presque sonnée, elle s'indigna.

— Mais c'était quoi, ça ? s'écria-t-elle, mortifiée de découvrir que sa voix tremblait presque autant que ses genoux.

Lui tournant le dos, les mains enfoncées dans les poches, Nate lui jeta un regard par-dessus son épaule et esquissa un sourire en coin.

— Si tu ne le sais pas, alors c'est que tu n'es pas aussi intelligente que je le pensais, dit-il sèchement.

Avant qu'elle ait eu le temps de répondre, il avait déjà regagné son 4x4 et ouvert la portière.

Il fit une pause et la regarda de loin.

— Fais plaisir à tout le monde, Francis. Évite les problèmes.

Puis, montant dans son véhicule, il mit le moteur en marche, laissant Frankie interdite tandis que les feux arrière du 4x4 s'évanouissaient dans les premières lueurs de l'aube.

4

Frankie dormait depuis quelques secondes à peine, lui semblait-il, lorsqu'elle fut réveillée par quelqu'un qui frappait à sa porte. Elle crut un instant avoir trop dormi et elle se redressa pour regarder le réveil posé sur sa table de chevet.

Midi et quart ? Ce n'était pas possible ! Son réveil se serait-il arrêté pendant la nuit ?

Alors qu'elle tentait de se rappeler quel jour c'était, la mémoire lui revint brusquement. Poussant un gémissement, elle se laissa retomber sur ses oreillers.

Elle avait mal dormi, se réveillant plusieurs fois en sursaut après des rêves troublants dont elle sortait abattue ou bien surexcitée. Elle était fatiguée, elle souffrait et elle avait besoin de dormir.

Elle chercha une position confortable et s'apprêtait à se rendormir lorsqu'on frappa de nouveau.

— Sérieusement ? marmonna-t-elle en rejetant les couvertures.

Lorsqu'elle se leva, elle constata qu'elle avait les jambes molles. Jurant contre l'idiot qui était à sa porte, elle descendit lentement l'escalier, faisant la grimace à chaque pas. Le moindre mouvement déclenchait des vibrations qui lui remontaient tout le long de la colonne vertébrale jusqu'au cerveau.

Elle avait l'impression d'avoir dévalé la montagne en se cognant contre tous les rochers… Ou bien d'avoir pris une cuite qui avait duré un week-end entier. Mais l'époque où elle buvait plus que de raison était révolue. Elle ne faisait plus des choses aussi stupides. Enfin… presque plus. Ce qui s'était passé la nuit dernière était une exception. Elle s'était sentie si mal qu'elle avait laissé Nate jouer au chef avec elle… et l'embrasser.

Elle ressentit une très grande gêne en se rappelant qu'elle n'avait guère cherché à l'en empêcher. Ce qui était d'autant plus embarrassant que le baiser qu'il lui avait donné était plein de colère et de frustration.

Comme s'il avait voulu la faire taire et n'avait trouvé que ce moyen pour arriver à ses fins.

Ouvrant la porte d'un geste sec, elle plissa les yeux en voyant la grande silhouette qui attendait, appuyée contre le mur. C'était bien la dernière personne qu'elle avait envie de voir. La personne responsable de son manque de sommeil. La personne qui l'avait quittée à 4 h 30, ce matin, la laissant avec l'esprit confus et la tête en feu.

Le pire, c'était de voir l'air reposé et détendu de Nate.

— Sais-tu l'heure qu'il est ? marmonna-t-elle.

Elle passa les doigts dans ses cheveux embroussaillés, en espérant que Nate ne verrait pas le léger tremblement de ses mains ni la façon prudente dont elle se déplaçait. Mais il remarquait toujours plus de choses qu'elle ne le souhaitait.

— Tu as eu une nuit difficile ? demanda-t-il d'une voix douce.

Comme elle répondait en faisant une moue dédaigneuse, il prit un air crispé.

Frankie se moquait bien de savoir à quoi elle pouvait ressembler, surprise ainsi au saut du lit. Ou plutôt, elle aurait voulu s'en moquer, mais elle ne se faisait aucune illusion. À coup sûr, elle devait être affreuse.

— Tu devrais être en train de dormir, dit-il.

Elle n'en crut pas ses oreilles.

— Dormir ? Mais je le ferais si un idiot n'avait pas cogné à ma porte avant même le lever du soleil.

Nate l'observa un moment en silence avant de lever le bras et de pointer le doigt sur sa grosse montre de plongée.

— Il est midi passé.

— Que fais-tu ici, commandant ? demanda-t-elle d'un ton rauque. Je t'ai dit que je n'avais pas besoin d'un baby-sitter.

— Non, tu as dit que tu n'avais pas besoin d'un gardien. Il y a une différence. Un gardien est un ami. Un ami fraternel.

Frankie s'immobilisa en l'entendant rappeler que l'intérêt qu'il lui portait était fraternel, et rien de plus. Evoquer Jack réveillait chez elle la douleur, mais aussi un sentiment de culpabilité.

— J'ai suffisamment d'amis, et je n'ai certainement pas besoin ni envie d'un autre frère, rétorqua-t-elle.

Nate la regardait fixement sans bouger. Alors qu'elle s'attendait à le voir tourner les talons et s'en aller, il poussa un soupir mi-agacé mi-amusé.

— C'est une chance que je sache à quel point tu es grincheuse le matin tant que tu n'as pas eu ta dose de caféine. Sinon, ton humeur aurait pu me faire prendre mes jambes à mon cou, ajouta-t-il en lui tendant un grand gobelet de café.

Frankie le prit, tentée de pardonner à Nate de l'avoir sortie du lit.

— Je suis grincheuse uniquement quand des idiots m'empêchent de dormir. Pourquoi es-tu revenu ici ?

— Je t'ai apporté ton petit déjeuner.

— Je n'ai pas faim, mais merci pour le café.

Elle en avala une grande gorgée et soupira d'aise.

— Maintenant, va-t'en, dit-elle.

Nate éclata de rire en se décollant du mur.

— Elle m'avait averti que tu dirais cela, expliqua-t-il, l'air résigné, mais amusé. Bon, soit tu me laisses entrer chez toi, soit je vais devenir méchant, car je préfère encore avoir affaire à toi plutôt qu'à Paige quand elle est en colère.

Les yeux plissés, Frankie lui jeta un regard appuyé par-dessus son gobelet de café.

— Méchant comment ?

— Je suis entraîné à me battre au corps à corps. À ton avis, qu'est-ce que cela pourrait donner ?

Elle n'avait nullement envie de l'imaginer. Elle préféra poser une question.

— Pourquoi ?

— Pourquoi quoi ?

— Pourquoi maintenant ?

Elle but une autre gorgée de café et sentit qu'elle commençait à avoir l'esprit plus clair. C'était préférable quand il s'agissait de discuter avec Nate.

— Tu es revenu ici depuis neuf mois et pas une fois tu n'as pris la peine de décrocher ton téléphone pour me dire : « Salut, si on prenait un verre ensemble pour évoquer le bon vieux temps ? » Alors, je te le répète… Pourquoi maintenant ?

Nate resta silencieux si longtemps qu'elle crut qu'il n'avait pas l'intention de lui répondre et, malgré elle, elle sentit son estomac se nouer. Elle recula avec l'intention de refermer la porte avant de faire ou dire quelque chose qu'elle pourrait regretter ensuite.

— Aucune importance, ajouta-t-elle, glaciale. Je vois que tu essayes de t'en sortir avec une excuse bancale que tu espères me faire avaler.

Elle allait lui claquer la porte au nez lorsqu'elle en fut empêchée par l'intrusion d'un boots taille 45.

— Enlève ton pied avant que je ne le brise en deux, Nate.

— Ah, je voudrais bien voir ça, dit-il d'un ton amusé.

Furieuse qu'il soit aussi arrogant, Frankie tenta de pousser de nouveau la porte et sentit aussitôt une douleur fulgurante la transpercer. Sans doute avait-elle laissé échapper un petit gémissement car Nate pesta tout bas.

— Arrête avant de te faire du mal. Et avant que tu recommences à t'en prendre à moi, je te rappelle que Paige t'a dit d'y aller doucement, non ?

Elle le vit alors pousser la porte et pénétrer dans la maison avant qu'elle ait eu le temps de l'en empêcher.

Se sentant légèrement étourdie, elle tourna les talons et se dirigea vers la cuisine.

— Fais attention de ne pas te cogner dans la porte en sortant…, lança-t-elle par-dessus son épaule.

Entendant le battant se refermer, elle soupira.

— Bon, c'était bien la peine d'en faire autant au nom de l'amitié, marmonna-t-elle. Mais merci pour le café.

Tournant la tête, elle poussa un petit cri en découvrant que Nate était juste derrière elle. Le souffle coupé, elle réussit, malgré les tremblements de ses mains, à poser son gobelet sur le comptoir.

— Qu'est-ce que tu fais ici ?

Il ôta ses lunettes de soleil et les accrocha à l'encolure de son T-shirt blanc.

— Je t'ai apporté ton petit déjeuner et j'ai l'intention de rester pendant que tu l'avales.

Il ne la quittait pas des yeux, et elle regretta de porter ce vieux pyjama car affronter version adulte de Nate n'était pas aussi simple que d'avoir affaire au jeune garçon qu'elle avait connu.

À présent, il lui était difficile de décrypter ce que disait son regard qui n'exprimait plus ce mélange d'exaspération et d'affection qu'elle lisait autrefois dans ses prunelles couleur de miel.

Nate prétendait avoir les yeux marron, une teinte évoquant la boue ou l'écorce des arbres, mais ils étaient beaucoup plus colorés que cela, mariant le miel, l'ambre ou l'onyx selon son humeur. Enfant, elle avait été capable de deviner ce qu'il pensait, mais devenu adulte, il avait appris à dissimuler parfaitement ses émotions.

À tout le monde… Ou seulement à elle ?

— J'ai repensé à la dernière chose que tu m'as dite, il y a des années de ça : que tu ne voulais plus me revoir.

La honte la submergea au souvenir des mots qu'elle lui avait jetés à la figure cette nuit-là.

— J'avais dix-huit ans et j'étais un peu pompette, répliqua-t-elle, sur la défensive. J'ai dit beaucoup de choses, ce soir-là, des choses que je ne pensais pas, tu le sais. Par ailleurs, tu m'as traitée de stupide gamine trop gâtée et tu m'as conseillé de grandir. J'étais peut-être trop gâtée et immature, mais je n'ai jamais été stupide.

— Vraiment ? lança Nate d'un ton léger en plaçant sur le comptoir un sac en papier contenant ses achats. Je me rappelle parfaitement qu'une nuit tu as plongé dans la mer depuis la Pointe du Diable pour impressionner quelques jeunes punks. Et ça, c'était vraiment stupide.

— Toi, tu le faisais bien, tout comme Jack et Ty. Probablement pour vous envoyer en l'air avec ces bimbos sans cervelle que vous aviez l'habitude de draguer. Moi, au moins, j'ai gagné un pari.

— Tu as aussi gagné un bras cassé, mais ce n'est pas le problème.

Le problème, c'était que Jack te laissait faire n'importe quoi juste pour compenser l'attitude de Frank et de Gloria.

— Laisse Jack et mes parents en dehors de ça.

Elle se sentait toujours mal à l'aise quand les gens lui parlaient de Jack. Et du désespoir de ses parents lorsqu'ils avaient perdu leur fils si brillant, au point d'oublier qu'elle aussi était en deuil de son frère.

Elle avait essayé d'être là pour eux — et aujourd'hui encore —, mais ils étaient toujours aussi malades de chagrin.

Et elle, elle avait l'impression d'être la personne la pire au monde parce que, après toutes ces années, elle réagissait encore comme une enfant jalouse.

Qui pourrait être jaloux d'un fantôme ? Comment pouvait-elle être jalouse d'un frère qu'elle adorait toujours, cinq ans après sa mort ? Mais, au milieu de tous ces sentiments où se mêlaient jalousie, colère et culpabilité, il y avait aussi la certitude que tout le monde avait poussé Jack vers la mort. Il avait eu l'impression que, pour répondre aux attentes de son entourage, il devait s'engager dans l'armée.

Et quelle meilleure façon de répondre aux attentes excessives de ses proches qu'en mourant en héros ?

Et voilà qu'elle avait devant elle un autre homme qui avait besoin de se prouver à lui-même qu'il était quelqu'un de bien. Besoin de prouver qu'il ne ressemblait pas à son père, et cela en devenant un héros. Un homme qui était incroyablement sexy. Un homme qui la voyait comme une petite sœur agaçante qu'il passait son temps à sauver du désastre. Ce qui n'était en rien sexy, en dépit de ce baiser échangé au petit matin. Un baiser qu'elle devait absolument oublier.

— Très bien. J'étais une enfant gâtée qui avait besoin de grandir, mais je ne suis plus stupide… À moins que tu ne considères comme stupide le fait que je t'ai empêché de faire un plongeon de soixante mètres qui t'aurait sûrement coûté la vie.

Il ouvrit la bouche, mais Frankie ne lui laissa pas le temps de prendre la parole.

— De toute façon, je n'ai pas envie de parler de ça.

Elle lui lança un regard signifiant que cela incluait aussi ce qui s'était passé entre eux au petit matin.

— Jamais..., insista-t-elle.

— Que t'est-il arrivé, Francis ? demanda-t-il en soupirant.

Elle ne fit pas semblant de ne pas comprendre. Elle avait compris après la mort de Jack que sa valeur à elle ne dépendait pas du regard que les autres portaient sur elle.

Mais elle ne le lui dit pas car elle ne savait pas très bien comment se comporter avec le Nate d'aujourd'hui, si calme, si sérieux. Elle haussa les épaules.

— J'ai grandi, comme tu m'avais dit de le faire. Si tu n'aimes pas ce que tu vois, Nathan, c'est vraiment dommage.

Il laissa échapper un petit rire qu'elle trouva très sexy. Tout comme elle était sensible au contraste du T-shirt en coton blanc avec la peau hâlée de Nate... Un T-shirt qui le moulait parfaitement, donnant envie à Frankie d'explorer ce torse magnifique.

Mais non. Elle n'oserait jamais.

— Depuis quand fais-tu ce qu'on te dit ? demanda-t-il, l'arrachant à ses pensées stupides.

Elle se sentait gênée d'avoir laissé son esprit se complaire dans des images torrides alors que Nate était en train de se moquer d'elle.

— Je t'ai dit que je ne voulais plus parler du passé, alors c'est la dernière fois que je le fais, et si jamais tu remets ça sur le tapis, tu es un homme mort. Tu avais raison, il fallait que je grandisse. Qu'y a-t-il ? ajouta-t-elle en voyant l'air suffoqué de Nathan.

— Tu... Tu viens de dire que j'avais raison ?

Elle fut tentée de lui lancer son café à la figure, mais elle avait trop besoin de sa dose de remontant.

— Tu sais quoi, Nate ? Tout ça n'a aucune importance. Je retire ce que j'ai dit. Tu n'as raison sur rien, sauf peut-être en ce qui concerne le café. Il est délicieux.

Elle en avala une autre gorgée pour montrer il était délicieux et poussa un petit gémissement de plaisir.

Aussitôt, le regard de Nate se porta sur sa bouche et, de nouveau, Frankie ressentit des picotements dans tout son corps. C'était comme si, malgré ce que disait Nat, lui aussi était troublé et avait du mal à s'en tenir à des pensées strictement « fraternelles ».

Un silence tendu s'installa dans la pièce jusqu'au moment où Frankie respira l'odeur appétissante que dégageait le sac que Nate avait apporté, et son estomac se mit à gargouiller. Mais elle avait refusé de prendre un petit déjeuner, il n'était pas question qu'elle en quémande un maintenant. En tout cas, pas à Nat.

— Je veux juste rester seule avec mon café pour que nous puissions passer un moment ensemble, lui et moi, reprit-elle avec un sourire ravi en léchant la crème qu'elle avait sur les lèvres.

Les yeux de Nate s'assombrirent. À coup sûr, ses pensées n'étaient pas purement fraternelles, songea-t-elle.

— Mais puisque tu es là, c'est peut-être le moment pour moi de te répéter ma question, reprit-elle.

Il fronça les sourcils, sans doute aussi frustré que perplexe.

— Quelle question ?

— Pourquoi es-tu ici, commandant...

— Je t'ai apporté ton petit déjeuner, et inutile de prétendre que tu n'as pas faim, j'ai entendu ton estomac gargouiller. Alors, ce serait stupide de te priver sous prétexte que j'en suis le livreur. Par ailleurs, réfléchis, ton corps a besoin de récupérer des forces.

— J'étais en train de récupérer. Mais tu as interrompu ma cure de beauté procurée par un sommeil réparateur.

Il eut un regard amusé en la passant en revue, la détaillant de la tête aux pieds, depuis sa chevelure d'or rouge, tout embroussaillée, et son vieux T-shirt, jusqu'au pantalon de pyjama en flanelle aux couleurs passées. Pour la première fois de sa vie, Frankie regretta de ne pas porter quelque chose de sexy afin de lui prouver qu'en effet elle avait bien grandi.

Peut-être y avait-il aussi chez elle le désir qu'il ait des regrets cuisants en voyant qu'elle n'était plus cette adolescente maigre et effrontée, jalouse de l'attention qu'il accordait aux autres filles.

— Ne le dis pas, Nate...

— Dire quoi ?

— Que j'ai besoin de beaucoup dormir pour réussir ma cure de beauté.

Il eut un petit rire si sexy qu'elle ressentit quelque chose au creux du ventre. Voulant croire que c'était simplement parce que la faim la tenaillait, elle attrapa le sac en papier qui venait de chez Sid's, un petit restaurant du bord de mer qui connaissait beaucoup de succès. Quand elle l'ouvrit pour regarder à l'intérieur, elle faillit s'évanouir en reconnaissant les arômes délicieux qui s'en échappaient. Nate lui avait apporté son petit déjeuner préféré. Mais probablement était-ce sur les conseils de Paige.

Le sac contenait deux barquettes de taille différente. Elle fixa son attention sur la plus grande car elle savait ce qu'il y avait dedans.

— Je croyais que tu n'avais pas faim.

— C'est le cas.

Elle mentait, bien sûr. Lorsqu'elle ouvrit la barquette, elle se mit presque à saliver en voyant ce qu'il y avait à l'intérieur.

— Mais les œufs bénédictine de chez Sid's sont les meilleurs de tout l'État de Washington, reprit-elle. Si tu ajoutes à ça du bacon grillé et des champignons, je pourrai presque te pardonner d'avoir interrompu ma cure de beauté. Et puis, je me dis que si je mange quelque chose, tu vas t'en aller et je pourrai retourner au lit.

— Tu es une grande menteuse, Francis. Tu l'as toujours été. Je suis content de constater que certaines choses n'ont pas changé, ajouta-t-il doucement.

Ne voulant pas aborder ce sujet, elle fit le geste d'ouvrir le tiroir contenant les couverts et retint son souffle quand ce mouvement lui rappela qu'elle avait essayé d'être une super-héroïne la nuit précédente.

— On dirait que tu es plus têtue que jamais, marmonna Nate en se chargeant de l'opération.

Elle prit la fourchette qu'il lui tendait et la brandit comme une épée.

— Tu sais, je peux combattre mes propres démons, je te remercie. Ce matin, je me suis battue avec quelques-uns d'entre eux…

Prenant conscience de son aveu, elle enfourna une énorme

fourchetée d'œufs dans sa bouche en priant le ciel que Nate n'ait pas remarqué son début de confession.

— Tu as eu des cauchemars ? demanda-t-il.

— Ne sois pas ridicule ! Rien qu'une sortie en boîte ne puisse guérir.

Ou une relation sexuelle aussi torride qu'intense. Mais les chances de la vivre étaient aussi minces que de gagner au loto.

S'apercevant que Nate s'était rapproché d'elle, elle battit en retraite, mais il lui attrapa le menton et le tint solidement tandis qu'elle essayait de se dégager.

— Quoi ? demanda-t-elle, effrayée par l'intensité de son regard.

— Tu as eu des cauchemars ? À propos de ce matin ?

— Eh bien, ce baiser n'était pas si nul que ça, dit-elle, essayant de plaisanter.

Mais il continuait à la regarder fixement et elle eut peur de lui laisser voir ses pensées.

Elle soupira en lui repoussant la main.

— Bon, d'accord, dit-elle tandis qu'elle s'éloignait de lui. J'ai fait quelques mauvais rêves, et alors ? La belle affaire !

— À propos de quoi ? Je pose la question parce qu'il vaut mieux en parler pour ne pas qu'ils deviennent une obsession.

— Oh ! Je t'en prie, maintenant tu parles comme un psy.

Pas question qu'elle raconte ses rêves ou ses cauchemars. Surtout pas à Nate. Principalement parce qu'il y était question de lui. Elle le voyait disparaître dans un abîme sans fond parce qu'elle n'avait pas pu le retenir et sa mort la plongeait dans un profond désespoir.

— C'est ce que font les psys dans la Navy ? Ils vous demandent de parler de vos rêves ?

— Entre autres choses, murmura-t-il.

Elle était déçue de le voir aussi laconique, se renfermant sur lui-même en lui refusant tout accès.

— L'autre raison pour laquelle je suis ici, c'est que je veux te remercier, Frankie.

— De quoi ?

Il esquissa un sourire ironique.

— Pour ce saut stupide que tu as fait sur la corniche.

— Stupide ? Tu trouves stupide de t'avoir sauvé la vie ?

— Ce n'est pas ce que je voulais dire. Mais si tu n'avais pas été attachée à ton filin de sécurité, tu serais tombée avec moi.

Elle leva les yeux au ciel en haussant les épaules.

— J'étais attachée, alors où est le problème ? Tu penses que j'aurais dû simplement te regarder disparaître dans le vide ?

— Non, ce n'est pas...

— Eh bien, laisse-moi te dire une chose, commandant. Peut-être as-tu oublié comment ça se passe ici : nous veillons les uns sur les autres, nous nous rattrapons mutuellement lorsque nous tombons, nous...

— Merci.

Elle resta silencieuse un moment tandis que sa colère et sa frustration s'évanouissaient, la laissant épuisée.

— Pas de quoi..., dit-elle, la respiration difficile. Maintenant, si tu as fini, je vais aller me reposer. Je suis fatiguée, je n'ai pas beaucoup dormi.

— As-tu pris tes médicaments ?

Les sourcils froncés, elle regarda autour d'elle dans la cuisine, essayant de se rappeler ce qu'elle avait pu faire de l'ordonnance que Paige lui avait donnée.

— Je suis allée me coucher directement... Je n'ai pas encore eu le temps de m'en occuper. Je ferai ça plus tard.

Voyant que Nat sortait de la cuisine, elle le suivit et le vit dans le vestibule, en train de vider son sac à main sur la petite table de l'entrée. Elle se précipita vers lui.

— Hé ! Qu'est-ce que tu fais ?

Il avait trouvé ce qu'il cherchait. Tenant l'ordonnance à la main, il ouvrit la porte d'entrée et sortit sur le perron.

— Je vais te chercher tes médicaments, dit-il.

— Tu n'es pas mon patron, commandant Grand Manitou ! cria-t-elle, furieuse de constater qu'il la faisait sortir de ses gonds.

Pourquoi ne pouvait-elle se comporter avec le raffinement et le calme de la vraie professionnelle qu'elle était ?

— Et la prochaine fois, ne t'attends pas à ce que je te sauve la vie, ajouta-t-elle. En fait, la prochaine fois, c'est moi qui te pousserai de la corniche.

Nate ne put s'empêcher de soupirer tout en affichant un sourire ironique. Discuter avec Frankie était aussi risqué que de manipuler des engins explosifs. Il mit l'ordonnance dans sa poche puis chaussa ses lunettes de soleil. Après l'orage de la veille, le ciel était aujourd'hui d'un bleu limpide, et le soleil si éblouissant qu'il faisait presque mal aux yeux.

Il n'aurait su dire combien de fois, durant les dix dernières années, il avait rêvé de la pureté des ciels de l'État de Washington après un violent orage. Sous le climat brûlant et sec du Middle West, où chaque respiration semblait vous assécher davantage, il avait souvent regretté l'humidité glaciale de sa ville natale. Elle lui avait manqué autant que sa famille et ses amis. Et Frankie.

Mais si Frankie Bryce lui avait manqué, c'était parce qu'elle avait été pour lui comme une petite sœur, se dit-il. Il avait grandi en veillant sur elle, en la sauvant d'elle-même, et maintenant que Jack n'était plus là, il devait respecter une promesse qui pesait lourdement sur ses épaules.

Il ouvrit la portière et regarda par-dessus le toit de son 4x4 la jeune femme rebelle qui l'observait depuis le perron. Même à distance, il pouvait ressentir son irritation.

— Va dormir, Francis, dit-il en sachant parfaitement que l'emploi de ce prénom l'irriterait encore davantage. Tu as une mine épouvantable.

Puis avant qu'elle ait le temps de le couvrir d'invectives, il se glissa derrière le volant, mit le moteur en marche et démarra.

Tout compte fait, la colère qu'elle exprimait à son égard valait mieux que la froide indifférence avec laquelle elle l'avait traité depuis son retour, même s'il l'avait bien mérité. Cette colère montrait que l'ancienne Frankie était toujours là, quelque part. La Frankie qui lui avait tant manqué, même s'il ne s'en était rendu compte que lorsqu'il l'avait revue et qu'il avait découvert une jeune femme réservée et distante, avec des yeux verts au regard froid et une jolie bouche qui ne souriait pas. Une jeune femme avec laquelle il ne savait pas très bien comment se comporter parce qu'elle ne ressemblait en rien à l'adolescente excitée et pleine de vie qu'il avait connue.

Cette adolescente qu'il n'avait eu aucun mal à traiter comme une petite sœur. Avec la jeune femme qu'elle était devenue… eh bien, cela s'avérait plus difficile.

Par ailleurs, il avait une dette envers Jack et sa famille. Ils avaient été là lorsque Tom Oliver, son propre père, avait quitté la ville, abandonnant une famille désespérée qui devait faire face à une dette de cent mille dollars. Les parents de Jack avaient offert à un gamin désemparé un endroit où il pouvait être lui-même, le traitant comme s'il faisait partie de la famille et lui donnant autant d'amour et d'attention qu'à leur propre fils.

L'amour et l'attention qu'ils auraient dû montrer aussi à leur fille. Peut-être le père de Frankie n'avait-il pas su comment se comporter avec une petite fille rebelle, alors qu'il n'avait eu aucun mal à incarner la figure paternelle dont Nate avait eu besoin. Il avait su leur apprendre, à Jack et à lui, à devenir un homme, leur enseignant comment jouer au ballon, préparer des appâts pour la pêche et piloter un chalutier. Des choses que son père n'avait pas pu transmettre à Nate, ayant choisi de s'enfuir.

Peut-être était-ce à cause d'un sentiment de culpabilité, ou bien le fait que Jack soit mort qu'il avait préféré se tenir éloigné d'elle. Ou encore l'embarras qu'il éprouvait vis-à-vis de la femme que Frankie était devenue.

Car qu'avait-il à offrir à une femme ? Il avait déjà trop de responsabilités. Il aidait sa mère à rembourser l'énorme dette laissée par son père et il contribuait financièrement aux soins que réclamait l'état de Terri.

Autrefois, il s'était senti étouffé par toutes ces charges et c'était la raison principale qui l'avait poussé à quitter Port St. John's. Il voulait vivre sa vie à lui, acquérir des diplômes et pouvoir prendre soin de sa famille. C'était ce qu'un homme était censé faire.

Il avait toujours été déterminé à prouver à tout le monde qu'il n'était pas comme son père. Prouver qu'il n'était pas un coureur de jupons fuyant ses responsabilités et trahissant délibérément ses promesses. Si cela impliquait pour lui d'avoir à éviter une jolie rousse pleine de vie… Alors, c'était exactement ce qu'il allait faire.

5

Il s'était écoulé presque vingt-quatre heures depuis que Nate était retourné chez Frankie pour lui donner ses médicaments et, pourtant, il ne cessait de penser à elle et à ce baiser.

La seule chose capable de le distraire était de fixer son attention sur les autres femmes de sa vie, beaucoup moins frustrantes que Frankie. Il profita donc de son jour de congé pour emmener sa sœur à sa séance de rééducation physique.

Terri avait été une adolescente aussi sauvage que Frankie et l'inactivité que lui imposait sa paraplégie la rendait folle. Elle préparait, par le biais d'Internet, un diplôme qui lui permettrait de devenir garde forestière. Si quelqu'un pouvait surmonter l'obstacle que constituait une blessure à la colonne vertébrale, c'était bien elle.

Après une séance d'entraînement épuisante qui la laissa trempée de sueur et d'aussi mauvaise humeur qu'un léopard en cage, Nate l'emmena vers le marchand de glace installé en bordure de plage. Il espérait ainsi redonner le moral à sa sœur. Mais Terri savait exactement ce qu'il cherchait à faire.

— Tu sais que je ne suis plus une gamine, n'est-ce pas ? dit-elle sèchement après qu'ils eurent quitté la boutique.

Ils prirent la direction du port. La promenade pittoresque attirait toujours beaucoup de touristes et offrait une vue imprenable sur le détroit. Ce spectacle avait manqué à Nate bien plus qu'il ne l'aurait pensé et Terri l'appréciait énormément.

— Une glace n'a jamais réparé un dos brisé, ajouta-t-elle.

— Selon Paige, une glace répare absolument tout.

Terri éclata de rire, ce qui le ravit.

— Par ailleurs, poursuivit-il, j'aime te voir en d'aussi bonnes dispositions et je me réjouissais de passer un après-midi agréable en ta compagnie.

— Menteur ! marmonna-t-elle, sans s'offusquer de son ironie. Tu ne peux pas me berner comme tu le fais avec toutes les autres femmes, Nate. Je suis trop intelligente et je te connais trop bien. Ce que tu voulais, c'était permettre à maman de faire une pause.

— Bien sûr… Et passer du temps avec la fille que je préfère à toutes les autres.

Terri faillit s'étrangler avec sa glace.

— Si c'est vrai, il faut absolument que tu tombes amoureux. Tu as besoin de plus d'excitation dans ta vie.

— J'en ai suffisamment comme ça, merci.

Il soupira, songeant à tous les affrontements qu'il avait eus avec Frankie les dernières fois où leurs chemins s'étaient croisés. Il savait que c'était en partie sa faute, mais aussi qu'elle était capable de pousser les gens à bout.

— Ah, ça, c'est sûr ! lança Terri avec un rire moqueur.

Il fronça les sourcils.

— Qu'est-ce que tu insinues ?

— C'est sur tous les réseaux sociaux, tu sais.

Il ne s'attendait certes pas à cette réponse.

— Que veux-tu dire ?

— Voyons, commandant, tu l'as certainement vu ? Toi, l'homme hyper diplômé sur les technologies de pointe ? L'un de ces diplômes concerne l'informatique, non ?

— Mais de quoi parles-tu ?

Alors que Nate la regardait fixement, se demandant si elle était dans son état normal, elle leva les yeux au ciel, l'air agacé.

— Oh ! Ça va… Je parle de ce qui s'est passé la nuit dernière, idiot.

Nate se figea sur place, songeant immédiatement au baiser qu'il avait échangé avec Frankie sur le perron aux premières heures de l'aube. Quelqu'un les aurait-il vus ?

Frankie allait le tuer.

Mais montrer le moindre signe de faiblesse devant sa sœur équivaudrait à souhaiter la bienvenue à une armée de Huns.

— La nuit dernière, dis-tu ? demanda-t-il d'un ton neutre.

— Tu ferais mieux d'en parler à maman avant que quelqu'un d'autre le fasse. Avant qu'elle pique une crise.

Piquer une crise ? Pourquoi ? Sa mère aimait bien la jeune femme. Elle parlait sans cesse d'elle, Francis par-ci, Francis par-là. Et voilà qu'elle risquait de piquer une crise si elle apprenait qu'il avait embrassé Frankie ?

— Ce n'est pas parce que j'ai embrassé Frankie que je…

Terri poussa une exclamation. Voyant l'expression peinte sur son visage, Nate pesta intérieurement.

— C'est bien de ça que nous parlons, non ?

Sa sœur eut un sourire en coin comme si elle venait de lui extorquer un secret d'État.

— Tu as embrassé Frankie ? Eh bien, il était temps !

— Non ! Frankie est comme une petite sœur pour moi, tu le sais. Par ailleurs, elle est complètement folle.

Terri eut une moue où se mêlaient le dégoût et la pitié.

— Tu es un imbécile. Frankie n'est pas folle, elle est drôle et pleine de fantaisie. Et sache que je parlais de la façon dont cette femme-qui-est-comme-une-sœur pour toi a bondi d'une corniche pour te sauver la vie.

— Quoi ?

— Je parle du fait que tu as failli mourir cette nuit et que je l'ai appris par Internet, grâce à une vidéo que l'un des gars de l'hélicoptère a mise en ligne.

Elle se pencha vers lui pour lui donner un coup de poing.

— Je parle de Frankie qui t'a sauvé la vie et qui a failli mourir, elle aussi… Et tout ce que tu sais dire, c'est : « elle est comme une petite sœur pour moi », ajouta-t-elle en contrefaisant sa voix. Es-tu devenu fou ?

Nate se passa nerveusement les doigts dans les cheveux.

— Elle s'est blessée en venant à mon secours et je… J'ai un peu perdu la tête.

Terri fronça les sourcils.

— Elle va bien, n'est-ce pas ?

— Oui, bien sûr. Tu connais Frankie. Elle est comme les chats qui disposent de plusieurs vies.

— Neuf, exactement.

— Elle, elle a utilisé plus de quinze vies avant même d'avoir atteint ses dix ans.

— Ce n'est plus une gamine.

Comme s'il pouvait l'oublier après ce qui s'était passé la nuit dernière… Et ce matin.

— Je pense que tu devrais lui acheter une tonne de glace pour la remercier, suggéra Terri.

— Je lui ai apporté son petit déjeuner.

— Pourquoi ne pas lui proposer un dîner et poursuivre la soirée dans un night-club ? Ou peut-être une sortie en bateau le long de la côte, avec un pique-nique ? Cela lui plairait.

Nate lui lança un regard soupçonneux.

— Est-ce que tu serais en train de jouer les marieuses, mademoiselle La Fouineuse ?

— Ah non ! Tu es la dernière personne avec qui je voudrais voir Frankie se marier. Je l'aime trop pour ça.

Il eut un soupir exaspéré.

— Pourquoi ? Qu'est-ce qui ne va pas chez moi ?

Cette question la fit rire.

— À part le fait que tu es atteint du complexe du héros et qu'elle déteste les héros ? Elle les hait, crois-moi.

— Elle hait les héros ? répéta-t-il, surpris.

Il était étonné car Frankie essayait toujours de montrer qu'elle était la plus courageuse et la plus intrépide.

— Aucune importance. D'ailleurs, en quoi est-ce pertinent ?

Le visage de Terri devint indéchiffrable.

— Ça ne l'est pas. Je disais ça comme ça.

Elle haussa les épaules.

— J'ai vécu avec toi treize ans avant que tu partes jouer les héros. Et six mois de plus lorsque tu es revenu. Je suis contente que tu sois maintenant installé chez toi parce que tu es agaçant. Tu manges les meilleurs morceaux, tu monopolises la télécommande et tu laisses traîner partout tes serviettes mouillées.

— Non, c'est toi qui te comportes ainsi.

— Mais oui, bien sûr ! Bon, tu veux la voir ?

— Voir quoi ?

Prenant un air affligé comme si elle avait affaire à un débile mental, elle saisit son téléphone.

— La vidéo. Elle est plutôt impressionnante.

Pendant qu'elle la recherchait sur l'écran, Nate jeta le reste de sa glace dans une poubelle. Il était en train de s'essuyer les mains lorsque son téléphone sonna.

— Salut, Paige. Comment ça va ?

— Es-tu au courant ? Tu l'as vue ?

Elle semblait essoufflée et Nate perçut une pointe d'angoisse dans sa voix.

— Au courant de quoi ? Et si tu parles de ta meilleure amie, oui, je l'ai vue. Je lui ai apporté son petit déjeuner et elle l'a mangé devant moi, comme tu m'en avais intimé l'ordre.

— C'est parfait, répondit-elle avec une certaine impatience. Mais il ne s'agit pas de ça. On vient juste de recevoir un appel téléphonique. Il y a eu un incendie près de chez Frankie…

Le sang de Nate se figea dans ses veines.

— J'y vais.

Il était déjà en train de partir lorsqu'il se souvint de Terri. Reprenant le fauteuil roulant, il se mit à presser le pas sur la promenade.

— Je vais devoir te ramener au centre.

— Qu'y a-t-il ? Il se passe quelque chose de grave avec Frankie ?

— Oui. Non… Je ne sais pas. Paige m'a juste dit qu'il y avait le feu.

— Le feu ? Mais alors, cours là-bas, espèce d'idiot ! Je peux très bien me débrouiller toute seule.

— Non…

— Je peux parfaitement retourner toute seule au centre de rééducation, Nate. Je téléphonerai à maman, je te le promets.

Pris de scrupules, Nate hésita quelques instants, puis il céda.

— Très bien. Mais sois sage et n'adresse pas la parole aux inconnus.

— Oui, oui, je sais, allez, vas-y.

Elle saisit son téléphone.

— Tu vois ? J'appelle déjà maman.

Ne lui faisant qu'à moitié confiance, dès qu'il eut regagné sa voiture, il prit contact avec Ty.

— Est-ce qu'elle va bien ? demanda aussitôt celui-ci.

— Oui, Terri va bien, mais je me demande…

— Je parlais de Frankie. Il est arrivé quelque chose à Terri ?

— Non, c'est juste que… Écoute, peux-tu venir la chercher ? Je l'ai emmenée manger une glace et faire un tour sur la promenade après sa séance de rééducation et…

— Je suis déjà en route, coupa Ty. Va retrouver notre gamine. J'ai entendu dire qu'elle était arrivée là-bas avant les pompiers et qu'elle était entrée à l'intérieur.

— Mais pourquoi, bon sang ? demanda-t-il, les doigts crispés sur le volant. Bon, je fonce chez elle.

— Donne-moi des nouvelles…

— Promis.

Il se déconnecta avant d'avoir un accident étant donné qu'il conduisait à tombeau ouvert, et il se sentait plein de gratitude à l'égard du gouvernement qui lui avait offert une formation de conducteur expérimenté lors de son entrée dans les forces spéciales de l'US Navy.

C'était le milieu de l'après-midi et les rues étaient relativement calmes, mais il lui fallut un bon moment pour aller du port à la maison de Frankie. Alors qu'il approchait de chez elle, il entendit le bruit des sirènes et vit le nuage de fumée noire qui s'élevait dans le ciel.

Frankie n'avait pas changé, songea-t-il, la gorge nouée. Toujours animée du besoin de montrer qu'elle était prête à se jeter dans l'arène à tout moment. L'estomac noué, il accéléra et faillit renverser deux poubelles en prenant un virage.

Son angoisse s'atténua légèrement lorsqu'il arriva sur place et découvrit que la maison de Frankie était intacte. Des véhicules appartenant aux secours d'urgence bloquaient la rue et une foule de gens étaient massés sur les trottoirs, mais il semblait que la fièvre était retombée, car deux pompiers étaient déjà en train d'enrouler leurs tuyaux.

Frankie n'était pas là.

Il gara son 4x4 et se dirigea vers deux TMU. Pour les rejoindre, il dut fendre la foule des badauds, surprenant au passage des bribes de conversation.

— Heureusement qu'elle était chez elle... Je n'ai jamais vu une chose pareille... Elle s'est jetée au milieu de cette fumée et des flammes... J'étais en train de coucher mon bébé quand j'ai entendu crier... Il s'est passé un temps interminable avant qu'on la voie sortir de là avec Mme Wallace... Je n'en croyais pas mes yeux. On se serait cru dans un film... Elle est repartie presque aussitôt chercher M. Wallace dans la maison... J'ai entendu les ambulanciers dire qu'elle souffrait de brûlures, avec toute cette fumée qu'elle a inhalée...

Nate retint son souffle, le cœur serré. Personne n'avait prononcé le nom de Frankie, mais il savait qu'ils parlaient d'elle. Il n'avait retenu qu'une phrase : « Elle souffre de brûlures. »

Les deux urgentistes lui apprirent que Frankie avait déjà été emmenée au centre hospitalier, que M. Wallace, le propriétaire de la maison qui avait brûlé, se trouvait dans un état grave, et que les plus gros dégâts s'étaient produits à l'arrière de l'habitation. Ils baissèrent la voix en prononçant ces derniers mots, car ils ne voulaient pas être entendus de Mme Wallace qui était non loin d'eux, attendant d'être transportée aux urgences.

Après les avoir remerciés, Nate retourna à son véhicule et se rendit à l'hôpital en toute hâte sans se soucier des limitations de vitesse.

Il laissa son 4x4 au parking et fonça aux urgences.

— Je voudrais voir Francis Bryce, commença-t-il.

Il marqua une pause en voyant l'infirmière de garde ouvrir de grands yeux et rester la bouche ouverte.

— Oh ! Mon Dieu ! C'est... Nancy, c'est lui ! cria-t-elle d'une voix aiguë, comme si elle n'avait pas Nate devant elle. Viens, viens tout de suite... C'est lui. Le... Le type...

Nate fronça les sourcils.

— Vous devez confondre avec quelqu'un d'autre, dit-il.

— Oh non ! Je suis sûre que vous êtes celui que Frankie a sauvé la nuit dernière.

Il ignora sa remarque.

— On m'a dit qu'elle avait été admise ici. Puis-je la voir ?

— Oh… Heu… Je ne suis pas certaine…

— Mais si, bien sûr, vous pouvez aller la voir, intervint Nancy avec un sourire éclatant. Elle est dans le box n° 3.

Nate la remercia et franchit la porte qui séparait la salle d'attente des salles d'examen. Il faillit entrer en collision avec une petite silhouette. Paige Carlyle poussa un cri et recula en se heurtant au chariot qui se trouvait à côté de la porte. Elle aurait fait un vol plané si Nate ne l'avait retenue.

— Hé, attention, docteur !

— Nate ? Oh ! Dieu soit loué, tu es là !

Des larmes ruisselaient de ses grands yeux noisette. Ce spectacle l'émut. Il détestait voir les femmes pleurer.

— Qu'y a-t-il ? C'est grave ? Comment va-t-elle ?

Elle eut un rire nerveux.

— Eh bien… Lorsque les gens disent qu'elle a neuf vies, je voudrais les croire, mais…

Incapable d'attendre plus longtemps, Nate la poussa doucement sur le côté et ouvrit la porte du box n° 3. Il s'arrêta net en voyant Frankie assise sur le lit, couverte de suie, les cheveux hérissés comme si elle avait mis les doigts dans une prise électrique, à l'instar d'un personnage de BD. Un masque à oxygène lui couvrait le nez et la bouche et la seule note de couleur dans son visage noirci, c'était le vert incroyable de ses yeux bordés de rouge et légèrement vitreux. Elle avait l'air d'être passée à travers le conduit d'une cheminée. Mais au moins elle respirait. Enfin, à peu près, corrigea-t-il lorsqu'il l'entendit chercher péniblement son souffle.

L'infirmière urgentiste qui achevait de la mettre sous perfusion lui lança un regard inquiet.

— Vas-y doucement, Frankie.

Nate regarda Frankie attentivement afin de repérer ses blessures et, lorsqu'il arriva aux pieds enveloppés dans des bandages imprégnés de sang, il s'arrêta de respirer.

Il avait l'impression d'être ramené en arrière, dans un lieu et une époque qui n'avaient rien à voir avec ce qui se passait ici et maintenant. Un lieu rempli de l'odeur âcre d'un incendie, mêlée à celles de la poussière et du sang, avec les cris des mourants qui envahissaient lentement ses oreilles.

Comme si elle avait deviné son malaise, Paige lui toucha le bras, le ramenant brusquement à la réalité du moment.

— N'aie pas peur, murmura-t-elle en lui frottant le dos. C'est moins mauvais qu'il y paraît. Elle s'est tailladé les pieds en marchant sur des morceaux de verre, c'est tout.

Nate se raidit tandis qu'il luttait contre les souvenirs qui l'assaillaient, lui rappelant ce combat qui avait coûté la vie à deux de ses compagnons et laissé un troisième amputé des deux jambes.

— Qu'est-ce que tu as fait, Frankie ?

En guise de réponse, elle leva les yeux au ciel avec une moue dégoûtée comme si elle avait devant elle un parfait imbécile. Nate n'eut alors qu'une envie : la secouer pour la punir de lui avoir infligé la peur de sa vie.

— Je vais très bien, dit-elle d'un ton éraillé. Juste un peu roussie, c'est tout.

Elle toussa et tenta de dissimuler une grimace de douleur, mais Nate ne fut pas dupe. Elle avait mal à cause de ce qu'elle avait fait la nuit dernière, ou bien cet après-midi, ou les deux.

— Roussie ? Est-ce pour cette raison que tu es en petite culotte ?

— Mon pantalon de pyjama a pris feu, alors je m'en suis débarrassée, ajouta-t-elle d'une voix rauque.

— N'essaie pas de parler, ordonna l'infirmière d'un ton sévère.

Puis elle regarda Nate avec un froncement de sourcils qui se voulait être un avertissement.

— Respire doucement, Frankie, dit Paige. Et toi, Nate, si tu continues de la contrarier, Kendra va vouloir que tu partes.

— Moi ? Je la contrarie ?

Il se passa une main dans les cheveux en se demandant si ses doigts tremblaient vraiment.

— Je crois que tu fais erreur, docteur.

Il s'avança vers le lit et, prenant doucement le menton de Frankie dans sa main, il la regarda attentivement. Puis il remarqua les taches rouges qu'elle avait sur les bras et sur les jambes.

— Tes cheveux ont l'air d'avoir été pris dans une boule de feu, marmonna-t-il en touchant l'extrémité crépue des mèches.

Elle tenta de lui écarter la main.

— Hé ! Qui t'a demandé des conseils de beauté ?

— Drôle de mode..., murmura-t-il.

L'infirmière lui lança un regard incendiaire qui mit presque le feu à ses cheveux à lui.

— Il suffira d'une petite séance chez le coiffeur pour tout arranger, dit-elle d'un ton enthousiaste. En fait, Jasmine te fera ressembler à un top model en un rien de temps. Maintenant, je vais aller m'occuper de mon autre patient. Docteur Carlyle, j'ai besoin que vous me donniez votre avis concernant la femme qui est dans le box n° 4.

Pendant le lourd silence qui suivit le départ des deux femmes, Nate entendait la respiration laborieuse de Frankie et il essayait de contrôler ses émotions. La situation le mettait d'autant plus mal à l'aise qu'il s'en sentait responsable.

— Je te laisse toute seule quelques heures, et regarde ce qui arrive, dit-il. Tu fonces tête baissée dans une maison en feu. Tu as donc envie de mourir ?

Le regard qu'elle lui adressa suggérait qu'il avait le quotient intellectuel d'un caillou.

— Ce que tu dis est vraiment stupide.

— Vraiment ?

— Oui, vraiment, répliqua-t-elle d'un ton irrité. Ce n'est pas moi qui ai quitté la ville pour aller combattre les terroristes et sauter sur une mine. J'ai simplement fait ce que n'importe qui d'autre aurait fait à ma place.

— Tu en es sûre ?

— Je connais les Wallace depuis toujours, Nate. Je ne pouvais pas rester là sans rien faire pour les sauver.

Elle s'arrêta un moment, essayant de respirer, puis reprit la parole d'une petite voix cassée qui déchira le cœur de Nate.

— As-tu déjà vu ce que le feu fait aux gens ?

Oui, il le savait. L'un de ses camarades était mort quand son hélicoptère avait été abattu et s'était écrasé au sol au milieu des flammes.

Frankie n'attendit même pas sa réponse.

— Peux-tu… Peux-tu prendre des nouvelles de M. Wallace pour moi ? Il… Il était inconscient lorsque je l'ai trouvé et Paige ne me dira rien.

Voyant que Nate ne répondait pas, elle fondit en larmes.

— Oh ! Mon Dieu ! Il n'a pas survécu, c'est ça ? Je suis arrivée trop tard.

Ses épaules s'affaissèrent et elle se cacha les yeux d'une main.

— J'ai appelé, appelé, mais je n'arrivais pas à le trouver.

Quand une larme s'échappa d'entre ses doigts, Nate se sentit anéanti.

— Et cela… Cela m'a rappelé…

— Frankie, coupa-t-il en lui caressant le bras.

La voir pleurer et souffrir le rendait furieux car il ne savait comment l'apaiser, mais il devinait qu'elle pensait à Jack. Jack mort à des milliers de kilomètres de chez lui, dans une terre hostile, loin de ceux qui l'aimaient.

— Je n'ai rien entendu dire au sujet de M. Wallace. Alors, ne va pas te faire des idées, d'accord ?

Tout en brûlant d'envie de la serrer contre lui, il se demandait quand Paige allait revenir. Les femmes étaient bien mieux armées pour faire face à ce genre de situation. Les hommes, eux, se sentaient dépassés, tellement terrifiés à l'idée de tenir des propos malheureux qu'ils les laissaient échapper inévitablement.

Frankie était toujours si forte et si pleine d'entrain qu'il s'inquiétait de la voir là aussi fragile et désespérée.

Il lui caressa doucement la main avant de s'écarter, avec l'impression d'être maladroit et pas du tout à la hauteur, ce qui était pour lui un sentiment nouveau et parfaitement désagréable.

— Le temps que j'arrive sur le lieu de l'incendie, tu étais déjà partie pour l'hôpital, dit-il d'un ton bourru. Je suis venu directement ici.

— Tu n'y étais pas obligé, tu sais. Je vais bien.

Elle fut aussitôt contredite par sa difficulté à respirer.

— Tu iras bien, rectifia Nate. Et je vais m'en assurer, dit-il en prenant son téléphone.

Elle lui lança un regard suspicieux.

— Ce qui veut dire ? Je suis une grande fille, Nathan. Il y a longtemps que je prends soin de moi.

— Cette nuit, tu n'auras pas à le faire. Les médecins vont peut-être te garder à l'hôpital.

— Pour quelle raison ?

— Pour commencer, ils pourraient vouloir dresser un bilan psychologique.

— Ah, ah, très drôle... Mais tu n'as pas à t'inquiéter. Paige m'a déjà proposé de jouer la baby-sitter.

— Paige ? Sérieux ? Tu as envie de tenir la chandelle des deux amoureux ?

— Hé ! protesta Paige qui venait d'apparaître sur le pas de la porte. Je veux que tu saches...

— Que Ty est d'accord ?

— Il le sera, bien sûr ! Il adore Frankie.

— Au bout de deux jours, il aura changé d'avis..., lança Nate d'un ton léger.

— Hé ! intervint à son tour Frankie. J'entends ce que vous dites et je n'ai pas besoin de baby-sitter. Je promets de rentrer chez moi, de me mettre au lit et de dormir pendant une semaine.

Nate glissa un regard en coin à Paige qui, essayant de ne pas rire, finit par lever les yeux au ciel.

— Quoi ? demanda Frankie.

Rien, répondit Paige d'un air innocent.

Au même instant, le Dr Luther pénétra dans la pièce.

— Bon, jeune dame, voyons comment vous allez, dit le vieil homme d'un ton brusque en s'équipant de son stéthoscope. Docteur Carlyle, si vous n'êtes pas occupée, peut-être pourriez-vous demander à Nancy de trouver une tenue médicale disponible. Notre demoiselle a suffisamment fait parler d'elle dans toute la ville sans maintenant se promener partout vêtue seulement d'une chemise de l'hôpital.

Nate décida de sortir de la pièce. De toute façon, maintenant qu'il avait vu que Frankie allait bien, il avait besoin de se retrouver seul.

— Est-ce que ça va ? lui demanda Paige, comme si elle avait deviné ses pensées. Frankie va s'en sortir. Elle guérit rapidement et...

— Qui essayes-tu de convaincre ? Toi ou moi ?

— Eh bien... Un peu les deux. Mais elle n'est pas imprudente, Nate, ce n'est pas une irresponsable.

Le voyant hausser les sourcils, elle rougit légèrement.

— Bon, c'est vrai, j'ai entendu ce que vous disiez, ajouta-t-elle. Elle n'a jamais voulu le reconnaître, mais je pense qu'elle se sentait coupable d'être en vie alors que...

— Alors que Jack est mort.

— Oui, répondit-elle, l'air préoccupé. Je ne connais pas très bien ses parents, mais je pense qu'ils lui ont fait sentir que c'était elle qui aurait dû... Eh bien...

— Non, ce n'est pas ça, coupa Nate.

Il savait que ceux-ci n'avaient jamais eu une telle pensée, mais, en revanche, ils avaient toujours eu tendance à se comporter comme si Frankie était à leurs yeux moins importante que Jack. Ce dernier s'était toujours senti coupable de cette différence de traitement qui, parfois, sautait aux yeux de tous et il avait fait de son mieux pour protéger Frankie d'une telle injustice. Il n'y était pas toujours parvenu.

— J'ai vu beaucoup de parents de militaires tombés au front réagir comme ceux de Jack. Ils éprouvaient de la colère, de la culpabilité, et ne cessaient de s'interroger sur ce qui se serait passé si...

— Et toi, Nate ? Ressens-tu la culpabilité du survivant ?

— Nous avons tous des fantômes qui nous hantent, Paige.

Il se dirigea vers la sortie pour téléphoner à Ty. La plupart des civils n'imaginaient pas ce que de jeunes hommes étaient amenés à faire pour défendre leur pays. Des choses qui les changeaient et qui laissaient des cicatrices indélébiles, à la fois sur leur corps et dans leur âme.

Lui aussi portait des cicatrices, aussi bien en lui que sur lui, et il avait plus ou moins appris à les gérer. Mais il arrivait trop souvent que quelque chose le ramène dans le passé. Ces derniers temps, cela ne s'était pas tellement produit, mais tôt ce matin, alors qu'il avait fini par s'endormir, il avait eu l'un de ces cauchemars dont il avait l'habitude.

Puis il y avait eu ce flash-back aux urgences. Il avait appris depuis longtemps qu'il ne servait à rien de ressasser des choses sur lesquelles il n'avait aucun contrôle. Peut-être Frankie en faisait-elle partie, mais elle allait devoir apprendre que sa volonté à lui était plus forte que la sienne.

6

Assommée par tous les analgésiques qu'elle avait pris, Frankie accepta d'aller en fauteuil roulant jusqu'au parking où Nate avait garé son 4x4. C'était lui qui poussait le fauteuil, ce qu'elle n'appréciait guère. Sa force l'impressionnait, certes, mais elle était contrariée de voir qu'il s'arrogeait le droit de prendre tout en main, y compris quand il l'avait portée dans ses bras, malgré ses protestations.

Pourquoi fallait-il qu'elle sente son odeur, où la fraîcheur de l'air marin se mêlait aux senteurs chaudes d'un homme très sexy ?

Et pourquoi fallait-il que, au moment où elle aurait aimé faire bonne impression, elle ait l'air d'avoir disputé un match de catch dans la boue ?

Si ça avait été un autre que Nate qui poussait son fauteuil, ou si elle avait été capable de quitter l'hôpital par ses propres moyens, elle ne se serait pas souciée de son aspect. Mais cet homme, qui avait été son premier coup de cœur, l'avait repoussée, et maintenant il avait l'indécence d'être le plus sexy de tous les hommes les plus sexy de la planète.

— Tu sais que ma mère serait ravie de t'accueillir chez elle pendant quelques jours, dit-il.

— J'adore ta mère, Nate, mais elle a déjà assez à faire sans avoir à s'occuper de moi. Et Terri est épuisante..., ajouta-t-elle avec un petit rire. Bien qu'elle soit en chaise roulante, elle a plus d'énergie que nous tous réunis. Par ailleurs, Paige a dit qu'elle passerait quand elle aurait fini sa garde à l'hôpital.

Comme il ne disait rien, Frankie finit par tourner la tête pour l'observer de profil. C'était le profil d'un homme qui avait appris à cacher ses pensées et ses émotions. Un homme qui, au cours des quinze dernières années, avait probablement vu et fait des choses qu'elle ne pouvait même pas imaginer.

Il n'était plus le garçon qui avait grandi en essayant de faire oublier la réputation de son père. Pour ce faire, il s'était chargé de plus de responsabilités qu'il ne pouvait en assumer. Maintenant qu'il avait les épaules larges et solides, il ne cessait de prouver qu'on pouvait compter sur lui.

Elle se rappelait avoir entendu les gens parler de Tom Oliver et s'était demandé comment sa femme avait pu supporter ses infidélités. À l'époque, elle n'avait pas compris. Cependant, si cet homme avait le physique de Nate, elle comprenait parfaitement pourquoi les femmes le trouvaient irrésistible.

Elle se souvenait aussi de l'air horrifié de Nate lorsqu'on le comparait à son père. Était-ce toujours le cas ou bien avait-il compris qu'il était lui-même, quelqu'un qui possédait sa propre personnalité ? Un homme rude, un vrai dur, beaucoup plus irrésistible que n'importe quel beau garçon cherchant juste à s'offrir du bon temps. Un homme sur lequel une femme pouvait compter en cas de coup dur. Il était…

— Quoi ?

Elle battit des paupières quand elle s'aperçut qu'il l'avait surprise en train de l'observer.

— Hein ?

— Tu me regardais comme si tu t'attendais à me voir me métamorphoser en mutant.

— En fait, j'espérais te voir devenir Ryan Reynolds, mais même en plissant les yeux, je n'ai rien vu de tel.

Il esquissa un sourire.

— Eh bien, c'est bon de voir que tu n'as pas perdu ton sens de l'humour.

— Je suis peut-être encore un peu roussie, mais laisse-moi deux jours et je deviendrai une parfaite comique.

— Crois-tu que ce soit ce que les gens attendent de toi, Francis ?

— Sûrement pas avec un prénom pareil..., commenta-t-elle, ironique.

— Que lui reproches-tu ?

Elle esquissa une grimace.

— Il donne à penser que j'ai été conçue dans une église et, il faut l'avouer, il fait assez minette.

Il haussa un sourcil.

— Je ne vois pas où est le problème.

— Es-tu en train de me dire que je suis une minette ?

Nate eut un petit rire.

— Après avoir vécu la plus grande partie de ma vie avec des femmes, je sais que répondre à une question de ce genre revient à se promener dans un champ de mines. Peu importe ce que je peux dire, il y aura inévitablement des explosions.

Il tourna pour s'engager dans une rue tranquille d'un quartier résidentiel. On voyait la lumière des écrans de télévision derrière les fenêtres éclairées.

— Parlons plutôt de ce qui s'est passé aujourd'hui, ajouta-t-il.

Frankie se détourna aussitôt car elle devinait ce qui allait suivre. Il l'accuserait d'avoir été imprudente et de ne jamais penser aux conséquences que ses actes pouvaient entraîner pour les autres. Mais, justement, elle avait pensé aux autres.

Aux Wallace.

— Laisse tomber, murmura-t-elle dans un murmure car sa gorge la faisait souffrir. Mettons-nous d'accord pour reconnaître que nous ne sommes pas d'accord. Juste pour cette fois... Jusqu'à ce que je retrouve du punch. Tu pourras alors me faire tous les sermons que tu veux.

Nate resta silencieux, donnant à Frankie l'occasion de l'observer du coin de l'œil. Il avait des lèvres pleines, au dessin un peu dur, ce qui raviva le souvenir qu'elle gardait de leur baiser. Mais c'était aussi dangereux que de sauter d'une corniche sans filin de sécurité.

Nate finit par lui lancer un regard en biais et elle l'entendit soupirer.

— Regarde-nous, nous sommes des adultes, dit-elle. Nous avons maintenant atteint notre pleine maturité.

— Disons que c'est vrai pour l'un de nous deux.

Frankie ne chercha pas à réprimer un long bâillement.

— Je sais que tu cherches à me vexer, mais cela ne me touche pas. Tu peux continuer, si ça t'amuse.

Nate garda le silence, ce qui convenait parfaitement à Frankie. Elle n'avait pas plus envie que lui de parler et, lorsqu'il tourna dans la contre-allée menant à sa maison, elle frissonna en voyant les traces noircies de l'incendie qui aurait pu coûter la vie à ses vieux voisins.

Vince Wallace était toujours dans le coma et Thelma souffrait de graves troubles respiratoires. Sentant les larmes venir et ne voulant pas pleurer devant Nate, Frankie prit le sac contenant tout ce dont elle avait besoin pour se soigner. Elle sauta du 4x4 sans même attendre qu'il soit complètement arrêté. Dès qu'elle posa le pied sur le sol, la douleur lui rappela qu'elle avait marché sur du verre brisé et elle ne put retenir un petit cri.

Génial. Même sa sortie manquait de punch.

— Merci..., lança-t-elle de sa voix rocailleuse tandis qu'elle avançait dans le chemin en boitillant.

Ensuite, la seule chose dont elle se rendit compte, c'était que Nate la remettait debout en murmurant quelque chose qui concernait son entêtement.

Trop lasse pour protester, elle appuya la tête contre l'épaule de Nate et accepta qu'il la porte dans ses bras pour gravir les marches du perron.

Sans qu'elle ait le temps de l'en empêcher, il entra dans la maison et se dirigea vers l'escalier. Au lieu de l'emmener dans la chambre, il se rendit directement dans la salle de bains.

— Le Dr Luther a dit que je ne devais pas prendre de douche.

— Oui, et nous savons tous les deux que tu ne tiendras aucun compte de son conseil, aussi Paige m'a-t-elle dit comment refaire tes pansements.

Il la posa sur le rebord de la baignoire comme s'il avait hâte de se débarrasser d'elle.

— Écoute, si j'ai besoin d'aide, j'appellerai Paige, dit-elle.

Ce qui était un énorme mensonge. Pas question de déranger quelqu'un pour une simple histoire de douche.

— Ce n'est pas la peine, répliqua-t-il d'un ton calme.

Il s'avança dans la douche et tourna le robinet. Il semblait trouver la situation amusante, comme s'il savait qu'elle n'avait pas vraiment envie de le voir s'en aller.

Elle se leva et lui ouvrit la porte de la salle de bains.

— Allez, sors.

— Appelle-moi si tu as besoin de quoi que ce soit.

En guise de réponse, elle claqua le battant derrière lui et se mit à pester en se rappelant qu'il ne fermait plus à clé depuis vingt-cinq ans. Depuis le jour où elle s'était enfermée dans la salle de bains et que son grand-père avait dû sortir la porte de ses gonds pour libérer sa petite-fille. Elle n'avait alors que cinq ans.

Sentant les larmes venir, elle s'empressa de les chasser. Elle ne pleurait pas parce que ses grands-parents lui manquaient, ni parce que Nate était parti sans insister. Elle était… Elle était… Eh bien, une fille n'avait pas besoin d'avoir une raison précise pour pleurer.

Surtout quand sa vie se défaisait plus vite qu'un ruban à Noël. Mais peut-être était-elle simplement plus émotive à cause du stress qu'elle avait subi au cours des dernières vingt-quatre heures.

C'était faux et elle le savait. Sa gorge lui faisait mal, son dos aussi à cause de sa cascade sur la corniche, et maintenant, elle avait la peau couverte de cloques en plusieurs endroits, et les cheveux dans un état lamentable, comme si elle avait dû traverser les fournaises de l'enfer.

Elle était un vrai désastre. Sa vie était un vrai désastre.

Et maintenant… Et maintenant, elle venait de chasser la dernière personne en qui elle avait vraiment confiance.

Plus fatiguée et plus malheureuse qu'elle ne l'avait jamais été de toute sa vie, elle ôta la tenue que l'hôpital lui avait prêtée et entra dans la douche. Quand l'eau chaude frappa sa peau devenue hypersensible, elle fit la grimace et s'empressa de régler la température afin d'épargner de nouvelles souffrances à sa chair meurtrie.

Puis, s'appuyant contre les carreaux, elle ferma les yeux et laissa l'eau ruisseler sur son corps, emportant avec elle la suie et les souvenirs de ces deux derniers jours.

Elle ignorait qu'elle pleurait jusqu'au moment où elle entendit frapper à la porte de la salle de bains.

— Frankie, est-ce que ça va ?

Elle dut attendre quelques instants avant de pouvoir répondre.

— Tout va bien... Va-t'en.

Mais cette interruption lui avait rappelé que pleurer ne servait jamais à rien. Elle saisit le flacon de shampoing, décidée au moins à ne plus avoir l'air d'être une rescapée du Grand Incendie de Londres.

Elle dut se laver les cheveux trois fois pour chasser l'odeur de suie qui les imprégnait. Lorsqu'elle se sentit enfin toute propre, elle vit que du sang coulait dans le trou d'évacuation avec la mousse du shampoing et du gel douche.

Elle regarda ses pieds et constata que les pansements s'étaient défaits. Par ailleurs, quelques cloques qu'elle avait dans la paume de sa main droite avaient éclaté. Se sentant de nouveau au bord des larmes, elle se raisonna. Tout allait bien, elle pourrait facilement régler ces petits problèmes. Refaire ses pansements serait pour elle un jeu d'enfant.

Et pour sa vie ? Cela, c'était une autre affaire.

Elle ferma le robinet et ouvrit la porte de la cabine pour prendre un épais drap de bain en éponge qui, d'habitude, était accroché sur la tringle. Comme sa main s'agitait dans le vide sans rien trouver, elle se rappela soudain qu'elle avait laissé un tas de serviettes mouillées sur le plancher de sa chambre lorsqu'elle s'était écroulée sur son lit, la nuit dernière. *Génial.*

S'emparant d'un essuie-main, elle frotta ses cheveux trempés du mieux qu'elle put, puis elle saisit une serviette de toilette bien trop petite pour la couvrir correctement.

Pendant qu'elle tentait de s'essuyer, du sang continuait de tacher le carrelage de la salle de bains. Mis à part les minuscules serviettes de toilette, la seule chose qu'elle avait sous la main pour étancher ce flot de sang, c'étaient des serviettes périodiques.

Avec un haussement d'épaules, elle ouvrit le petit placard installé sous le lavabo. Si les footballeurs et les joueurs de hockey utilisaient des tampons lorsqu'ils saignaient du nez, elle pouvait bien se servir de serviettes périodiques pour fabriquer des bandages de fortune.

Une fois ses blessures convenablement comprimées, elle se couvrit du mieux qu'elle put, essayant de cacher l'essentiel avec sa serviette de toilette, puis elle boitilla péniblement jusqu'à la porte. Lorsqu'elle l'ouvrit, elle recula en trébuchant et poussa un cri aigu. Nate était là, l'attendant devant la porte.

— Quoi… Que… ? s'écria-t-elle, furieuse.

Portant une main à son cœur de crainte qu'il n'explose, elle appuya l'autre sur le mur, oubliant que sa petite serviette avait besoin d'aide pour échapper à la loi de la gravité.

Elle fut prise de panique lorsqu'elle s'aperçut que le bout de tissu glissait silencieusement vers le sol. La rattrapant d'un geste frénétique, elle vit Nate afficher un large sourire devant ses vains efforts pour protéger sa nudité. Il ne lui restait qu'une chose à faire…

Elle se blottit derrière la porte tandis qu'une rougeur soudaine gagnait chaque centimètre carré de sa peau — y compris sur la hanche, parfaitement visible pour Nate. Pendant quelques secondes, elle resta immobile, respirant comme un cheval de course qui aurait parcouru trois kilomètres au galop, et en toussant à cause de toute la fumée qu'elle avait inhalée dans l'après-midi.

Finalement, ayant repris son souffle, elle jeta un coup d'œil à l'extérieur de la salle de bains, s'attendant à voir Nate faire le pied de grue et se réjouir de la voir si mal à l'aise. Tout ce qu'elle aperçut, ce fut une main qui lui tendait des vêtements.

Pendant quelques secondes, elle regarda fixement le débardeur étriqué et le minuscule short que Nate avait choisis pour elle. Ce n'était pas le genre de tenue qu'elle avait envie d'enfiler à cet instant. Elle aurait préféré quelque chose de plus confortable et de plus couvrant, comme un large pantalon de pyjama en flanelle, par exemple. Mais comme elle n'avait le choix qu'entre la serviette et…

Marmonnant quelques jurons, elle saisit le débardeur et le short puis claqua la porte, furieuse d'entendre le rire de Nate.

Quel pauvre type ! Furieuse aussi de constater que son corps n'était pas insensible aux vibrations de ce rire viril.

Et pas insensible non plus au fait que l'homme qu'elle avait aimé de tout son être à dix-huit ans venait juste de la voir complètement nue.

Elle sentit que sa peau devenait plus sensible, ses seins lourds et douloureux, tandis que la chaleur qui se répandait en elle la rendait nerveuse, augmentant encore son irritation.

Ouvrant la porte d'un coup sec, le regard noir, elle découvrit que le passage était libre. Pas de Nate en vue.

Elle se dirigea vers sa chambre pour prendre un chandail. Pas question de circuler dans la maison aussi peu vêtue.

Entendant du bruit derrière elle, elle se retourna et aperçut Nate qui avait le regard fixé sur ses jambes nues.

— Qu'y a-t-il ? marmonna-t-elle, glaciale.

Se décidant à lever les yeux, Nate semblait ravi d'avoir pu la contempler de dos tout à loisir. Frankie ne put s'empêcher de rougir à la pensée que, juste avant, il l'avait vue de face dans le plus simple appareil.

Mais l'air amusé de Nate céda rapidement la place à un froncement de sourcils.

— Tes pansements se sont défaits, dit-il, le regard maintenant braqué sur ses pieds.

Elle haussa les épaules et ouvrit la bouche pour dire que c'était prévisible, mais il ne lui en laissa pas le temps.

— Est-ce que... ce sont des serviettes périodiques ?

Elle rougit encore plus fort et tourna les talons pour se rendre dans sa chambre en boitillant.

— C'est tout ce que j'avais sous la main..., lança-t-elle par-dessus son épaule.

Elle sortit de son armoire un lainage qu'elle enfila rapidement Se sentant mieux armée pour affronter le regard insistant et troublant de Nate, elle se retourna.

Il était sur le seuil de la chambre, les mains dans les poches, semblant très à l'aise, et son arrogance l'irritait sérieusement. Elle lui lança un regard incendiaire.

— Quoi ? dit-elle, agacée.

— C'est une chance que, toi, tu m'aies sous la main.

— Si c'est une triste tentative de séduction, alors tu peux...

Il éclata de rire. *Quel culot* ! pensa-t-elle.

— Relax, princesse. J'ai un certain entraînement en matière de traumatologie, aussi je suis sûr de pouvoir faire quelques bandages et appliquer du gel sur les brûlures.

— Ne sois pas ridicule ! Je suis une technicienne médicale d'urgence. Je peux très bien faire tout ça moi-même.

— Eh bien, tu as de la chance, car là, tu n'es pas obligée de le faire, dit-il en entrant dans la chambre.

Elle le défia du regard, l'air têtu.

— Ou bien tu y mets de la bonne volonté ou bien je te charge sur mon épaule, murmura-t-il. À toi de choisir.

Il était clair qu'il ne plaisantait pas. Elle alla vers lui d'un pas ferme, ce qui la fit grimacer de douleur.

— Depuis quand es-tu devenu un tel idiot ?

La question parut le surprendre.

— Depuis que j'ai cessé d'être dupe, tu vois ce que je veux dire ? répondit-il d'un ton sec. On ne survit pas à l'entraînement imposé par les forces spéciales de l'US Navy si on se laisse faire, princesse. Par ailleurs, quel genre d'ami je serais si je te laissais te débrouiller toute seule ?

— Le genre d'ami qui sait quand j'ai envie d'être seule.

Nate émit un bruit bizarre, puis, soudain, il la souleva dans ses bras. Elle protesta et tenta de se libérer. En vain.

— Reste tranquille, sinon nous allons nous briser le cou tous les deux, dit Nate.

Elle cessa alors de se débattre.

Il descendit l'escalier, la portant comme si elle ne pesait pas plus lourd qu'une enfant.

— Fais-moi tomber et je te réduis en charpie, marmonna-t-elle pour masquer le frisson qui la parcourait depuis les reins jusqu'à la nuque.

— Je t'en prie ! répondit Nate d'un air agacé. J'ai porté deux fois ton poids dans un passage montagneux qui ressemblait à un sentier de chèvre, et cela en pleine tempête de neige. Mais continue à te tortiller comme ça, et qui sait ce qui pourrait alors arriver.

Troublée par leur grande proximité physique, elle cessa de s'agiter.

— Je vois que tu es toujours aussi arrogant, murmura-t-elle.

— Et toi, toujours aussi imprudente, rétorqua-t-il, le regard amusé.

Au lieu de se fâcher, elle se demanda si c'était ainsi que les gens la voyaient. Il y avait bien longtemps qu'elle ne faisait plus n'importe quoi, mais se pourrait-il que Nate ne voie pas combien la mort de Jack l'avait changée ?

Avant qu'elle ait eu le temps de lui poser la question, il l'assit sur le comptoir de la cuisine et lui tendit une tasse.

— Bois.

Il se tourna pour regarder ce qu'il y avait dans le réfrigérateur.

— Depuis quand n'as-tu pas fait de courses ? marmonna-t-il.

Elle réfléchit un moment, mais fut incapable de répondre.

Il soupira.

— Bon, question suivante. Depuis quand n'as-tu rien mangé ?

— Euh… Voyons… Ce matin ? Oui, ce matin. J'ai pris un petit déjeuner qui venait de chez Sid's. Le livreur était impoli et désagréable.

— Tu as probablement oublié de lui donner un pourboire.

— Tu peux manger le brownie au chocolat, dit-elle, magnanime. Même si j'adore les brownies de chez Sid's, ils sont très mauvais pour mes cuisses.

Elle s'en voulut d'avoir parlé de ses cuisses lorsqu'elle vit le regard de Nate se poser sur elles tandis qu'il esquissait un petit sourire. Peut-être se rappelait-il ce qu'il avait vu lorsqu'elle était sur le seuil de la salle de bains et que la serviette avec laquelle elle essayait de se couvrir avait glissé. Ou lorsqu'il avait lorgné ses jambes quand elle circulait en short dans la maison.

Mal à l'aise, elle porta la tasse à ses lèves et but une gorgée. Elle fit aussitôt la grimace.

— Mais qu'est-ce que c'est, ce truc infâme ? Tu essayes de m'empoisonner ?

— C'est le remède qu'on donne dans les forces spéciales pour tout soigner. Bois-le. Demain, tu seras en pleine forme.

Son regard disait clairement qu'il valait mieux obéir et Frankie s'exécuta.

— Est-ce que ça te manque ? Je veux dire, les forces spéciales ?

Le visage de Nate prit une expression indéchiffrable pendant le long silence qui suivit.

— Pas autant que je l'aurais cru, dit-il enfin.

— Ce qui signifie… ?

Elle voyait bien que cette époque lui manquait. Jack lui avait dit une fois que la fraternité qui liait ces militaires était quelque chose qu'on ne pouvait expliquer. Elle savait aussi que cela avait à voir avec la confiance et l'interdépendance qui existaient entre ces hommes confrontés au danger, créant entre eux des liens très forts.

— J'en ai eu assez de perdre mes amis, répondit-il, le regard las.

Voyant qu'il souffrait, elle voulut changer de sujet.

— Alors, tu dis que les forces spéciales possèdent des remèdes magiques contre tous les maux ?

Il lui attrapa la cheville gauche et étudia le bandage de fortune qu'elle avait posé sur son pied.

— Nous n'avons aucun remède pour soigner la stupidité.

Elle voulut libérer son pied, mais Nate le tenait solidement. Lorsqu'il ôta le bandage, il poussa un cri horrifié.

— Waouh ! N'as-tu donc pas la moindre miette de bon sens ?

— Apparemment non, sinon je t'aurai jeté dehors.

— Pas avec des pieds dans un état pareil ! dit-il en riant.

En guise de réponse, elle lui tira la langue.

Il s'assit en face d'elle afin d'examiner sa plante de pied. Après lui avoir passé sur la peau une crème antiseptique, il la soigna avec une telle douceur qu'elle renonça un moment à son agressivité.

— Alors, qu'y a-t-il dans ce breuvage infect ? s'enquit-elle.

Il la regarda un bref instant, l'air amusé.

— Si je te le disais, je devrais aussitôt te tuer.

— Tu es vraiment impossible !

Elle se demanda pourquoi elle avait tant de mal à articuler

ses mots. Sa langue semblait devenir plus épaisse et la pièce se mettait à tournoyer lentement sur elle-même.

— Qu'est-ce... Qu'as-tu... fait ? murmura-t-elle en jetant sur sa tasse un regard suspicieux.

Nate se leva et la lui ôta des mains.

— C'est juste un remède à base d'herbes, petite rouquine, dit-il calmement. Crois-moi, demain tu te sentiras parfaitement bien.

Il la souleva dans ses bras et l'emmena, somnolente, dans le salon où il la coucha doucement sur le canapé, prenant soin de lui glisser des coussins sous la tête et de mettre une couverture sur elle.

Frankie sombrait déjà dans une confortable torpeur lorsqu'elle se rappela qu'elle avait quelque chose à lui dire.

— Nate ?

Il se pencha vers elle.

— Qu'y a-t-il, princesse ?

Elle contempla un moment les traits familiers, s'interrogeant sur les étranges émotions qu'elle éprouvait. Quand il écarta de son visage quelques mèches humides, son geste doux et tendre la bouleversa.

— Je suis contente que tu sois à la maison, murmura-t-elle d'une voix endormie. Tu m'as manqué, même si tu viens à l'instant de me droguer.

— Tu es sûre ? dit-il d'un ton taquin. Parce que j'ai plutôt l'impression que tu me considères comme un... enquiquineur.

— Mais non, Nate...

Elle avait parlé si bas que Nate dut se pencher pour l'entendre. Puis elle poussa un énorme soupir, et il comprit qu'elle sombrait dans un profond sommeil.

— C'est juste que... Tu es un type très sexy... De ceux qui font craquer les filles. Et tu es aussi un vrai dur à cuire.

Nate ne put retenir un petit rire.

— De ton côté, tu n'es pas non plus une dégonflée, petite rouquine, murmura-t-il.

Il ressentait pour elle à la fois de l'agacement et de l'affection. Jamais il n'avait rencontré quelqu'un de plus exaspérant que

Frankie, mais il y avait au plus profond d'elle-même une douceur qui resurgissait aux moments les plus inattendus.

Soudain, il prit conscience que, depuis quinze ans, quoi qu'il ait fait et quel que fût l'endroit où il se trouvait, Frankie était restée avec lui. Leur lien avait toujours été là.

Cette constatation l'effraya car les gens auxquels il était le plus attaché avaient la mauvaise idée de mourir.

7

Au bout d'une semaine, Frankie était lasse de rester chez elle. Elle se sentait si nerveuse qu'elle s'en prenait à tous ceux qui passaient la voir. À l'exception de Nate puisqu'il brillait par son absence.

S'ennuyant à mourir, elle fit deux grosses lessives, passa l'aspirateur dans l'escalier et découvrit son téléphone portable dans une boîte de riz basmati rangée dans un placard alors qu'elle avait cru l'avoir perdu la nuit de la tempête.

Perplexe, elle le récupéra en se disant que les médicaments qu'elle avait pris avaient dû vraiment la faire divaguer pour qu'elle ait laissé l'objet dans un endroit aussi insolite.

Après avoir rechargé la batterie, elle lut ses messages. Il y en avait cent quarante-trois dont un de Terri.

Frankie, tu dois regarder ça. C'est impressionnant. Merci d'avoir sauvé le grand lourdaud. Je t'en suis reconnaissante.

Dès qu'elle fit défiler la vidéo, elle sut que quelqu'un avait délibérément caché son portable afin qu'elle ne puisse voir ces images, et elle devina de qui il s'agissait. La seule personne qui n'était pas venue la voir depuis le jour où il l'avait surprise nue sur le seuil de la salle de bains et qui lui avait fait boire un breuvage infect qui l'avait droguée. Nate.

Il apparaissait sur la vidéo, avec le commentaire suivant : « Un saut audacieux sauve le commandant des gardes-côtes d'une mort certaine. »

En regardant les images défiler sur l'écran, Frankie ouvrit

de grands yeux et resta bouche bée. Des frissons remontèrent le long de sa colonne vertébrale lorsqu'elle se vit bondir pour rattraper Nate au moment où il glissait de la corniche et elle fut prise de nausée en pensant à ce qui aurait pu se passer. On aurait retrouvé le corps de Nate au fond du ravin, et elle aurait dû faire face, une fois de plus, à un autre deuil dévastateur.

Il était autoritaire et exaspérant, mais elle ne s'imaginait pas vivre dans un monde où il n'existerait pas.

Elle était encore en train de ressasser lorsque Paige arriva, les bras chargés de provisions achetées au supermarché du coin. Après avoir posé les sacs en papier sur la table de la cuisine, elle se tourna vers Frankie et fronça les sourcils.

— Pourquoi es-tu si rouge ? demanda-t-elle en posant une main sur le front de son amie. Es-tu malade ? As-tu pris tes antibiotiques ? On m'a dit que tu n'étais pas allée faire contrôler tes blessures.

Frankie leva les yeux au ciel.

— Je vais bien, dit-elle, les bras croisés, appuyée contre le comptoir. Serais-tu en train de te prendre pour ma baby-sitter ?

Paige laissa échapper un petit rire sans joie.

— Même si c'était vrai, et ça ne l'est pas parce que tu n'es plus une enfant, tu dois quand même faire examiner tes plaies. Alors, j'ai pensé que nous pourrions passer un petit moment ensemble, toutes les deux.

— Donc tu n'es pas ici pour me faire la cuisine et t'assurer que je me nourris ?

Paige parut surprise, puis elle se mit à rire.

— Très bien, je me charge du repas. Mais ne t'inquiète pas, le médecin a apporté de quoi te faire plaisir.

— Du vin ?

— Et d'autres trucs, répliqua Paige, l'air ravi. Nous allons nous offrir une petite fête.

— Pour célébrer quoi ?

— Depuis quand avons-nous besoin d'avoir une raison particulière pour boire du vin, manger des glaces et regarder des comédies sentimentales à la télévision ?

Quelques heures plus tard, Frankie regardait du hockey sur la chaîne des sports tandis que Paige dormait, roulée en boule sur le canapé, comme si elle était entrée en hibernation. Elles avaient commencé par suivre une comédie romantique dont Frankie s'était copieusement moquée, devinant bien à l'avance ce qui allait se passer sur l'écran et se tordant de rire en écoutant les dialogues bourrés de clichés.

Au début, Paige avait tenté de la faire taire, mais l'intrigue était tellement nulle qu'elles avaient fini par la réécrire, en se permettant toutes les extravagances.

Après le dîner, elles avaient opté pour un film d'aventure, mais Paige s'était rapidement endormie. Comme Frankie avait déjà vu le film, elle avait préféré changer de chaîne et choisi de regarder du sport.

Le match de hockey venait juste d'entamer les prolongations lorsqu'elle entendit un bruit léger à l'extérieur, suivi du fracas d'une poubelle tombant sur le sol.

Elle attrapa la vieille batte de base-ball appartenant à son frère, alla à pas de loup jusqu'à la porte d'entrée et colla son oreille contre le battant. Juste au moment où elle commençait à croire que ce vacarme pouvait être l'œuvre des ratons laveurs du voisinage en quête de nourriture, elle entendit un autre bruit sourd, suivi d'un juron.

Elle ouvrit la porte et sortit sur le seuil, brandissant la batte au-dessus de son épaule dans le geste classique du joueur de base-ball.

— Approche, mon ami, et ta tête me servira de cible, marmonna-t-elle.

Entendant un nouveau juron, elle crispa les doigts autour de la batte et scruta l'obscurité, cherchant à qui elle avait affaire. Quand une grande ombre se dessina devant elle, elle poussa un cri perçant tandis que son cœur se mettait à battre à coups redoublés. L'intrus était quelqu'un qu'elle connaissait. Quelqu'un qui s'avérait encore plus dangereux pour elle, physiquement et mentalement, qu'un inconnu.

— Qu'est-ce que tu fais à rôder autour de la maison comme un pervers ?

Nate leva un bras pour s'essuyer le visage et elle comprit aussitôt pourquoi. Il était trempé et ses vêtements lui collaient à la peau.

Quelle vision appétissante...

Non. Pas du tout. Elle était furieuse contre lui. Furieuse que le baiser échangé et le fait qu'il l'ait vue nue l'aient fait fuir comme si elle était atteinte d'une maladie contagieuse.

— Tu as rencontré un arroseur automatique pendant que tu jouais les espions dans mon jardin ?

Poussant un grognement, Nate monta les marches du perron. L'expression de son visage changea, passant du mécontentement à la curiosité tandis qu'il regardait la batte de base-ball qu'elle tenait sur son épaule.

— Tu attends quelqu'un ?

— C'est comme ça que j'accueille les intrus. Quel est le problème, Nate ? Tu t'es encore battu avec les gros durs de Seafarers ?

— Hé ! Doucement avec ça, protesta-t-il en s'emparant de la batte comme s'il craignait qu'elle n'en fasse usage. Cela remonte à dix-sept ans et, au cas où tu ne l'aurais pas remarqué, je suis moi-même un gros dur.

Mais si, bien sûr, elle l'avait remarqué. Elle aurait été stupide de ne pas le voir.

Elle le lui avait même peut-être dit, l'autre nuit, lorsqu'elle avait bu ce breuvage qui l'avait droguée et mise dans un état second.

— Tout ce que je vois, c'est un idiot qui est en train de s'égoutter sur ma...

Elle se tut brusquement lorsqu'elle vit une traînée plus sombre sur sa chemise trempée.

— Oh ! Mon Dieu ! Tu... Tu saignes ?

— Ce n'est rien.

Rien ? De qui se moquait-il ?

— C'est à moi d'en juger, dit-elle d'un ton sec.

Elle ne voulait pas lui donner la satisfaction de la voir perturbée, mais la vue de ce sang lui rappelait combien le métier qu'il exerçait était dangereux. Combien la vie humaine était fragile. Durant des années, elle s'était inquiétée pour lui et pour Jack, et ses pires craintes s'étaient trouvées confirmées par la mort de son frère.

— Entre et déchausse-toi, ajouta-t-elle. Je viens de faire le ménage.

— Je croyais que tu étais censée te reposer, dit-il en se débarrassant de ses boots.

— C'est ce que j'ai fait. J'ai juste passé l'aspirateur.

— Paige est là ?

— Pourquoi cette question ?

— J'ai vu sa voiture dans l'allée. J'étais sur le point de partir quand j'ai entendu la poubelle tomber et j'ai décidé de voir si tout allait bien.

Il entra dans la cuisine et plissa les yeux, ébloui par la lumière.

— Depuis quand ouvres-tu ta porte sans avoir d'abord vérifié à qui tu avais affaire ?

— Chut, Paige dort, répliqua-t-elle à voix basse. J'allais me coucher quand je t'ai entendu trébucher comme si tu revenais d'une beuverie.

— Je suis trop vieux pour les beuveries et sache que j'ai appris à me déplacer en territoire ennemi sans que personne devine ma présence.

Elle n'avait pas envie de l'imaginer en territoire ennemi au risque d'avoir des cauchemars.

— Tu as clairement perdu en efficacité, marmonna-t-elle.

Elle vit les yeux de Nate prendre une teinte plus foncée. Elle ne connaissait que trop bien ce regard, même si elle ne l'avait pas vu depuis un bon bout de temps.

Pendant des années, elle avait été témoin de la fascination que Nate exerçait sur les femmes de tous âges avec ce regard, accompagné d'un sourire ravageur. Mais elle, il ne l'avait jamais regardée que comme la petite sœur de Jack Bryce.

Elle avala sa salive. Quelle attitude était-elle censée avoir avec cette version plus âgée, plus torride et plus troublante du garçon qu'elle avait adoré autrefois ? Un homme avec des yeux sexy et une bouche qui l'était doublement.

— Ah ! C'est ce que tu penses ?

Son ton tranchant la mit mal à l'aise. Ne voulant pas qu'il s'en aperçoive, elle alla vers le réfrigérateur et l'ouvrit tout en se demandant si Nate cherchait à la déstabiliser.

Et constater qu'il y réussissait la gênait au plus haut point.

— Que fais-tu ici à une heure pareille, et dans un tel état ? demanda-t-elle en pointant le doigt vers son visage.

Nate avait fait beaucoup de choses démentes dans sa vie, se mettant souvent en danger pour sauver des gens. Mais jamais il n'avait rendu visite à une femme sans s'assurer qu'il serait le bienvenu.

Il était sorti avec beaucoup de jeunes femmes aussi superbes qu'élégantes, mais quand il avait vu Frankie sur le perron, prête à se servir de sa batte de base-ball telle une héroïne de film d'action, il avait eu un choc. Avec ses cheveux en désordre et son visage débarrassé de tout maquillage, sa beauté naturelle était éclatante.

Ce qui lui rappela pourquoi il était resté loin d'elle — parce qu'il n'était pas aussi immunisé qu'il le croyait contre son charme. Il n'avait pas prévu de venir ici ce soir, n'ayant qu'une seule envie : rentrer chez lui, prendre une douche chaude et se mettre au lit.

Appuyé contre le comptoir, il regardait Frankie qui sortait une bière du réfrigérateur. Il refusait de la voir comme la femme la plus sexy qu'il ait jamais rencontrée. Elle était agaçante, imprudente, contrariante, et pouvait même se montrer agressive quand elle le voulait.

Mais elle était aussi grande et bien faite. Le genre de femme qui faisait rêver les hommes, même quand elle portait un short et un grand T-shirt confortable, avec d'épaisses chaussettes. Elle avait ramené sur le sommet de la tête son abondante chevelure bouclée rappelant la couleur de l'or rouge, et cette coiffure peu sophistiquée la rendait incroyablement séduisante.

Il eut une envie folle de plonger ses doigts dans cette masse dorée, mais Frankie se tournait déjà vers lui, lui tendant une bière. Elle disparut ensuite dans le couloir, le laissant songeur. Aurait-elle surpris la façon dont il la regardait ?

Peu importe, pensa-t-il. Il était un trentenaire normalement constitué, et il avait bien le droit de regarder qui il voulait où il voulait.

Sauf là, lui souffla une petite voix intérieure. *Sinon tu vas t'attirer des ennuis.*

Mais il ignora ces sages conseils, se demandant pourquoi Frankie le déstabilisait ainsi. Elle avait grandi, bien sûr, et il y avait encore chez elle ce côté téméraire… Mais elle avait changé.

Ou peut-être… Peut-être étaient-ce ses années passées dans les forces spéciales qui l'avaient changé, lui, changeant aussi son regard sur elle. Peut-être était-il déstabilisé en voyant resurgir, sous forme de flashs, l'image de l'adolescente pleine de vie chez la femme sexy et raffinée qu'elle était devenue.

Frankie revint bientôt, apportant sa trousse médicale d'urgence. Il tenta de reprendre ses esprits.

— Je voulais te dire quelque chose avant que tu ne l'apprennes par quelqu'un d'autre.

Il marqua une pause, se demandant comment il allait aborder le sujet. La vidéo qui la présentait comme une sorte de super-héroïne et lui… Eh bien, pas tout à fait dans la même situation.

Elle posa sa trousse sur la table et lui lança un regard méfiant.

— De quoi s'agit-il ?

— Une vidéo circule sur Internet…

À quoi avait-il pensé en venant jusqu'ici ? Il aurait dû écouter son instinct et prendre le large. Mais non. Il avait fallu qu'il intervienne lorsqu'il avait entendu la poubelle tomber. Comme s'il voulait être le héros dont Frankie prétendait qu'elle n'avait ni envie ni besoin.

L'entendant partir d'un rire moqueur, il crut un instant avoir formulé tout haut ses pensées.

— Quoi ?

— J'ai vu cette vidéo, Nathan. Terri m'en a parlé avant toi.

— Comment as-tu… ? Bon, aucune importance, ajouta-t-il en soupirant. Seulement, ne dis rien à personne. Si on te téléphone à ce sujet, ne réponds pas aux questions qu'on te posera.

Frankie ouvrit la trousse d'urgence et commença à sortir le matériel dont elle avait besoin.

— Je sais que tu as caché mon téléphone, Nate. Alors si tu veux que cette histoire ne s'ébruite pas, dis-moi pourquoi.

— Je n'ai pas caché ton portable. Je l'ai mis dans le paquet de riz parce qu'il était mouillé. Après, j'ai oublié de te prévenir.

C'était la vérité, mais en partie seulement. La réalité, c'était que cette histoire le faisait passer pour un débutant qui avait eu besoin qu'on vole à son secours.

— Tu es sûr que ce n'est pas parce que le gros dur des forces spéciales a eu la vie sauve grâce à… une fille ?

— Mais non, bien sûr ! protesta-t-il avec un petit rire.

Décidément, Frankie était trop perspicace.

— Je crois que mon ego et ma réputation peuvent survivre à ce genre de choses, poursuivit-il. Et toi, tu avais besoin de calme et de repos, ajouta-t-il en réprimant un bâillement.

— Tu sembles en avoir besoin, toi aussi.

Il eut un sourire ironique.

— C'est difficile de se reposer quand on monte à bord de bateaux non identifiés transportant une cargaison humaine.

Frankie ouvrit de grands yeux.

— Tu veux dire… Des trafiquants ? Ici ? À Port St. John's ?

Croiser les bras sur sa poitrine, réveillant la douleur provoquée par une balle qui l'avait éraflé sur le flanc, arracha un grognement à Nate. Il était en train de diriger un entraînement de nuit lorsque son équipe et lui étaient tombés sur un vieux bateau qui longeait la côte d'un peu trop près.

— Nous voulions prendre l'équipage par surprise et nous avons découvert des personnes en situation irrégulière qui espéraient gagner le Canada en passant par les îles.

— Est-ce que la sécurité maritime est chargée de ce type de mission ?

— Oui, si on lui signale l'existence d'une menace, mais là, nous étions sortis en manœuvre et nous avons décidé de procéder à une vérification.

— Et c'est là que tu as pris un mauvais coup, commandant ex-gros-dur-des-forces-spéciales-de-la-Navy ?

Il ne put s'empêcher de sourire.

— Je suis lieutenant-commandant, comme tu le sais. Et je suis toujours un gros dur.

Elle eut un sourire en coin, mais ignora son commentaire.

— Tu as faim ?

— Tu proposes de cuisiner pour moi, ma petite rouquine ?

Elle leva les yeux au ciel.

— Même pas en rêve ! Je ne cuisine que pour ceux que j'aime.

Cette fois, il afficha un large sourire.

— Est-ce pour ça que, l'autre soir, tu m'as dit que tu étais contente que je sois là ? Parce que tu ne m'aimes pas ? Ou bien parce que tu trouves que je suis un gros dur sexy ?

Elle rougit.

— Ne sois pas ridicule ! Je n'étais plus moi-même, avec tous ces médicaments que j'avais avalés, et je t'ai pris pour quelqu'un d'autre.

Nate éclata de rire parce qu'il savait qu'elle mentait et qu'elle était gênée d'apparaître en cet instant si vulnérable.

— Il y a des restes du dîner, ajouta-t-elle. Pourquoi ne pas te débarrasser de tes vêtements pendant que j'essaye de te trouver de quoi manger ?

— Ai-je bien entendu ? demanda-t-il en feignant de prendre un air choqué. Tu viens de me dire de me déshabiller ? Tu essayes d'échanger ma nudité contre un repas, Francis ?

— Tu oublies que je t'ai vu en maillot de bain, Nate. Tu m'as déjà tout montré, conclut-elle en lui tournant le dos.

Mais il avait eu le temps de la voir rougir.

Il commença à déboutonner sa chemise, se rappelant qu'il l'avait échangée contre une combinaison de plongée qu'il avait revêtue pour monter à bord du bateau suspect.

Flairant immédiatement quelque chose de louche, il avait réagi juste une fraction de seconde avant que le coup de feu jaillisse de la poupe. Il avait eu le temps de pousser le stagiaire à côté de lui, sans pouvoir éviter la balle qui, heureusement, n'avait fait que l'érafler. Mais la chute de tout à l'heure contre la poubelle avait rouvert la blessure qui s'était remise à saigner.

— Ça remonte à plus de dix ans, l'histoire du maillot de bain, dit-il. C'était avant que je rejoigne les forces spéciales.

— Ne sois pas ridicule. Je t'ai vu... Réflexion faite, tu as raison, ajouta-t-elle après un silence.

Amusé par sa réaction, il insista.

— Est-ce que tu m'aurais espionné, petite rouquine ?

Elle se raidit et devint écarlate.

— C'est... C'est ridicule ! Ce n'est pas de l'espionnage alors que tu te pavanes en public à demi nu pour que chacun puisse admirer ta plastique.

— En public ? répéta-t-il, perplexe.

Soudain, il se rappela avoir aperçu, quelques semaines auparavant, Frankie et Paige accoudées à la balustrade de la promenade du bord de mer — avec la moitié de la population féminine de Port St. John's —, le regardant s'entraîner avec ses hommes sur la plage et lui adressant de grands signes.

Il se mit à rire.

— Ah oui... L'entraînement sur la plage.

— De toute façon, ce n'était pas toi que je regardais, alors ne va pas prendre la grosse tête.

Brusquement, son visage changea d'expression. Elle fixait le sang qui tachait la chemise qu'il portait.

— Ah, Nate ! Je croyais que tu avais cessé de jouer les héros.

— C'est mon job, Francis. J'ai juste manqué de vigilance, voilà tout.

Il savait pourquoi. La raison de ce manque de vigilance était là, devant lui. Il n'avait jamais eu de problèmes de concentration, mais ces derniers temps, il avait été préoccupé. Une raison d'avoir peur car, dans son travail, lorsqu'un homme s'autorisait à avoir des distractions, des gens mouraient.

Lui-même avait failli mourir la semaine précédente parce qu'il avait atterri sur cette corniche où se trouvait la femme qu'il avait promis de protéger. Mais comment diable veiller sur elle si elle se montrait toujours aussi imprudente ?

— Et puis, ce n'est qu'une simple égratignure, ajouta-t-il.

— Très bien. Dans ce cas, tu ne verras pas d'inconvénient à ce que je t'examine ?

Pesant le pour et le contre, il jugea préférable de la laisser le soigner plutôt que d'avoir à se rendre aux urgences et se débarrassa de sa chemise en soupirant. Alors qu'il allait ôter son T-shirt, il sentit les doigts de Frankie sur sa peau.

Un bref instant, il imagina qu'elle le déshabillait dans un tout autre but que de le soigner, mais l'expression de son visage lui fit reprendre ses esprits. Elle n'était pas dans le mode séduction.

Docile, il leva les bras pendant qu'elle saisissait le bas du T-shirt et le lui faisait passer par-dessus la tête en marmonnant quelque chose sur la mauvaise qualité du pansement.

Cela le contraria car il en était l'auteur.

— Tu crois pouvoir faire mieux ? demanda-t-il.

— Bien sûr ! J'ai plusieurs diplômes qui confirment que je peux faire bien mieux.

Elle enleva délicatement le pansement incriminé puis laissa échapper une exclamation horrifiée.

— Oh ! Mon Dieu !

Paraissant à la fois abasourdie et furieuse, elle le considéra.

— Ce n'est pas une égratignure. On t'a tiré dessus et tu ne m'as rien dit ? ajouta-t-elle d'un ton accusateur.

— Ce n'est rien, répliqua-t-il, l'esprit ailleurs.

En fait, il était distrait par les longs cils épais de Frankie, et il lui fallut quelques secondes pour remarquer qu'elle le foudroyait du regard, dardant sur lui ses magnifiques yeux verts, pleins de colère, et…

— Tu m'as fait croire que tu avais seulement été maladroit !

— Ce n'est rien…, répéta-t-il d'un ton rogue.

Il commençait à regretter d'être venu chez elle quand Paige fit son apparition.

— Que se passe-t-il ? J'ai entendu un bruit de voix… Oh ! C'est toi, Nate ?

— Hé, docteur Paige, comment ça va ?

Il était ravi de la diversion.

— Mieux que toi, apparemment, répondit-elle en le regardant.

Il était assis sur le bord de la table, sans chemise ni T-shirt, tandis que Frankie se tenait devant lui, tenant une compresse imbibée d'alcool.

Paige s'approcha de lui. Lorsqu'elle vit la blessure, elle ouvrit de grands yeux.

— Tu… On t'a tiré dessus ? Qu'est-il arrivé ? Pourquoi n'es-tu pas allé aux urgences ?

— Tu vois, je ne suis pas la seule à savoir reconnaître une blessure par balle ! s'écria Frankie.

— Si je ne suis pas allé aux urgences, c'est parce que ça n'a rien de grave. J'ai connu bien pire...

Cette déclaration ne calma pas Frankie, au contraire.

— Franchement, Nate, ce n'est pas le moment de me rappeler à quel point tu aimes jouer les héros.

Elle murmura quelque chose à propos des héros qui n'étaient plus d'aucune utilité pour personne une fois qu'ils étaient morts, et il comprit qu'elle pensait à Jack.

— J'ai été maladroit, c'est tout, je t'assure. Je ne me suis pas écarté à temps.

Le regard de Frankie s'assombrit.

— Et ce sera quoi, la prochaine fois ?

Il soupira et voulut lui ramener en arrière une mèche bouclée qui lui retombait sur le front, mais elle fit un bond de côté, comme si elle était prête à lui mordre la main.

Il porta à sa bouche la bouteille de bière.

— Ah ! Tu as peur que je te manque, Francis ?

Sa réaction fut celle qu'il attendait.

— Ne sois pas stupide ! dit-elle en nettoyant la plaie avec du désinfectant. Pourquoi me manquerais-tu ? Tu es agaçant, immature et...

— Il n'y aura pas de prochaine fois, coupa-t-il avant de grimacer de douleur.

Le produit désinfectant qu'elle utilisait était particulièrement agressif et piquait davantage qu'un million de fourmis rouges.

— Comment le sais-tu, Nate ?

— Parce que, la prochaine fois, je porterai mon équipement tactique. Avec un gilet pare-balles, tout ce que je risque de récolter, c'est un bleu qui me rappellera ma stupidité.

— Si tes adversaires ont un peu de jugeote, ils viseront la tête, murmura-t-elle en passant une bonne couche de crème antibiotique sur la plaie peu profonde.

Il lui saisit la main.

— Sais-tu ce qu'est un équipement tactique, Francis ?

— Non ! s'écria-t-elle en se libérant pour prendre le pansement adhésif que Paige lui tendait. Tout ce que je sais, c'est le bla-bla-bla que j'entends, le discours d'un macho stupide qui cherche à se faire tuer.

— Jack n'a pas cherché à se faire tuer, Frankie. Ce sont juste les risques du métier. Des risques que nous acceptons tous de courir.

— Pas moi ! Et tu ne devrais pas non plus l'accepter.

Nate se passa une main dans les cheveux. Discuter avec Francis lui faisait toujours perdre un peu la tête.

— Eh bien, il y a aussi un casque dans cet équipement, continua-t-il comme si elle n'avait rien dit. Il n'est pas capable d'arrêter une balle tirée par une arme puissante, mais à peu près tout le reste, oui.

— Est-ce que ça va ? intervint Paige, restée jusque-là silencieuse.

— Je n'ai jamais été plus en forme.

— Je vois ça... Veux-tu que je t'aide ? demanda-t-elle en se tournant vers Frankie.

— Ça ira. Tu n'as pas à soigner des idiots pendant ton temps libre.

— Tu es sûre de ne pas avoir besoin de moi ? Bon, d'accord, ajouta Paige comme Frankie secouait la tête.

On eût dit qu'elle se retenait de rire.

— As-tu vu mes clés de voiture ? demanda-t-elle.

— Tu t'en vas ?

— Oui, j'ai eu une journée épuisante.

Elle bâilla si bruyamment qu'on aurait pu penser qu'elle jouait la comédie.

— Je pourrais dormir une semaine entière, ajouta-t-elle. Par ailleurs, je sais que tu dois te lever très tôt demain matin, et moi, j'ai l'intention de faire la grasse matinée.

— Tu n'es pas obligée de partir, dit Frankie. Nate s'en va.

— Non, pas du tout, répliqua-t-il tranquillement. Tu m'as promis de me donner à manger. De plus, je pensais que tu aurais pour moi de la reconnaissance pour avoir pourchassé des bandits au péril de ma vie.

Paige éclata de rire et se pencha vers Nate pour l'embrasser.

— Pas de problème, je vous laisse. Évite de te faire tirer dessus, mon grand, il est clair que tu n'es pas à l'épreuve des balles.

Puis elle serra Frankie dans ses bras et se détourna pour partir.

Quand la porte d'entrée se referma en claquant, Nate se demanda pourquoi il n'avait pas sauté sur l'occasion pour s'échapper. Franchement, il se conduisait parfois comme un parfait imbécile. Il but en silence sa bière tandis que Frankie mettait des pansements adhésifs sur les coupures qu'il avait au visage.

Soudain, il prit conscience qu'ils étaient seuls tous les deux, au milieu de la nuit, dans une grande maison sombre et déserte.

Non seulement ils étaient seuls, mais il sentait que Frankie était extrêmement tendue, prête à exploser.

— Détends-toi, dit-il. On est à Port St. John's. Ici, les gens ne se font pas descendre, Francis.

— Mais…

— Crois-moi, j'ai vu des choses terribles et ça, ce n'est rien en comparaison.

Elle secoua la tête, visiblement pas convaincue.

Nate observa son beau visage. Ils étaient si proches l'un de l'autre qu'il n'aurait eu qu'à se pencher un peu pour que leurs lèvres se touchent.

Il frissonna. D'où lui venaient de telles pensées, si dangereuses ? Il avait déjà assez de mal à assurer toutes les responsabilités qu'il avait dans sa vie. Se lancer dans une histoire avec Frankie serait à la fois stupide et dangereux…

— Est-ce que ça va ? demanda-t-elle, les sourcils froncés.

Oh, oui ! cela ne pouvait aller mieux. Il avait quitté les forces spéciales parce qu'il avait perdu trop d'hommes sur qui il veillait. Il avait demandé son transfert chez les gardes-côtes pour protéger ceux qu'il aimait. Sa mère, Terri, Ty et Paige, et tous ses amis et ses collègues… Et Frankie. Il ne pourrait remplir cette mission s'il se laissait distraire. Ce qui signifiait… qu'il devait se tenir à l'écart.

Dans l'intérêt de Frankie comme dans le sien.

— Je vais super bien.

Il fallait qu'il parte maintenant. Parce que résister à la Frankie d'aujourd'hui s'avérait de plus en plus difficile. Surtout quand ils se retrouvaient seuls dans une maison, la nuit, alors qu'il y avait longtemps qu'il était célibataire.

Rester, c'était s'exposer à des problèmes qu'il n'avait ni envie ni besoin d'affronter.

Prenant brusquement sa décision, il posa sur la table la bouteille de bière qu'il n'avait vidée qu'à moitié, écarta Frankie, se laissa glisser de la table et saisit son T-shirt et sa chemise, toujours humides.

— Où vas-tu, Nate ? Je n'ai pas terminé. Et puis, je croyais que tu avais faim ?

Il la regarda un moment en silence puis se dirigea vers la porte aussi vite qu'il put.

— Oui, j'ai faim, princesse, mais pas de nourriture, lança-t-il par-dessus son épaule.

— Qu'est-ce que c'est censé signifier ?

— Ça signifie que, si je reste, je prendrai bien plus que tes soins médicaux et les restes du repas que tu me proposes.

Entendant la respiration de Frankie se modifier, il se retourna et vit l'étrange expression de son visage. Un mélange de douceur et d'incertitude. Mais elle se ressaisit et arbora un air amusé qui masquait ses pensées intimes.

— Oh ! Je t'en prie... Le dur à cuire des forces spéciales de la Navy ne peut *prétendre* à autre chose qu'à des restes. Non pas que je te les offre. Surtout pas à toi. Plus jamais.

Ignorant l'allusion qu'elle venait de faire à son dix-huitième anniversaire, il choisit de prendre un ton moqueur.

— Je n'accepte les restes de personne, princesse. Je suis le genre de type partisan du tout ou rien.

Pour l'instant, en tout cas, il ne pouvait oublier que, cinq jours auparavant, il l'avait vue nue. Nue et désirable. La femme dont tous les hommes rêvaient. Cette image n'avait cessé de le tourmenter et il savait qu'il n'aurait plus jamais la chance de jouir d'un tel spectacle, mais c'était mieux ainsi. S'il voulait tenir la promesse qu'il avait faite à son ami, il devait se concentrer sur sa tâche. La sécurité des gens dépendait de lui. Il ne s'agissait pas seulement de sa mère et de sa sœur, mais aussi de ses hommes.

Frankie choisit ce moment pour le défier.

— De toute façon, Nate, tu ne pourrais pas obtenir ce que tu veux.

Quelque chose alors se brisa dans sa tête. Conscient de commettre une erreur, il rebroussa chemin et marcha droit sur elle tel un léopard s'approchant de sa proie.

Quelque chose dans son expression dut éveiller la méfiance de Frankie car elle recula et tendit le bras devant elle, à l'instar d'un agent de police réglant la circulation. Croyait-elle vraiment pouvoir l'arrêter ? pensa-t-il, mi-amusé mi-irrité.

Mais elle avait raison de se méfier de lui parce qu'il n'était plus certain de pouvoir se contrôler.

— En es-tu si sûre, princesse ? Tu n'es pas la seule à avoir changé. Comment saurais-tu ce que je peux obtenir ou non ?

Lorsqu'elle s'aperçut qu'il l'avait coincée entre le mur du vestibule et le portemanteau, elle poussa un grognement et plissa les yeux en signe d'avertissement.

Un avertissement dont il ne tint pas compte.

Elle ne tenta pas de s'enfuir, le laissant venir vers elle jusqu'à ce que son torse vienne toucher la paume de sa main, toujours tendue.

— Nate, qu'est-ce que tu fais ?

Oui, Nate, qu'est-ce que tu fais ?

Ignorant ce que lui soufflait sa petite voix intérieure, il avança encore, obligeant Frankie à plier le bras. Tandis qu'il plongeait son regard dans les yeux vert mousse qui le fixaient, il sentit la chaleur de cette paume posée sur son thorax s'infiltrer dans sa chair et se répandre sur sa peau, ce qui aurait dû le mettre en garde.

Il accueillit avec bonheur la chaleur... Et ignora la mise en garde.

— Je vais te montrer à quel point tu me connais mal, bébé.

Elle se raidit en redressant le menton.

— Oh ! Je t'en prie, dit-elle d'un ton moqueur. Tu ne peux pas me traiter comme une enfant. Qu'est-ce qui te fait croire que, maintenant, tu peux me manipuler, commandant Grand Manitou ?

Il sentit sa peau s'embraser. Au mépris de tout bon sens, il découvrit qu'il adorait cette façon qu'elle avait de le défier.

Mais il avait l'habitude de se focaliser sur sa mission. Enfin, la plupart du temps. En cet instant précis, sa mission consistait à la mettre en garde. À se mettre en garde, lui.

— Un jour, princesse, quelqu'un pourrait bien relever ce défi pour de bon, murmura-t-il.

Arborant un air outré, elle le provoqua du regard.

— Ah oui ? Et je suppose que tu crois être celui qui le fera ?

— Je ne suis pas assez fou pour ça, princesse, rétorqua-t-il avec un rire cynique. Tu te crois assez forte pour me lancer un défi, mais tu ne l'es pas. Tu en es très loin.

Le repoussant cette fois des deux mains, elle se rebella.

— Et toi, tu es le commandant Je-suis-le-plus-fort ?

Il sentit son cœur s'accélérer et des picotements sur sa peau, mais il ignora ce signal d'alarme car, soudain, il comprit pourquoi il était venu ce soir. Il voulait — non, c'était un vrai besoin — vivre cette... cette exaltation follement imprudente. C'était quelque chose qu'il n'avait pas connu depuis bien trop longtemps.

Il se pencha vers elle.

— Je suis très fort, petite rouquine, lui murmura-t-il à l'oreille. Maintenant...

Sa bouche effleura le cou de Frankie qui se figea, le souffle court, comme si elle ne pouvait croire à une telle audace de sa part.

— ... Voyons à quel point tu es forte.

Dans l'atmosphère tendue. Nate entendit sa voix intérieure lui crier : *Écarte-toi, écarte-toi.*

Mais lorsqu'il sentit les ongles de Frankie s'enfoncer dans son torse, il devint sourd à tout avertissement. Les lèvres pulpeuses de Frankie lui apparurent comme... une invitation. Il s'empara alors de sa bouche, geste qui parut la surprendre. Lui-même en fut le premier étonné car il avait cru pouvoir se moquer d'elle, puis s'en aller, indemne.

Il pouvait encore le faire, se dit-il. Il l'avait embrassée avec fougue, oubliant la promesse qu'il avait faite autrefois, pour lui montrer qu'avoir une histoire avec lui entraînerait des conséquences.

Des conséquences dont, soudain, il était incapable de se souvenir, mais qu'il était prêt à affronter... Plus tard.

Beaucoup plus tard.

Une fois qu'il aurait assouvi pleinement son désir de l'embrasser.

Plongeant les doigts dans la chevelure flamboyante de la jeune femme pour la maintenir pendant qu'il livrait un combat sensuel avec cette bouche si douce, si souple, il se promit de quitter bientôt la maison. Encore quelques baisers, et il partirait. Il était maître de lui-même, il savait se contrôler et diriger sa vie. Il l'avait prouvé.

Encore quelques minutes.

Soudain, Frankie eut un sursaut et le repoussa, le défiant du regard. Mais la chaleur qui se dégageait d'elle s'infiltra en lui et déclencha une réaction en chaîne qui ne pouvait avoir qu'une seule conclusion.

Le baiser de Nate provoqua chez Frankie une réaction indignée et une violente excitation qui accéléra son rythme cardiaque et mit tous ses sens en émoi.

Elle sentit sur sa peau des picotements brûlants lorsque Nate lui saisit les mains et les colla au mur, de part et d'autre de sa tête.

— Écarte-toi de moi... espèce de gros lourdaud, marmonna-t-elle, le souffle court.

Elle était horrifiée de sentir qu'elle avait les jambes en coton et le ventre contracté, comme si elle était consciente du danger, mais anticipait déjà ce qui allait venir.

Anticipait ?

Il n'en était pas question. Pour rien au monde elle ne voulait s'imaginer avec Nate.

Mais tout au fond d'elle-même, elle savait qu'elle mentait. Chaque parcelle de son être se réjouissait d'être aussi intimement liée à ce corps puissant et à cette peau chaude et douce comme du satin.

8

Avec Nate plaqué à elle et ses propres mains bloquées contre le mur, il ne restait à Frankie qu'une chose à faire.

Elle lui planta ses dents dans l'épaule et le mordit. Violemment. S'attendant à l'entendre jurer et à le voir battre en retraite, elle fut surprise par sa réaction. Il éclata de rire.

Il glissa sa cuisse entre les siennes et ce contact déclencha chez elle un flot de sensations qui l'effraya. Elle devait faire quelque chose avant qu'il ne balaye toute résistance de sa part.

Enivrée par le goût que la peau de Nate avait laissé dans sa bouche, elle le mordit plus fort. Il se contenta de baisser son épaule.

— Tu aimes ce que tu goûtes, petite rouquine ? lui glissa-t-il à l'oreille d'un ton moqueur. Parce que laisse-moi te dire que, moi, j'aime beaucoup ta peau.

Puis il la mordilla à son tour entre le cou et l'épaule, en y mettant une infinie douceur. Elle crut prendre feu et sentit quelque chose se liquéfier en elle.

Prise de panique devant l'excitation qui s'était emparée d'elle, elle ne savait plus si elle était en colère, ravie, ou impatiente d'aller plus loin. *S'il ne s'en va pas immédiatement, je ne réponds plus de moi*, pensa-t-elle.

— Tu... Tu... ?

Et voilà qu'elle bégayait, à présent !

Elle se ressaisit, bien décidée à ne pas montrer à Nate combien il la troublait.

— Je te connais, Nate. Tu fais ça uniquement pour me punir d'avoir osé défier ton fragile ego de mâle.

Le voyant s'immobiliser, elle crut un instant que ses mots avaient réussi là où ses tentatives de lutte avaient échoué — il allait quitter la maison. Mais il darda sur elle ce regard doré si sexy qui la mit aussitôt dans tous ses états. Elle avait l'impression de tomber en chute libre d'un avion.

— C'est ce que tu crois, bébé ? murmura-t-il en lui léchant la lèvre inférieure. Cela prouve seulement que tu me connais mal.

Frankie ne voulait pour rien au monde lui laisser deviner à quel point elle se sentait vulnérable devant lui. Lui qui lui avait déjà brisé le cœur autrefois.

— Je ne te désire pas, dit-elle en tournant la tête pour échapper à sa bouche vorace.

Pourquoi fallait-il qu'il soit… aussi irrésistible ?

— Petite menteuse… Tu me désires. Tu me désires terriblement.

— Pourquoi es-tu aussi arrogant, aussi sûr de toi…

Il lui coupa la parole en plaquant sa bouche sur la sienne pour lui donner un baiser fiévreux qui lui fit perdre le souffle.

— Nate, murmura-t-elle, les jambes flageolantes. Nate, arrête.

Non, n'arrête pas. N'arrête jamais…

— M'arrêter ? Tu es certaine que c'est ce que tu veux, bébé ?

Non, bien sûr. Mais c'était certainement la chose à faire parce que, après la mort de Jack, elle s'était promis de faire de meilleurs choix dans sa vie. Des choix qui ne la rendraient pas vulnérable. Devant personne.

— C'est trop tard, petite rouquine, murmura Nate. Bien trop tard.

Il lui lâcha les poignets et, glissant ses mains sous les fesses de Frankie, il la souleva, l'obligeant à s'accrocher à lui en l'enserrant entre ses jambes.

Il la pressa contre lui et accentua son baiser, explorant sa bouche avec une voracité qu'elle n'avait jamais connue. Cette ardeur lui fit perdre la tête. Lui fit tout oublier, jusqu'à son nom.

Lorsque Nate s'écarta enfin, il haletait, tout comme elle.

— Francis…

— Chut, tais-toi, dit-elle en le prenant par les cheveux pour le forcer à s'emparer de nouveau de ses lèvres.

Il esquissa un sourire.

— Francis...

— J'ai dit : tais-toi, insista-t-elle d'un ton irrité.

Parce que si elle le laissait parler, il risquait de changer d'avis... Et elle-même se rappellerait peut-être quelle mauvaise idée ce serait de laisser Nathan Oliver revenir dans sa vie.

Il rit et la plaqua contre ses hanches, lui arrachant un long gémissement de plaisir, puis, la soulevant dans ses bras, il se dirigea vers l'escalier.

Soudain, il s'arrêta.

— C'est vraiment ce que tu veux ? demanda-t-il.

Il plaisante ! Oui, bien sûr, c'était ce qu'elle voulait. Ne sentait-il pas à quel point elle le désirait ? Elle, en tout cas, savait combien il la désirait.

— Frankie...

— Oui, dit-elle d'une voix ferme.

Il la regarda un long moment puis sourit.

— Très bien, murmura-t-il.

Puis il grimpa l'escalier quatre à quatre, comme si Frankie ne pesait pas plus qu'une plume alors qu'elle était plus grande que la plupart des hommes.

Tout excitée, elle se mit à rire puis, soudain, elle se rappela qu'à peine une demi-heure auparavant elle lui avait soigné sa plaie.

— Attention à ta blessure.

— Tout va bien, répondit-il en la pressant plus étroitement contre lui.

— Mais...

Sans l'écouter, il l'emmena dans sa chambre, circulant dans le noir comme s'il avait des yeux de chat. Lorsqu'il la posa sur le lit, elle se sentit aussi vulnérable que lorsqu'elle était adolescente et qu'elle rêvait de ressembler aux jolies écervelées autour desquelles Nate tournait sur la plage. Aussi s'en voulait-elle de porter ce vieux T-shirt trop grand pour elle et ces grosses chaussettes en laine. Pouvait-on imaginer une tenue moins séduisante que celle-ci ? C'était pathétique !

Elle n'avait pas imaginé se trouver dans cette situation, et elle était convaincue que Nate ne l'avait pas prévu non plus, mais peut-être…

— Francis… Tu as des préservatifs ?

Elle connut un moment de panique. Impossible de se rappeler la dernière fois où elle en avait eu besoin ! Voilà qui était encore plus pathétique…

Une autre pensée lui vint, plus agréable cette fois.

— Tu n'en as pas sur toi ? Je pensais que les membres des forces spéciales de la Navy étaient toujours prêts !

Nate émit une sorte de grognement agacé et, malgré le peu de lumière qui régnait dans la chambre, elle réussit à voir qu'une légère rougeur avait envahi son cou.

— Dans le premier tiroir, ajouta-t-elle.

Elle le regarda faire d'un geste brutal. Il n'émit aucun commentaire en voyant que la boîte était encore intacte. Elle la lui arracha alors des mains pour l'ouvrir elle-même et se montra si brusque que les préservatifs se répandirent sur le lit et par terre.

Nate laissa échapper un petit rire.

— On est si impatiente, bébé ?

Il saisit l'un des préservatifs qu'il lui lança.

— Débarrasse-toi de ton pantalon, ordonna-t-elle.

Comme il ne réagissait pas assez rapidement à son goût, elle voulut l'aider, mais, fascinée par son torse musclé et la douceur de sa peau, elle commença à le caresser.

Comme elle suivait avec son doigt le contour du pansement qui recouvrait la blessure par balle, elle sourit, ravie de voir que ce doux contact donnait à Nate la chair de poule.

Il poussa un juron, exprimant ainsi à la fois sa douleur et son impatience. Cessant de le toucher, elle le dévora des yeux. Les abdominaux et les pectoraux, admirablement dessinés, les larges épaules, la gorge puissante, la solide mâchoire, pour arriver à ce regard sombre, animé d'un feu ardent…

Tout cela promettait un monde de sensations fortes.

— Tu as mal ? demanda-t-elle.

— Non, je ne sens rien. Enfin, pas à cet endroit, ajouta-t-il avec un sourire plein de sous-entendus.

Levant les yeux au ciel, elle se pencha en avant pour lécher ses abdominaux. Sentant les doigts de Nate lui agripper les épaules, elle descendit vers son ventre et sourit en l'entendant jurer d'une voix tremblante.

Il la renversa sur le lit et se débarrassa rapidement de son pantalon et de son boxer-short, offrant à Frankie le spectacle du puissant effet qu'elle exerçait sur lui. Mais elle ne put l'admirer que quelques secondes car il se jeta à son tour sur le lit.

— Tu es trop habillée, chuchota-t-il en se couchant sur elle.

— Mais Nate, je veux...

— Chut...

Il fit taire ses protestations en l'embrassant avec tant d'ardeur qu'elle s'abandonna complètement et lui rendit son baiser avec la même fougue.

À la fièvre succéda la douceur et Nate finit par lever la tête.

— Mon Dieu... Frankie, regarde-toi.

Il respirait fort, comme s'il s'efforçait de contenir ses émotions.

Frankie fronça les sourcils lorsqu'elle vit qu'il la regardait en affichant une expression qu'elle ne lui avait jamais vue auparavant.

— Que... Quoi ?

Elle se sentait de nouveau envahie par le doute, comme lorsqu'elle était adolescente.

— Tu es belle, murmura-t-il. Tellement belle... J'en ai le souffle coupé.

— Je croyais... Je croyais que tu n'aimais pas les rousses.

— Je n'ai jamais dit ça !

— Mais si. J'avais sept ans et tu m'as dit qu'avoir les cheveux roux était le signe du diable.

Il éclata de rire.

— J'avais douze ans ! Et tu avais dû faire quelque chose d'imprudent ou d'agaçant.

D'accord, peut-être s'était-elle donné pour mission dans la vie d'agacer Nate, Jack et Ty parce que c'étaient les seuls moments où ils faisaient attention à elle.

— Et maintenant ? demanda-t-elle doucement.

Il afficha un sourire ravageur qui aurait fait fondre Frankie si elle n'était pas déjà allongée sur le dos, liquéfiée par le désir qui la submergeait.

Glissant la main sous son T-shirt, il lui caressa les seins.

— Tu vois à quel point je suis agacé, maintenant ?

Le contact de cette main brûlante sur sa poitrine arracha à Frankie un gémissement de plaisir. Sentant ses mamelons se durcir au point de devenir douloureux, elle se mordit la lèvre inférieure.

Nate lui remonta son T-shirt afin de voir l'effet de ses caresses. L'expression de son visage et le frôlement de son pouce rugueux déclenchèrent en Frankie une vague de plaisir accompagnée d'une folle impatience.

— Regarde-toi. Tu es devenue une vraie femme et, finalement...

Il se tut brusquement et s'agenouilla sur le lit, les traits crispés par une voracité sauvage presque effrayante.

— Je voudrais que tu puisses te contempler toi-même, conclut-il d'une voix rauque.

Il y avait quelque chose dans son regard qui toucha Frankie au plus profond de son intimité. Du désir... Un désir brutal et sans limites. Un désir torride.

Si elle ne le sentait pas en elle dans les cinq minutes à venir, elle savait qu'elle allait exploser.

— As-tu besoin d'aide, commandant Grand Manitou ? demanda-t-elle d'une voix rauque tandis qu'elle appuyait son pied contre le torse de Nate.

Il sourit et s'empressa de lui enlever ses chaussettes. Lorsqu'il vit les bandages, il posa sur ses pieds un baiser si doux qu'elle en eut la gorge serrée.

Lorsqu'il eut achevé de la déshabiller, il se coucha sur elle, les mains plantées de chaque côté de sa tête. Elle aurait pu ressentir une certaine peur devant la puissance de ce corps qui la dominait. Mais la vérité, c'était qu'elle rêvait de l'avoir plus près d'elle. Beaucoup, beaucoup plus près.

— J'ai entendu dire que les forces spéciales de la Navy parlaient beaucoup et agissaient peu, murmura-t-elle.

En guise de commentaire, Nate éclata de rire, comme si personne ne pouvait ajouter foi à une telle affirmation.

Légèrement contrariée par l'arrogance dont il faisait preuve — et aussi, elle devait l'avouer, très excitée —, Frankie poussa plus loin la provocation. Elle sourit.

— Très bien, commandant Grand Manitou. Les mots n'ont aucun sens s'ils ne déclenchent pas une action.

Il la prit au mot et se glissa entre ses cuisses.

Elle crut défaillir lorsqu'elle sentit son sexe se presser contre elle. Retenant son souffle, elle se mordit les lèvres pour empêcher qu'un gémissement de plaisir lui échappe.

— Cela me va, bébé, murmura-t-il.

Il souriait, sachant parfaitement ce qu'il était en train de déclencher chez elle.

— Mais je te préviens, les forces spéciales ne font pas de prisonniers, poursuivit-il.

Enivrée par ses caresses, Frankie n'avait plus qu'un désir — sentir Nate en elle.

Pris d'impatience, lui aussi, il déchira avec les dents l'emballage d'un préservatif dont il s'équipa aussitôt, les doigts tremblants. Frankie voulut l'aider, mais il lui saisit les mains, l'embrassa avec passion… et vint en elle.

Surprise par cette invasion soudaine, Frankie se crispa. Nate lâcha un juron et s'immobilisa, le corps dur et tendu comme s'il s'obligeait à se contrôler.

— Francis ? murmura-t-il. Est-ce que ça va ?

Elle hocha la tête.

— Cela… Cela fait si longtemps, dit-elle d'une voix ténue.

Il resta silencieux un moment puis émit un petit rire.

— Oui, moi aussi. Mais ne t'inquiète pas, je crois pouvoir me rappeler comment il faut faire.

Puis il eut à cœur de lui montrer qu'en effet il savait très bien comment s'y prendre. Au point qu'elle ne tarda pas à lâcher prise et crut même s'entendre crier de plaisir.

Un bref instant, elle se dit que c'était ce qu'elle avait attendu toute sa vie. Puis elle cessa de réfléchir pour jouir seulement de la chaleur et de la force qui l'envahissaient.

Plus tard, beaucoup plus tard, Frankie sentit que Nate commençait à s'agiter. Prenant conscience qu'elle était enroulée autour de lui comme du lierre autour d'un arbre, elle se dégagea et reprit son souffle.

Waouh ! Cela avait été… *Waouh…* Il semblait qu'aucun mot n'était en mesure de décrire ce qui venait de se passer et il lui fallut un moment pour reprendre ses esprits. Ce qu'elle venait de vivre l'avait profondément ébranlée, beaucoup plus que n'était censée le faire une simple relation physique. Et cela lui fit peur.

Tu dois prendre de la distance, se dit-elle. *Cache tes émotions… avant qu'il s'aperçoive combien tout cela est important pour toi.*

Heureusement, elle avait une grande expérience en ce domaine. Ouvrant les yeux, elle fut agacée de découvrir que Nate était tout près d'elle, en train de l'observer. Elle sentit son estomac se nouer.

— Euh… Désolée.

Elle regretta immédiatement d'avoir prononcé ces mots.

Mais de quoi diable s'excusait-elle ?

Elle s'assit dans le lit, tandis que Nate continuait de la regarder attentivement.

— Je crois…

D'un air faussement dégagé, elle tira sur le drap, ayant soudain le sentiment d'être plus vulnérable et plus exposée qu'elle ne l'aurait voulu.

— Je crois que je me suis un peu emballée.

— Ça m'a beaucoup plu, dit Nate avec un sourire sensuel.

Il donnait l'impression d'avoir conquis le monde — ou peut-être elle seulement.

— Tu… Ah ! Vraiment ?

Pourquoi fallait-il qu'elle se montre si peu sûre d'elle-même après avoir fait l'amour d'une façon aussi torride et spectaculaire ? se reprocha-t-elle aussitôt.

Nate se mit à rire et, se redressant, lui donna un baiser rapide sur son épaule nue avant de se lever.

— Accorde-moi quelques minutes et je te prouverai à quel point ça m'a plu, dit-il d'une voix rauque qui la troubla jusqu'au plus profond d'elle-même.

Affichant une désinvolture qu'elle était bien loin d'éprouver, elle le regarda se diriger vers la salle de bains.

— Es-tu certain de pouvoir le refaire, Nate ? lança-t-elle d'un ton sceptique.

Il tourna lentement la tête vers elle, l'air surpris que quelqu'un puisse mettre en doute sa résistance physique.

— Ce que je veux dire, c'est que... Tu as trente-cinq ans, non ?

Durant un long moment, Nate la regarda fixement, le visage impénétrable, puis il disparut dans la salle de bains.

Soudain, dans le silence absolu qui régnait dans la chambre, l'atmosphère changea et Frankie ouvrit les yeux. Elle vit alors Nate, dans toute sa spectaculaire nudité, qui se tenait debout près du lit, la contemplant avec un regard avide et brûlant, accompagné d'un sourire diabolique.

Essayant de montrer une assurance qu'elle était loin de ressentir, Frankie s'autorisa à admirer l'impressionnante musculature de ce torse et de cet abdomen avant de porter le regard sur une autre partie de l'anatomie de Nate, tout aussi impressionnante.

— Tu disais ? demanda-t-il tranquillement.

Il avait l'air si content de lui que Frankie fit mine de bâiller.

— La belle affaire, murmura-t-elle en fermant les paupières. Parler ne coûte pas grand-chose.

Dans la seconde qui suivit, elle se retrouva allongée sur le ventre, retournée comme une crêpe par Nate, et avec la même facilité. Avant qu'elle ait eu le temps de rire ou de lui demander à quoi il jouait, il lui donna une petite tape sur les fesses et la fit s'agenouiller devant lui.

— Il ne sera pas dit qu'un membre des forces spéciales de la Navy ne relève pas le défi qu'on lui lance, murmura-t-il en lui pinçant l'épaule en guise de punition.

Malgré l'excitation qui s'était emparée d'elle, Frankie ne put s'empêcher de rire.

— Les actes valent mieux que les paroles, lança-t-elle sur le ton de la plaisanterie, le souffle court.

Il se mit à rire, lui aussi, ce qui déclencha chez elle des frissons qui s'intensifièrent lorsqu'il se pencha pour lui poser un baiser sur l'épaule.

— Eh bien, c'est heureux que je sois un homme d'action, n'est-ce pas ? lui murmura-t-il à l'oreille d'une voix qui la fit fondre et oublier tout le reste.

Juste avant l'aube, Nate quitta doucement le lit et ramassa son pantalon qui traînait par terre. Il voulait partir avant le réveil de Frankie, mais il devait faire appel à la discipline que lui avait inculquée son appartenance aux forces spéciales pour ne pas retourner se glisser près de ce corps aux courbes délicieuses et connaître de nouveau l'extraordinaire jouissance qu'ils avaient partagée en faisant l'amour.

En fait, il ne se rappelait pas avoir vécu quelque chose d'aussi bon, mais Frankie avait besoin de dormir. Lui-même devait passer chez lui pour prendre une douche et changer de vêtements avant de se rendre au travail.

Mais ce n'était pas seulement l'obligation d'aller travailler qui le poussait à partir maintenant sans même jeter un coup d'œil derrière lui. Il ressentait la nécessité de s'éloigner d'elle avant qu'elle ne lui devienne indispensable.

Il y avait cette promesse qu'il avait faite à Jack. Veiller sur Frankie n'impliquait certainement pas de devenir aussi intime avec elle. Durant les dernières six heures, il avait délibérément oublié sa mission, et cela le rendait fou, car il y voyait le signe qu'il ressemblait peut-être davantage à son père qu'il ne voulait bien l'admettre.

Ignorant la douleur qui irradiait de sa blessure et lui brûlait le flanc, il fit une pause sur le palier pour enfiler son pantalon encore humide. Si seulement le fait de sentir ce froid sur sa peau qui avait gardé la chaleur du lit pouvait le ramener à la raison…

Pendant trente-cinq ans, il avait essayé de se différencier de son père, et il n'avait nullement l'intention de commencer maintenant à agir comme lui. Pourtant, il avait profité d'une femme qu'il connaissait depuis toujours, une femme qui avait confiance en lui, qui était pour lui comme une petite sœur.

Et il ne pouvait revenir en arrière.

Frankie, elle, ne pouvait être accusée d'avoir profité de lui. Elle ignorait tout de la promesse qu'il avait faite à son frère. Elle ne savait pas à quel point cette promesse était importante pour lui.

Il aurait dû comprendre que venir la voir chez elle était une très mauvaise idée. Mais lorsqu'il l'avait aperçue sur le perron, telle une amazone prête à combattre l'ennemi, il avait perdu la tête et fait la sourde oreille quand sa petite voix intérieure avait tiré le signal d'alarme, l'avertissant qu'il allait au-devant des problèmes.

Le genre de problèmes auxquels il devait faire face maintenant. Ceux qu'un homme rencontrait lorsqu'il découvrait que la nuit torride qu'il venait de passer n'était pas une simple histoire de sexe, une simple satisfaction physique. À vrai dire, il n'aurait su dire exactement ce que c'était. Mais, une chose était sûre : il avait besoin de prendre le large.

Lorsqu'il sortit de la maison après avoir enfilé sa chemise humide et tachée de sang qu'il avait récupérée dans l'entrée, il avait conscience de fuir. Il fuyait les dernières heures qu'il venait de passer et le constat que ses sentiments pour Frankie étaient bien plus forts que ce à quoi il s'était attendu.

Enroulée dans un drap, Frankie aperçut par la fenêtre Nate qui faisait une pause et regardait par-dessus son épaule. Même si elle savait qu'il ne pouvait pas la voir, elle se mit à trembler, retenant son souffle, observant l'expression de son visage. Un visage dur, que n'éclairait aucun sourire. Un visage où ne se lisait aucune émotion. Tout chez lui traduisait le désir de rester à distance, une distance qu'elle aurait voulu franchir.

Mais jamais il ne la laisserait faire, songea-t-elle avec un pincement au cœur. Fermant les yeux pour ne pas le regarder s'en aller, elle ne put s'empêcher de guetter le bruit du moteur de son 4x4. Lorsqu'il résonna, elle entendit des bourdonnements dans ses oreilles.

Au bout d'un moment, le bruit s'éteignit et Frankie recommença à respirer normalement.

Aucune importance qu'il soit parti sans dire un mot, sans un *merci* ni un *à bientôt*, comme si elle ne signifiait rien pour lui, à part quelques instants de volupté. C'était très bien ainsi, se dit-elle. Au moins cela lui avait-il évité d'avoir à le mettre dehors, car elle aussi en avait fini avec lui. Il lui avait donné exactement ce qu'elle attendait et il était parti avant qu'elle se lasse de ce corps puissant et de cette attitude autoritaire. Parfait. Génial… Elle détestait partager son espace personnel presque autant qu'elle détestait les mâles alpha dominants.

Refusant d'écouter la petite voix qui lui soufflait qu'elle n'était qu'une menteuse, elle redressa le menton et marcha vers son lit, décidée à dormir encore quelques heures. Mais lorsqu'elle vit le désordre du lit et les sachets de préservatif éparpillés sur le sol, l'idée de se recoucher dans ces draps encore imprégnés de l'odeur de Nate lui parut au-dessus de ses forces.

Parce que ce qui n'avait d'abord été qu'une impulsion déclenchée par un trop-plein d'émotions s'était mué en quelque chose de beaucoup plus fort…

Étouffant un sanglot, elle laissa tomber le drap dans lequel elle s'était enroulée et enfila un T-shirt trop grand pour elle. Après quoi, elle arracha du lit les draps et les taies d'oreiller et mit le tout dans la machine à laver puis, décidée à effacer le souvenir de ces dernières heures, elle se dirigea vers la salle de bains pour prendre une douche.

Il faisait encore nuit lorsqu'elle quitta la maison et partit à pied pour se rendre à l'hôpital où sa voiture était restée garée sur le parking.

Respirer l'air frais du matin lui fit du bien. Elle marchait rapidement, ignorant son pied encore douloureux, et essayait de ne penser à rien parce que c'était pour elle le seul moyen de supporter la situation.

Mais en dépit de ses efforts, elle ne parvenait pas à chasser de son esprit les images de ce qui s'était passé la nuit précédente. Elle revoyait le visage de Nate quand il la regardait se laisser emporter par le plaisir. Elle sentait encore le contact rugueux de son menton se frottant contre sa peau délicate, et le poids de ce corps athlétique couché sur le sien.

Elle s'en voulait de s'être laissée aller ainsi, d'avoir voulu satisfaire ce désir brûlant qui l'habitait. Elle aurait dû résister à la tentation et chasser Nate de chez elle.

Elle n'avait vraiment pas besoin de supporter son attitude exaspérante ni son autoritarisme. Elle n'avait *besoin* de personne. Et encore moins d'un homme qui l'avait ignorée pendant douze ans, qui ne lui avait jamais donné signe de vie depuis son retour, quelques mois auparavant, et qui avait fait irruption dans sa vie comme une tornade, s'imaginant pouvoir lui donner des ordres.

Non, elle n'avait pas besoin de lui.

Mais elle le désirait encore. Son corps et son esprit étaient encore attirés par lui.

Parfait. Elle le désirait. Et alors ? La belle affaire ! Il était beau et s'était révélé un excellent amant, très doué au lit. Mais c'était terminé, et elle devait passer à autre chose. Ils avaient couché ensemble une fois, et c'était suffisant. Plus que suffisant.

Elle sentit monter en elle une immense tristesse. Mais il ne servait à rien de se lamenter. Pourquoi désirer des choses qu'on savait ne jamais pouvoir obtenir ? *Elle* ne serait jamais le genre de femme dont Nate tomberait amoureux.

Quelques jours après avoir commis la plus grosse erreur de sa vie d'adulte, Nate aperçut Frankie qui sortait du parking des ambulances. Elle ressemblait à une déesse de la guerre, vêtue de la combinaison bleu foncé des TMU. Elle avait immédiatement attiré son attention, comme celle des stagiaires qu'il amenait à l'hôpital pour qu'ils se fassent vacciner. La tête renversée en arrière, elle riait à ce que venait de dire l'un des deux jeunes gens qui étaient avec elle. Jamais Nate ne l'avait vue aussi détendue, mais ce qui le troublait le plus, c'était le langage corporel de l'autre garçon. Il paraissait très proche de Frankie qui semblait apprécier la familiarité dont il faisait preuve. Un peu trop pour une femme qui, il y avait quelques jours à peine, était dans ses bras, le dégustant comme s'il était un énorme gâteau au chocolat dont elle ne pouvait se rassasier.

Il serra les dents, essayant de ne pas imaginer Frankie avec ce type...

À cet instant, certains des stagiaires, oubliant qu'ils portaient l'uniforme, se permirent de laisser échapper quelques sifflements admiratifs.

Aussitôt, Frankie tourna la tête et croisa quelques instants le regard de Nate qui sentit son cœur s'accélérer. Mais il la vit s'éloigner sans qu'ils aient échangé le moindre sourire ni même le moindre signe de reconnaissance. Elle ne lui avait même pas dit : « Hé, calme tes hommes ! », comme il s'y était plus ou moins attendu.

Il fut tenté de la suivre et de boxer le type qui la serrait de près. Ensuite, il la collerait contre un mur et l'embrasserait jusqu'à ce qu'elle gémisse de plaisir.

Mais s'il agissait ainsi, elle le prendrait pour un fou.

Peut-être était-il fou, en effet. Elle lui faisait perdre la tête.

Mais il était aussi un ex-membre des forces spéciales de la Navy. Dans les forces spéciales, la consigne était de remplir sa mission, quelle qu'elle fût.

Sa mission à lui, c'était de tenir la promesse qu'il avait faite à un mort.

En dépit de tous ses efforts, il n'était pas parvenu à effacer le souvenir de la nuit brûlante passée avec Frankie. Cela avait été pour lui l'expérience la plus érotique de toute sa vie. Dans les jours qui avaient suivi, il n'avait pu s'empêcher d'espérer recevoir un appel téléphonique ou un message de Frankie, en vain. Finalement, elle n'avait pas du tout été impressionnée par ce qui l'avait laissé, lui, complètement déstabilisé.

Il avait entendu dire qu'elle avait fait la fête avec les marins et il en avait éprouvé une certaine jalousie. Jamais encore il n'avait eu ce genre de réaction à propos d'une femme. Et cela ne lui plaisait pas.

Mais alors pas du tout.

9

Ce fut à la fin de la semaine suivante que Nate dut admettre qu'il n'allait vraiment pas bien. Il avait d'abord eu un moment d'absence au cours d'une réunion, puis il avait failli perdre connaissance lors d'un exercice de natation, ce qui lui valut un sérieux avertissement de la part du commandant de la base qui lui donna l'ordre de se faire examiner.

Le médecin attaché à la base n'ayant toujours pas été remplacé, Nate fut prié d'aller à l'hôpital pour faire faire son bilan de santé. Il n'avait pas besoin d'un spécialiste pour savoir que sa blessure s'était infectée, mais comme celle-ci ne pouvait être traitée que par des antibiotiques, il se rendit aux urgences en espérant ne pas tomber sur Frankie.

Il fut surpris de constater que le service était relativement calme. Comme il s'approchait du comptoir des admissions, l'infirmière leva les yeux et lui sourit. C'était elle qui était de garde la nuit où avait eu lieu l'incendie.

— Puis-je faire quelque chose pour vous ? dit-elle, battant des cils.

— J'ai besoin de voir un médecin.

Quelque chose dans sa voix dut alerter la jeune femme car elle quitta son comptoir pour prendre Nate par le bras.

— Venez vous installer dans l'un des box et j'irai en chercher un, dit-elle.

Ne voulant pas reconnaître à quel point il se sentait faible, il secoua la tête.

— Je vais attendre ici.

Après lui avoir jeté un long regard, l'infirmière disparut. Se sentant pris de vertige, il s'appuya contre le comptoir.

Il se ressaisit en entendant quelqu'un prononcer son prénom tout en lui secouant le bras.

— Nate ? Nate, qu'est-ce qui se passe ? Est-ce que tu m'entends ?

Il ouvrit les yeux et vit devant lui le visage inquiet de Paige.

— Nate, tu es malade ?

Gêné de ce moment de faiblesse, il se redressa et se passa une main sur le visage, essayant d'avoir les idées plus claires. Après s'être senti brûlant et fiévreux, à présent il tremblait de froid.

Prenant brusquement conscience des regards curieux posés sur lui, il baissa la voix.

— Pouvons-nous aller dans un endroit plus discret, doc ? J'ai... J'ai besoin de voir un médecin.

Paige le prit par la main et l'entraîna vers les portes battantes.

— Nancy, quel box puis-je prendre ? lança-t-elle en entraînant Nate dans le couloir comme si elle craignait qu'il ne se sauve.

Une infirmière sortit de l'un des box.

— Le n° 7 est libre, répondit-elle.

— Parfait. C'est bien, Nate, on va s'occuper de toi, ajouta-t-elle en le poussant à l'intérieur du box inoccupé. Il s'agit de ta blessure par balle, n'est-ce pas ?

Frankie gara l'ambulance devant l'entrée des urgences puis elle en sortit pour se précipiter à l'arrière. Son partenaire, Dale Franklin, qui avait déjà préparé le chariot pliant, bondit du véhicule dès qu'elle eut ouvert la porte.

Attrapant d'une main le réanimateur manuel tout en aidant à descendre le patient de l'autre, elle vérifia rapidement le moniteur cardiaque et poussa un juron en découvrant que l'homme avait perdu connaissance, comme cela s'était produit plusieurs fois depuis qu'ils étaient arrivés sur le lieu de l'accident.

— Il est de nouveau inconscient, lança-t-elle tandis que Dale et elle franchissaient les portes du service. Brûlures par électrocution aux mains et aux bras. Application du protocole de réanimation cardiorespiratoire avancée, le patient est intubé, signes de paralysie musculaire respiratoire. Brûlures du quatrième degré à la main droite, du troisième et du deuxième degré à la main gauche et aux deux avant-bras. Possibilité de fractures des phalanges et du cubitus.

— Insertion d'un cathéter sans signe immédiat de myoglobine, ajouta Dale. La fonction rénale semble être assurée avec un traitement par apport de fluide.

— Des blessures au crâne et à la colonne vertébrale ? s'enquit le Dr Thornton qui les avait rejoints tandis qu'ils emmenaient le patient vers la salle de trauma.

— Il a été projeté à plus de six mètres par l'explosion et il semble avoir une grosseur derrière la tête, déclara Frankie. Le réflexe pupillaire est normal pour l'instant, mais je suis plus inquiète en ce qui concerne le risque de tétanos lié à ses blessures et les dégâts sur son cœur. Nous avons eu du mal à le stabiliser.

Durant le quart d'heure qui suivit, Frankie aida au transfert du blessé, répondant aux questions avec rapidité et concision.

L'accident s'était produit alors que le patient et son collègue étaient en train de procéder à la maintenance de la principale alimentation électrique de la ville. Il y avait eu un problème avec le bouton de sécurité, ce qui avait provoqué une explosion. On ne savait pas pourquoi l'homme ne portait pas ses gants de protection, ni s'il avait ou non les mains humides, mais l'explosion l'avait projeté à six mètres de là. Son collègue avait aussitôt donné l'alerte et commencé la réanimation cardiorespiratoire. Lorsque d'autres employés étaient arrivés sur le lieu du drame, ils avaient coupé l'étoffe fumante qui enveloppait ses mains et découvert que celles-ci n'étaient qu'un amas de chair brûlée et de tissu endommagé.

En attendant les secours, le blessé avait été recouvert d'une couverture de survie et ses mains enveloppées dans des bouts de couverture qu'on avait découpés.

Dès que Frankie et Dale étaient arrivés sur les lieux, ils avaient procédé à la réanimation cardiorespiratoire avancée et intubé l'homme en voyant chez lui des signes de paralysie respiratoire. Ils lui avaient ensuite enlevé sa combinaison de travail pour évaluer les dégâts et ils l'avaient mis sous perfusion. Après lui avoir placé une minerve, ils l'avaient allongé sur une planche d'immobilisation et lui avaient fait un électrocardiogramme. Il avait été deux fois en arrêt cardiaque et ils avaient dû utiliser un défibrillateur pour le réanimer.

Une fois que Dale avait été en mesure de s'occuper seul du blessé, Frankie s'était mise au volant pour regagner au plus vite l'hôpital.

Après avoir fait son rapport aux urgences et renouvelé l'équipement de l'ambulance pour une prochaine sortie, Frankie se dirigea vers le bureau des TMU en espérant ne pas y trouver une tonne de paperasserie à remplir. Après un après-midi aussi chargé, elle se sentait épuisée et affamée, et rêvait de prendre au plus vite une bonne douche.

Elle dormait mal, ces derniers temps, et même si elle refusait de l'admettre, elle savait que c'était à cause de Nate. Elle ne cessait de penser à lui et ressentait une telle frustration qu'elle avait envie de hurler.

Elle aperçut Dale qui venait vers elle en portant deux tasses sur un plateau tout en dévorant un beignet débordant de crème. Il lui tendit l'une des tasses, accompagnée d'un autre beignet.

Elle accepta le café, mais repoussa la pâtisserie.

— Combien de fois t'ai-je dit que ces trucs-là finiront par te tuer, Dale ? C'est plein de sucre, d'OGM et d'acides gras trans.

— Oui, oui, marmonna-t-il en s'attaquant au second beignet. J'apprécie que tu t'inquiètes pour moi, mais tu as tort, je suis sûr que je vivrai très longtemps, ne serait-ce que pour te voir t'en prendre à ton petit ami.

Ne voulant pas parler avec lui de sa vie sentimentale si pitoyable, elle marmonna quelque chose avant de s'éloigner. Mais elle aurait dû savoir que Dale ne la lâcherait pas si facilement.

— Ta réaction est intéressante, dit-il en la rejoignant.

— Pas vraiment, puisque je n'ai pas de petit ami.

— Ce n'est pas ce qu'on m'a dit.

— Il ne faut pas croire tout ce qu'on entend. En fait, si je laisse courir les rumeurs, c'est pour me débarrasser des types comme lui, ajouta-t-elle en montrant un jeune homme qui sortait des urgences.

C'était Hank, un TMU nouvellement arrivé dans le service.

— Il t'embête ? demanda Dale.

Frankie avala une gorgée de café puis hocha la tête.

— Tu veux que je le tabasse ?

— Non, dit-elle en riant. Mais tu sais que tu es mon héros, pas vrai ?

— Et moi ? intervint Hank qui s'était approché, affichant un sourire qui se voulait ravageur. Suis-je aussi votre héros ?

— Il n'y a place que pour un seul homme dans ma vie, et c'est mon partenaire.

Hank toisa Dale d'un air dédaigneux avant de reporter son attention sur Frankie.

— Qu'en est-il alors de ce garde-côte avec qui vous sortez, m'a-t-on dit ?

— Lui, c'est un vrai héros, intervint Dale. Il a appartenu aux forces spéciales de la Navy et il connaît mille façons de tuer un homme en laissant croire qu'il s'agit d'une mort naturelle.

Hank rougit légèrement.

— On parle de ces types comme s'ils étaient des super-héros, mais je sais que celui-là n'est pas à l'épreuve des balles.

Frankie se raidit.

— Qu'est-ce que ça veut dire ?

— Qu'on lui a tiré dessus. Il s'est même évanoui, ajouta Hank en ricanant.

— Cela s'est passé la semaine dernière et il ne s'est pas évanoui. Il n'a même pas eu le moindre malaise. Quoi ? ajouta-t-elle, exaspérée par le sourire en coin que Hank affichait.

— Peut-être qu'il n'est pas aussi invincible que vous le pensez. Il est dans le box n° 7, dorloté par une armée d'infirmières. Il y a aussi votre amie, Paige, qui semble assez inquiète.

Quoi ? Nate était aux urgences ? Frankie sentit son sang se figer dans ses veines. Abandonnant les deux hommes, elle se rua vers les urgences et se rendit directement au box n° 7.

Il était vide.

Faisant aussitôt demi-tour, elle tomba sur un interne qu'elle interpella.

— Le patient qui était dans le box n° 7, vous l'avez vu ?

— Celui qui a été blessé par balle ? Il est parti.

Parti ? Elle blêmit. Voyant l'expression angoissée de son visage, l'interne ajouta :

— Ce que je veux dire, c'est qu'il a quitté le service par ses propres moyens. Debout sur ses deux pieds.

— Et vous ne l'avez pas arrêté ?

— Vous plaisantez ! Ce type est bâti comme un colosse. Et puis, il avait un air... Le même air que vous en ce moment. Un air effrayant. Est-ce que ça va ?

Elle avait l'impression que sa tête allait exploser. Jetant un nouveau coup d'œil dans le box n° 7, elle constata qu'il n'y avait aucune trace de sang. Apparemment, Nate avait de grandes chances d'être encore entier.

Il allait bien. Il était vivant et capable de marcher.

— Les hommes sont stupides, murmura-t-elle.

Tout en se dirigeant vers la sortie la plus proche, elle prit son téléphone pour appeler Nate, mais tomba sur le répondeur. Alors qu'elle remettait l'appareil dans sa poche avec agacement, elle arriva à l'angle d'un couloir et faillit entrer en collision avec Paige.

— Frankie, est-ce que tu sais...

— Oui, et il ne répond pas au téléphone.

— Je suis désolée. Je lui ai proposé de le raccompagner, mais il a pris ça comme une insulte, une atteinte à sa virilité, et il est parti.

— Quel idiot ! Les hommes sont vraiment très bêtes.

Paige soupira.

— Mais ça ne nous empêche pas de les aimer, n'est-ce pas ?

— Oui, c'est vrai. Je devrais peut-être vérifier que ce grand lourdaud ne s'est pas écrasé contre un arbre.

— As-tu besoin d'aide ?

— Je t'en prie ! dit Frankie en marchant à grands pas vers la sortie. Comme si je ne pouvais pas venir à bout d'un idiot comme lui, même en ayant les mains liées derrière le dos.

— Tu parles exactement comme lui, tu sais cela ?

Frankie se sentit presque vexée.

— Moi, je ne suis pas comme cet imbécile qui a cru intelligent de partir après s'être évanoui aux urgences. C'est seulement que je ne veux pas qu'il y ait des témoins lorsque je le tuerai pour s'être conduit aussi stupidement.

— Bonne chance, alors. Tu vas devoir t'occuper d'une foule de mâles !

Non. Lorsqu'elle se serait assurée — car c'était là le rôle d'une amie — que Nate n'avait pas perdu connaissance derrière son volant et qu'il n'était pas rentré dans un arbre ni tombé dans un ravin, elle en aurait fini avec les hommes. Terminé. Pour toujours.

Surtout avec ceux qui souffraient du complexe du héros. Ceux qui vous embrassaient comme s'ils voulaient vous dévorer et qui vous faisaient l'amour comme des dieux — et qui disparaissaient sans un mot.

Oh oui ! elle en avait fini avec eux.

À jamais.

Le soleil était bas sur l'horizon lorsque Frankie s'engagea sur la route côtière qui menait à Rocky Bay. Elle n'avait jamais vu la maison de Nate, mais Terri lui avait dit qu'il avait acheté une bicoque à retaper qui dominait la petite baie.

Elle quitta Ocean Drive et n'avait roulé que deux cents mètres lorsqu'elle vit le 4x4 de Nate arrêté au bord de la route, à plus de huit cents mètres de chez lui.

L'estomac noué par l'angoisse, elle se gara derrière le véhicule, s'attendant à voir des vitres brisées, du métal tordu et un Nate inconscient, perdant son sang.

Mais le 4x4 était vide et intact. Et fermé à clé, ce qui prouvait que Nate avait toute sa tête lorsqu'il l'avait laissé.

Elle composa son numéro et entendit le téléphone de Nate sonner à l'intérieur du 4x4. Pestant tout bas, elle remonta dans sa voiture et roula lentement pour pouvoir voir les bas-côtés de la route dans l'obscurité naissante.

Dans ce quartier, les demeures bâties dans une forêt étaient distantes les unes des autres et la maison de Nate se trouvait tout au bout du chemin menant à la plage. C'était une cabane en rondins qui semblait avoir été mal entretenue, mais montrait à présent des signes de rénovation récente.

Les résidences du voisinage étaient éclairées, mais celle de Nate était plongée dans le noir.

Où était-il ?

S'efforçant de ne pas céder à la panique, elle resta dans la voiture, pianotant nerveusement sur le volant. Et s'il avait pris l'escalier aménagé sur le flanc de la falaise pour descendre à la plage et qu'il avait fait une chute ? Ou bien s'il était allé sur sa terrasse et qu'il était passé par-dessus la balustrade ? Et si… ?

— Arrête ! dit-elle tout haut d'un ton sec.

Elle s'engagea dans l'allée menant au chalet et s'arrêta devant la terrasse en bois.

Sortant de son véhicule, Frankie grimpa les quelques marches avant de s'arrêter sur le seuil du chalet dont la porte était grande ouverte. Aucune lumière ne brillait à l'intérieur.

— Nate ?

Pas de réponse.

S'avançant dans la pénombre, elle vit qu'il y avait très peu de meubles. Elle avisa dans un coin une pile de planches, un chevalet de sciage et quelques outils de bricolage.

— Nathan ?

Silence.

Elle fit un tour rapide dans les pièces, traversant le salon, la cuisine et le bureau, transformé en salle de gymnastique, avant de prendre le couloir qui menait à la chambre principale. S'attendant plus ou moins à trouver Nate évanoui sur son lit, elle fut surprise — et très inquiète — de constater que la pièce était non seulement vide, mais parfaitement rangée.

Frankie sentit la panique l'envahir. Il était certainement arrivé quelque chose à Nate.

Elle retourna sur ses pas. Alors qu'elle s'apprêtait à composer le 911, elle entendit un léger bruit venir de la terrasse et s'aperçut que les portes-fenêtres étaient ouvertes.

La terrasse était plongée dans l'obscurité. Frankie alla vers la balustrade de fortune qui lui semblait bien fragile, aussi se pencha-t-elle prudemment en espérant apercevoir quelque chose au cas où Nate aurait fait une chute. Mais elle ne vit rien. Il faisait trop noir. Elle allait devoir chercher sa lampe de poche pour partir en reconnaissance.

Alors qu'elle rebroussait chemin, une voix grave qui l'interpellait rudement la fit sursauter, manquant de lui déclencher une crise cardiaque.

— Éloigne-toi du bord !

Elle fit un pas en arrière — droit dans la balustrade. Il y eut un craquement sinistre et elle sentit l'une des planches céder derrière elle. Affolée, elle essaya de se retenir à quelque chose de solide, en vain, et perdit l'équilibre.

Elle revit un bref instant ce qu'elle avait vécu la nuit de l'orage, convaincue qu'elle allait cette fois s'écraser sur les rochers en contrebas. Au même instant, des doigts fermes l'attrapèrent par le poignet et la plaquèrent d'un coup sec contre un corps musclé, avec une telle force qu'elle en eut presque le souffle coupé.

— Mais qu'est-ce que tu fabriques ici ? cria une voix masculine visiblement irritée.

Frankie se cramponna à la seule chose solide qui se présentait à elle dans un monde dangereusement instable. Une fois de plus, Nate se montrait solide comme un roc. Un gros rocher inébranlable et délicieux. Un rocher dont le cœur battait aussi fort que le sien tandis qu'il jurait à mi-voix.

— C'est un travail à plein temps que de te sortir d'affaire, marmonna-t-il.

Il la regardait comme si elle était la dernière personne au monde qu'il avait envie de voir. Blessée, elle fit mine de s'écarter, mais il la ramena sans ménagement vers lui pour l'obliger à s'éloigner du bord de la terrasse.

— Qu'est-ce qui ne va pas chez toi, Frankie ? Tu as donc envie de mourir ?

Prenant conscience qu'elle tremblait comme une feuille, elle posa les mains contre son torse et le poussa de toutes ses forces, mais il ne bougea pas plus qu'une statue.

Il l'observait avec un demi-sourire.

— Au fait, je suis ravi de t'avoir sauvé la vie, ajouta-t-il.

En voyant ses cheveux en bataille et une marque d'oreiller

sur sa joue, elle comprit qu'il était en train de faire la sieste lorsqu'elle avait pénétré chez lui.

— Tu crois que j'aurais mieux fait de te donner un coup de coude, Francis ? dit-il en la secouant légèrement.

Il n'avait même pas eu besoin d'en arriver là, hélas... Elle avait fait ce qu'elle s'était juré de ne plus jamais faire. Elle était tombée. Tombée amoureuse. La tête la première. Toute seule. Une nouvelle fois. Pour le seul homme de la planète capable de la rendre complètement folle. Sauf que, cette fois, ce n'était plus un coup de cœur d'adolescente. Tomber amoureuse de Nate avait été de loin la chose la plus stupide qu'elle ait jamais faite, car tout ce qu'elle avait récolté en plongeant de la Pointe du Diable, c'était le surnom de Frankie L'Intrépide, et aussi un bras cassé. Eh bien, elle avait eu de la chance de survivre sans avoir le cœur brisé car c'était beaucoup plus difficile à soigner.

Furieuse — davantage contre elle que contre lui —, elle détourna la tête et balaya la terrasse du regard. Elle avait besoin d'un peu de temps pour se ressaisir et peut-être aussi pour se dissimuler dans l'ombre, car le regard pénétrant de Nate la perçait toujours à jour beaucoup plus qu'elle ne le souhaitait.

Franchement, elle préférait encore se jeter dans le vide depuis cette terrasse plutôt que de laisser voir à Nate ce qu'elle venait juste de découvrir. Quelque chose qui était aussi dramatique maintenant que cela l'avait été lorsqu'elle n'était qu'une gamine.

Qu'est-ce qui ne va pas chez toi ? pensa-t-elle, sans savoir si cette question s'adressait à elle ou à Nate.

Elle se tourna de nouveau vers lui.

— Tu ne réponds pas au téléphone, tu abandonnes ton 4x4 sur la route et, quand j'arrive chez toi, je trouve la porte grande ouverte, et aucune trace de toi. J'allais appeler le 911, tu... tu...

— Je me sentais un peu nauséeux et j'ai voulu marcher, coupa-t-il d'un ton brusque en allant vers la balustrade endommagée.

Il murmura quelque chose sur « ces femmes complètement folles ». Ou peut-être parlait-il d'une femme en particulier ?

— Pardon ? Ce n'est pas moi qui suis folle, mais toi. Toi qui te crois toujours si fort et invincible.

L'ignorant, Nate alla chercher une planche et un marteau puis revint réparer la balustrade.

— Que fais-tu ici, Frankie ? demanda-t-il d'un ton las.

— J'ai appris que tu t'étais évanoui à l'hôpital et que tu n'avais pas voulu que Paige te raccompagne...

— Je ne me suis pas évanoui ! Écoute, je vais bien, je n'ai pas besoin d'une baby-sitter.

— Alors que, moi, j'en ai besoin ? C'est ce que tu veux dire ?

Il soupira, l'air agacé.

— Ce que je dis, c'est que je suis un adulte. Je n'ai pas besoin qu'on veille sur moi comme si j'avais dix ans, conclut-il en remettant le marteau dans la boîte à outils.

— Oh ! J'ai failli oublier que les membres des forces spéciales ignoraient les petites faiblesses qui affectent le reste de l'humanité.

Les bras croisés sur la poitrine, Nate la regardait comme si elle lui parlait chinois.

— Tu es un être humain, Nate, ajouta-t-elle. Tu souffres, tu saignes... Tu n'es pas un robot. Ni un stupide super-héros qui évite les balles et qui cicatrise en un clin d'œil. Tu devrais accepter de temps en temps l'aide de tes amis au lieu de te croire chargé de protéger la terre entière.

— Ah ! Tu veux qu'on parle de ça, princesse ? demanda-t-il en haussant un sourcil.

— Que veux-tu dire ?

— Oh ! Rien. Écoute, je vais bien, d'accord ? Et je ne suis pas un héros. Toi mieux que personne, tu sais exactement à quel point je suis humain, conclut-il avec un petit rire sec.

Elle se sentit rougir et se réjouit que l'obscurité empêche Nate de voir ses joues enflammées.

— Il faut vraiment être stupide pour amener ça sur le tapis, dit-elle. Mais si tu veux, parlons-en. Et de la façon dont tu es parti, disparaissant en douce comme si... comme si j'étais quelque chose dont tu avais honte.

Elle vit le visage de Nate se durcir brusquement.

— Laisse tomber...

— D'accord.

Elle avait donc vu juste. Il avait eu honte d'elle. Une douleur subite l'atteignit en plein cœur. Nate dut s'apercevoir de quelque chose car il soupira.

— Frankie...

— Non, tout va bien. Ce que je veux dire, c'est que ce n'est pas la première fois que je déçois quelqu'un... Toi, en l'occurrence, ajouta-t-elle avec un petit rire mal assuré. Et ce n'est sans doute pas la dernière.

— Ce n'est pas toi, c'est...

Elle se tourna vers lui, le regard mauvais.

— Continue sur ce ton et je t'étripe.

Il secoua la tête comme s'il la trouvait exaspérante.

— Laisse tomber, d'accord ?

— Pourquoi ? Parce que tu l'as dit ? Parce que tu as été dans les forces spéciales et que tu peux tuer quelqu'un juste en soufflant dessus ? Parce que les héros n'ont aucun compte à rendre aux simples mortels ?

Nate lui saisit les mains, l'immobilisant avec une facilité qui la mit en rage.

— J'ai pensé...

Elle tira un coup sec pour se libérer et fut surprise de voir que Nate ne la retenait pas.

— Nous nous sommes inquiétés pour toi, Nate.

Je me suis inquiétée pour toi.

— Je vais bien, dit-il d'un air détaché. Écoute, ce qui s'est passé entre nous a été... une erreur. Je m'en veux parce que cela n'aurait jamais dû se produire. Cela n'arrivera plus jamais.

Elle le regarda fixement un long moment, envahie par un froid glacial car elle venait de comprendre qu'elle avait perdu tout espoir qu'un jour peut-être...

Oh non !

Profondément blessée et humiliée, elle eut un petit rire sarcastique.

— Espèce de pauvre imbécile, si arrogant, si imbu de lui-même ! Qu'est-ce qui te fait croire que j'ai envie qu'il y ait quelque chose entre nous ? Tu es bien le dernier homme sur terre avec qui j'aurais envie d'avoir une histoire, poursuivit-elle, folle de rage. C'était juste du sexe.

Le visage de Nate se durcit.

— Pourquoi ? Parce que mon père était un raté, un menteur, un escroc qui couchait avec toutes les femmes qu'il croisait ? Un homme à qui personne ne pouvait faire confiance ?

Cette sortie la laissa bouche bée.

— Quoi ? As-tu perdu la tête ?

Il se passa une main dans les cheveux, ce qui le décoiffa encore davantage.

— Peut-être. Mais il se trouve que ma parole à moi compte.

Frankie fronça les sourcils.

— Je ne comprends rien à ce que tu racontes. Tu as bu ?

Enfonçant les mains dans les poches, il se tourna vers la baie et resta longtemps silencieux.

— J'ai fait une promesse, dit-il enfin d'un ton dénué de toute émotion.

— Une promesse ? À qui ?

Il lui lança un regard indéchiffrable.

— J'ai promis à Jack de veiller sur toi.

— Jack ? Mais...

— La nuit qui a précédé notre premier embarquement, il m'a fait jurer que, s'il lui arrivait quelque chose, je veillerais sur toi.

— Sérieusement ? Mais j'étais une gamine, à l'époque, et je ne le suis plus au cas où tu ne l'aurais pas remarqué.

— J'ai manqué à la promesse que j'avais faite à mon meilleur ami, continua-t-il d'une voix forte. Une promesse que j'avais juré de respecter en toutes circonstances.

— Jack est mort.

— C'est pourquoi je...

— Il est parti, Nate. En essayant de jouer les héros.

— C'était un héros.

— Oui, dit Frankie en essayant de ne pas se laisser submerger par le chagrin. Et regarde où cela l'a mené.

Il soupira.

— Je suis désolé.

— Oui, moi aussi.

Désolée pour tellement de choses.

— Mais je n'ai plus treize ans, Nate. Je travaille, je paye

mes factures, je peux m'habiller et me nourrir toute seule. Par ailleurs, le Jack que j'ai connu ne s'attendrait sûrement pas à ce que tu respectes toute ta vie une promesse stupide faite à la sortie de l'adolescence.

— Alors, tu ne connaissais pas ton frère. Il croyait à cette promesse, et moi aussi.

— Ah ! Je n'ai pas besoin qu'un homme s'imagine que j'ai besoin d'être surveillée… C'est insultant.

— Peu importe ce que tu en penses, dit-il, implacable.

Nate considérait donc qu'il était responsable d'elle !

— Je ne suis pas sous ta responsabilité, Nate. Ni sous celle de personne. Pour qui te prends-tu ?

— Frankie…

— Comment oses-tu ? Qu'est-ce qui te permet de croire que tu es responsable de moi ?

— Jack a…

— Ne me considère pas comme une responsabilité de plus à ajouter à toutes celles que tu as déjà. En fait…

Refoulant ses larmes, elle s'éloigna de lui.

— En fait, tu peux me rayer de ta liste et m'oublier…

Elle n'avait pas fait deux pas qu'il l'avait rattrapée et plaquée contre lui. Son cri de surprise fut étouffé par sa bouche qui avait pris possession de la sienne pour l'embrasser sauvagement.

— Et toi, comment oses-tu dire que ce qu'il y a eu entre nous « c'était juste du sexe » ? marmonna-t-il en la repoussant. Rentre chez toi, Frankie.

Sans ajouter un seul mot, il se tourna vers la baie. Visiblement, il en avait fini avec cette conversation.

Et avec elle.

Elle sentit la douleur la submerger. Pendant un moment, elle ne put que regarder ces larges épaules, celles d'un homme costaud, fiable et distant. Un homme seul qui portait sur ses épaules le fardeau de tous ceux qui l'entouraient.

Elle ne voulait pas être un poids de plus pour lui. Elle était une femme solide, indépendante, capable de porter son propre fardeau — et peut-être une partie de celui de Nate. Mais jamais il ne la laisserait essayer de lui venir en aide.

— Tu sais ce que je pense, Nate ? dit-elle après être restée un moment silencieuse, cherchant à contenir son émotion. Je pense que tu te sers de cette promesse pour fuir le vrai problème qui se pose ici. Malgré toutes tes médailles, toute ton audace et ton courage, tu es un lâche. Tu as peur de t'attacher à quelqu'un, de devenir vulnérable, toi aussi, parce que tu as peur que les gens t'abandonnent, comme ton père l'a fait. Comme Jack et ton équipe l'ont fait. Eh bien, moi, je suis toujours là, acheva-t-elle d'un ton presque violent.

Elle n'obtint pour toute réponse qu'un long silence, ce qui décupla sa colère.

— Tu t'imagines sans doute que personne ne peut fonctionner si tu n'es pas là pour jouer les protecteurs. Y compris pour protéger les gens d'eux-mêmes.

Elle retint un sanglot. Non, elle ne pleurerait pas. Pas devant lui.

— Laisse-moi te dire une chose, commandant Grand Manitou. J'ai parfaitement survécu sans « protection » ces douze dernières années, et je survivrai tout aussi bien durant les cinquante années à venir. Alors, tu peux me rayer de ta liste des « Choses-Sur-Lesquelles-Je-Dois-Veiller ».

Elle tourna les talons, voulant s'éloigner au plus vite, de peur de craquer.

De craquer et de le supplier de l'aimer.

Au moment de franchir la porte-fenêtre, elle jeta un regard par-dessus son épaule. Nate n'avait pas bougé.

— Je te demande juste de rester à l'écart de ma vie, ajouta-t-elle d'un ton calme et déterminé. Je n'ai pas besoin ni ne veux que tu me protèges.

Puis elle s'en alla.

10

Durant les jours suivants, Nate ne cessa de se répéter qu'il avait eu raison d'agir comme il l'avait fait. Il n'avait ni le temps ni l'envie d'assumer la responsabilité d'une femme qui ne voyait pas combien il était important pour lui de respecter la promesse qu'il avait faite à son meilleur ami.

Jack avait refusé de croire que Nate ressemblerait un jour à son père, Tom Oliver. Il n'avait cessé de lui répéter qu'il pourrait devenir ce qu'il voulait.

Eh bien, il avait eu envie d'appartenir aux forces spéciales de la Navy. Il souhaitait avoir des frères d'armes et lutter avec eux pour défendre de justes causes. Et il savait qu'il trouverait là une discipline et des objectifs — ce que son père n'avait jamais eu.

Mais il avait dû pour cela payer le prix fort. Jack et beaucoup trop de ses camarades de combat l'avaient payé de leur vie.

Même s'il se félicitait de tenir sa promesse, il ne pouvait effacer de son esprit l'image de Frankie quittant la cabane en rondins. Elle était partie d'un pas raide, l'air digne, mais il avait vu des larmes briller dans ses yeux.

Il avait été tenté de la retenir, car il l'avait blessée — chose qu'il s'était promis de ne jamais faire — et, lorsque Frankie était blessée, elle commettait presque toujours une imprudence.

Il avait attendu le lendemain pour lui téléphoner, mais elle n'avait pas répondu ni envoyé de message. Il se rendit alors chez elle, mais il trouva la maison fermée à clé, et la voiture n'était pas là. Dale, son partenaire, n'avait aucune nouvelle d'elle. Il ne s'attendait pas à en avoir car tous deux disposaient de quelques jours de congé.

Nate appela Paige. Elle prétendit ne rien savoir, mais il la soupçonna de lui mentir. Juste avant de raccrocher, elle lui avait dit : « Je t'adore, mais tu n'es qu'un idiot. »

Il téléphona à Ty qui l'accueillit fraîchement.

— Qu'est-ce que tu as fait ?

— Moi ? Mais rien du tout ! protesta Nate.

— Tu as dû faire quelque chose, insista Ty. Frankie n'est pas du genre à disparaître sans rien dire à personne. Or, elle n'a parlé de rien à Paige.

— Mais si, je suis certain que Paige est au courant, répliqua Nate, agacé. Allez, comporte-toi en homme et tire-lui les vers du nez.

— Es-tu devenu fou ? s'écria Ty, scandalisé. Je te remercie, mais je préfère dormir auprès d'une femme douce et câline. Retrouve toi-même Frankie et tâche de te faire pardonner.

Nate crut qu'il allait exploser.

— Mais qu'est-ce qui t'arrive, Ty ? Tu laisses ta délicieuse petite femme te mener à la baguette ?

— Bien sûr que non ! Mais elle dit que tu dois ouvrir les yeux pour voir ce qu'il y a sous ton nez. Si j'étais à ta place, j'écouterais ses conseils.

— Tu n'es qu'un dégonflé, marmonna Nate d'un ton dégoûté.

Il entendit son ami éclater de rire tandis qu'il raccrochait.

Furieux, il se rendit sur la terrasse pour finir de restaurer la balustrade avant que quelqu'un ne se blesse.

Elle est déjà blessée, imbécile.

Oui, il n'était qu'un pauvre type et il se sentait vraiment mal. Parce qu'il savait maintenant ce que c'était que de faire l'amour avec Frankie et qu'il savait aussi que cela ne se reproduirait plus jamais.

Mais si elle voulait s'en aller et bouder, qui était-il pour vouloir l'en empêcher ? Elle lui avait dit de se tenir à l'écart de sa vie et c'était exactement ce qu'il avait l'intention de faire. Il y avait suffisamment de femmes à Port St. John's qui seraient ravies de sortir avec lui. Des femmes qui n'étaient ni sauvages, ni imprudentes, ni agaçantes.

Est-ce ce que tu veux ? Non. Il n'avait aucune envie d'être avec une autre femme que Frankie. Et même s'il devait la laisser tranquille comme elle le lui avait demandé, rien ne lui interdisait de garder un œil sur elle de loin.

Il avait espéré que le travail manuel l'empêcherait de ressasser et chasserait de son esprit l'image de la femme qui l'obsédait, mais il n'en était rien.

L'arrivée soudaine d'un gros orage l'obligea à quitter la terrasse. Aussi rentra-t-il à l'intérieur pour s'attaquer au parquet qu'il commença à poncer, sans cesser de penser à Frankie.

— Serais-tu en train de rêvasser à propos d'une jolie rousse ? lança une voix virile.

Surpris, Nate se releva d'un bond et vit Ty qui se tenait sur le pas de la porte.

— On ne t'a jamais dit qu'il fallait frapper ou annoncer sa présence ?

Ty eut un sourire amusé.

— Sache que j'ai frappé, mais tu étais trop perdu dans tes pensées érotiques pour m'entendre.

— Qu'est-ce qui te fait croire ça ?

— Il suffisait de voir ta tête... Oui, tu rêvassais.

— Je ne rêvasse pas ! protesta Nate en croisant les bras sur la poitrine. C'est bon pour les idiots comme toi. Bon, tu veux boire quelque chose ?

Sans attendre la réponse de son ami, il alla dans la cuisine et sortit deux bières du réfrigérateur. Il en lança une à Ty qui l'avait rejoint.

— Pourquoi es-tu ici ? demanda-t-il. N'as-tu pas une fiancée que tu pourrais aller asticoter ?

— Paige travaille, alors je me suis dit que c'était toi que j'allais asticoter. C'est ce qu'on fait, entre potes. Et, puisque je suis là, je vais te donner un conseil que j'aurais bien aimé recevoir.

Nate émit un grognement. Quelque chose lui disait que ce qui allait suivre ne lui plairait pas.

— Tu hallucines, doc. Sans doute as-tu respiré trop de gaz hilarant.

— Tu es très drôle, Nate. Mais pas très malin. Du moins, en ce qui concerne Frankie.

— Frankie n'a rien à voir là-dedans.

— Bien au contraire, mais tu es trop têtu pour vouloir l'admettre.

Nate s'appuya négligemment contre le comptoir.

— Admettre quoi ? demanda-t-il d'un ton détaché.

— Que tu es mordu et que tu as trop peur pour affronter ça.

Nate partit d'un grand rire.

— Quoi ? C'est complètement idiot, et tu le sais. Je ne suis pas blessé, je suis...

— Amoureux d'elle. Oui, je le sais.

— As-tu perdu la tête ? Je l'aime, c'est vrai, mais comme ma petite sœur. Je ne suis pas amoureux d'elle ! Il faudrait que je sois fou pour aimer une femme comme elle. Elle est agaçante, têtue, et elle me rend dingue.

— Dingue comment ? Pour le pire ou pour le meilleur ?

— Elle m'exaspère tellement que, parfois, j'ai envie de l'étrangler, alors... Oui, c'est pour le pire.

De toute évidence, Ty ne semblait pas convaincu.

— Oui, je vois qu'elle te rend dingue, en effet, dit-il avec un sourire en coin. C'est la meilleure chose qui pouvait t'arriver, Nate. Et, avec un peu de chance, une femme aussi loyale que Frankie peut être un vrai soutien pour toi.

— As-tu oublié à quel point elle est sauvage et téméraire ? On s'attend toujours à ce qu'elle provoque une catastrophe. Veiller sur elle est un job à plein temps.

— Qui dit que tu dois le faire ? Elle paraît parfaitement capable de se prendre en charge elle-même.

— Je n'ai pas besoin de rendre ma vie encore plus compliquée. Frankie n'est pas comme Paige. Elle n'est pas facile à vivre. En fait, elle peut se montrer agressive et... Et elle met la pagaille.

Ty sourit.

— C'est le genre de femme qu'il te faut.

Peut-être. Se pourrait-il vraiment qu'il aime Frankie ? Ce

serait de la folie. Mais ce qu'il ressentait pour elle n'avait rien de rationnel.

La vie avec elle ne serait jamais ennuyeuse. Elle était trop active, trop vivante, trop rebelle. Ils se disputeraient parce qu'elle était têtue et qu'elle avait l'esprit de contradiction, mais faire l'amour avec elle aurait toujours quelque chose de spectaculaire.

— Elle t'a sauvé la vie, tu te rappelles ? J'ai la vidéo qui le prouve, ajouta Ty en sortant son téléphone de sa poche. Tu veux la voir ?

— Non.

Cet épisode le mettait mal à l'aise. Ce n'était pas dans l'ordre des choses. Elle l'avait secouru, inversant ainsi les rôles. Il se souvenait parfaitement de la terreur qu'il avait lue dans ses yeux verts lorsqu'elle l'avait vu chuter de la corniche, et du contact de son corps collé contre le sien lorsqu'ils avaient été hissés jusqu'à l'hélicoptère. Il se souvenait des blessures qu'elle s'était faites en voulant le sauver.

Et pas une seule fois elle ne lui en avait parlé. Contrairement à ce qu'il avait l'habitude de faire, *lui*.

— Je n'ai pas besoin de regarder cette vidéo pour me rappeler ce qui s'est passé ce soir-là.

Il en rêvait. Mais, dans ses cauchemars, c'était lui qui secourait Frankie et, chaque fois, elle lui glissait entre les doigts pour disparaître au fond du ravin. Il se réveillait en sueur, le cœur battant à tout rompre et totalement désespéré.

— Les types, à la base, se font un plaisir de remettre ça sur le tapis, je te remercie.

— Je vois. Je comprends que ce soit déstabilisant pour toi.

— Que veux-tu dire exactement ?

— Que tu aimais faire partie des forces spéciales parce que ta mission était de sauver les gens. Frankie a raison, tu as vraiment le complexe du héros.

— C'est ridicule ! Au cas où tu l'aurais oublié, je ne suis plus dans les forces spéciales.

— Non, tu es garde-côtes, et cela revient au même. Tu t'es juré de protéger tous tes proches — ta mère, ta sœur, ton pays, tes coéquipiers… Et Frankie. Et tu prouves ainsi que tu es différent de ton père.

— Je n'ai jamais eu à le prouver à personne, dit-il d'un ton sec. Cette conversation commençait à l'ennuyer sérieusement.

Pourquoi ? Parce que Ty dit la vérité ?

— Non, seulement à toi-même, rétorqua Ty. Nous, nous avons toujours su qu'avoir le même ADN que ton père n'impliquait pas que tu te réveilles un matin et que tu découvres soudain que tu es devenu Tom Oliver.

— Je le sais !

Il poussa un soupir. Il se sentait fatigué.

— Je ne peux pas aimer Frankie. Je l'ai promis à Jack.

Ty haussa les sourcils.

— Tu lui as promis que tu n'aimerais jamais sa sœur ?

— Je lui ai promis de veiller sur elle, de la sortir d'affaire si elle avait des problèmes. Je ne peux pas à la fois la compromettre et tenir la promesse faite à Jack.

— Alors, ne le fais pas.

— Quoi ? Ne pas tenir ma promesse ? Mais, je te l'ai dit, je ne suis pas comme mon père !

— Ne sois pas idiot, Nate. Je veux dire que tu n'as qu'à ne pas compromettre Frankie.

— Mais tu viens de dire...

— Jack a toujours su que tu aimais sa sœur.

— Quoi ? Elle avait treize ans, à l'époque ! Moi-même, j'ignorais que je l'aimais jusqu'à ce que...

— Vous étiez comme des frères, Jack et toi. Bien sûr qu'il voulait que tu veilles sur sa sœur. Mais juste avant sa mort, il avait compris que tu aimais Frankie. Il me l'a dit.

— Quoi ? Mais...

Le téléphone de Ty se mit à sonner, l'empêchant de continuer. En regardant son ami sourire tandis qu'il prenait la communication, Nate devina qui était au bout du fil et il ressentit une certaine jalousie devant la complicité évidente qui liait Ty et Paige. Lui aussi aurait aimé connaître une telle relation, mais pas avec n'importe quelle femme. Avec Frankie.

Ty avait raison. Frankie était dans son cœur. Elle était la pièce manquante dont son âme avait besoin pour qu'il se sente complet.

Soudain, il nota que Ty changeait de ton et que son regard était devenu indéchiffrable.

— Et Frankie ? interrogea Ty.

En entendant ces mots, Nate sentit son cœur s'accélérer. Il avait déjà attrapé les clés de son 4x4 et se dirigeait vers la porte lorsque Ty raccrocha.

— Avant que tu ne fonces tête baissée, sache que Frankie va bien, dit-il en attrapant sa veste et en emboîtant le pas à Nate. Elle a téléphoné à Paige il y a environ une heure. Elle était sur le ferry, s'occupant d'une femme sur le point d'accoucher. Mais Paige m'a dit qu'ils venaient d'apprendre qu'il y avait eu un accident à bord et qu'ils battaient le rappel de tous les médecins disponibles. Je vais aller là-bas pour aider.

Nate s'arrêta.

— Et Frankie ?

— On n'a pas de nouvelles d'elle... Mais cela ne veut pas dire qu'elle a été blessée, ajouta-t-il en entendant Nate jurer. Sans doute est-elle simplement débordée. Tu la connais, elle doit être en pleine action.

Mais Nate ne l'écoutait plus. Il ne pensait qu'à une chose tandis qu'il courait sous la pluie vers son 4x4. Frankie était sur la zone à risque, sans personne pour la protéger. Il lui avait fait croire qu'elle ne représentait pour lui rien de plus qu'une promesse à tenir. Qu'il accordait plus d'importance à un souvenir qu'à une femme ardente, pleine de vie, à qui il avait donné son cœur — et très probablement son âme.

Le voyage de deux jours à travers les îles de la région touchait à sa fin quand le ferry commença à rencontrer de gros problèmes. À présent, Frankie essayait de garder son équilibre sans penser aux énormes vagues qui se fracassaient contre les ponts inférieurs. Une violente tempête était arrivée deux jours plus tôt que prévu et la mer était déchaînée. Le plus inquiétant, c'était le fait que, quelques heures auparavant, les stabilisateurs du ferry avaient été endommagés par des débris ballottés par les flots, ce qui rendait le bateau ingouvernable.

Mais elle devait maintenant faire face à des problèmes plus graves encore que le mauvais temps et le roulis. Un officier du ferry qu'elle connaissait depuis l'école primaire lui avait demandé son aide quand un passager s'était évanoui, se plaignant d'une douleur à la poitrine et d'une faiblesse musculaire. Ensuite, elle avait dû s'occuper d'une femme enceinte chez qui le travail avait commencé, et il y avait aussi tous les gens souffrant de blessures plus ou moins sérieuses provoquées par l'instabilité du ferry.

Elle avait téléphoné à l'hôpital pour signaler la situation d'urgence, mais c'était juste avant que la foudre frappe le bateau, déclenchant un incendie dans la salle des machines. Elle avait perdu son téléphone lorsque les passagers, pris de panique, avaient envahi les ponts, laissant la pluie et les vagues entrer par les portes ouvertes.

Les secours allaient arriver, mais Frankie se faisait du souci pour Serena Porter, la future maman, qui montrait des signes d'éclampsie, ce qui était aussi dangereux pour la mère que pour l'enfant.

Ensuite, elle avait entendu des membres de l'équipage dire que l'incendie s'était propagé dans la zone cargo du ferry. La fumée atteignait déjà les ponts supérieurs. Frankie espérait que les secours interviendraient avant que les voitures et les camions ne commencent à exploser.

Elle espérait aussi ne pas voir Nate parmi les sauveteurs. Découvrir qu'elle n'était pour lui qu'une responsabilité qu'il s'était engagé à assumer avait blessé son ego autant que son cœur. Découvrir qu'elle était amoureuse d'un homme pour qui elle n'était qu'une promesse à honorer l'avait anéantie et elle avait éprouvé le besoin de s'échapper pour quelque temps. Mais prendre la fuite ne résolvait jamais rien et, tôt ou tard, elle devrait retourner chez elle. Port St. John's n'était pas une grande ville, et elle tomberait nécessairement sur Nate, un jour ou l'autre.

Sauf si elle partait en Australie.

En Australie, il y avait la grande barrière de corail. Elle avait toujours rêvé de faire de la plongée sous-marine et du surf.

Un officier répondant au nom de Paul Murray passa la tête dans l'entrebâillement de la porte.

— L'évacuation aura lieu dans dix minutes, mademoiselle Bryce. Faites monter vos patients là-haut.

— Là-haut ? Je pensais qu'ils seraient hélitreuillés à partir du pont côté bâbord.

— Les passagers sont trop nombreux. Le capitaine craint qu'il y ait un mouvement de panique et que tout le monde se précipite vers le premier hélicoptère qui se présentera. Vos patients doivent aller au plus vite sur le pont supérieur d'observation avant que nous fassions monter les autres.

Sur le pont supérieur, les conditions étaient encore pires que ce que Frankie avait craint. Des éclairs zébraient le ciel, éclairant brièvement les trombes d'eau poussées par le vent. Trempée jusqu'aux os, elle eut un soupir de soulagement lorsqu'elle aperçut les lumières des hélicoptères qui se dirigeaient vers eux. Comme le premier appareil perdait de l'altitude, des silhouettes portant des équipements de protection n'attendirent pas qu'il se soit posé pour sauter sur le pont et courir vers le petit groupe.

— Les médecins attendent dans l'hélicoptère, mademoiselle Bryce ! cria quelqu'un en passant devant elle. C'est l'enfer, par ici, alors dépêchons-nous.

Paul Murray attrapa Frankie par l'épaule et lui parla fort à l'oreille.

— Je vais commencer à faire monter ici les passagers. Allez-y et bonne chance, ajouta-t-il avant de s'éloigner.

Frankie conduisit rapidement le groupe vers l'hélicoptère qui attendait. La pluie était si violente qu'il était presque impossible de voir les mains qui se tendaient pour aider les gens à se mettre en sécurité. Une fois son dernier patient monté à bord, elle recula pour permettre à l'appareil de décoller.

— Vous ne venez pas ? cria le copilote par la porte restée ouverte.

Elle secoua la tête et recula encore de quelques pas.

— Nate a dit qu'il fallait que vous montiez dans cet appareil ! ajouta le copilote. Ne me laissez pas rentrer sans vous, sinon il risque fort de m'arracher les yeux…

Après tout ce qui s'était passé, Nate voulait donc encore jouer les grands frères protecteurs avec elle ?

— Dites-lui qu'il n'est pas mon patron ! hurla-t-elle pour se faire entendre.

Tandis qu'elle regagnait l'escalier sous une pluie battante, elle se demanda si elle aurait un jour la chance de prouver à Nate qu'elle méritait d'être aimée.

— Il s'est produit une explosion, dit le pilote en parlant dans le micro de son casque. Les réservoirs d'essence commencent à exploser, alors grouillez-vous, les gars. Il reste peu de temps pour évacuer ceux qui sont encore à bord du ferry.

Nate sentit la peur lui nouer l'estomac. Il était 23 heures et la plus grande partie des passagers avaient été hélitreuillés et confiés aux vedettes des gardes-côtes qui attendaient, ou bien emmenés à l'hôpital, mais en ce qui concernait Frankie... Il n'avait aucune nouvelle.

Plusieurs personnes avaient dit l'avoir vue sur le ferry endommagé. Elle avait refusé de monter dans les hélicoptères et elle n'était à bord d'aucune des vedettes. Nate l'avait vérifié un nombre incalculable de fois jusqu'au moment où le commandant qui dirigeait l'opération lui avait donné l'ordre de se rendre sur place.

— Allez là-bas et retrouvez-la, Oliver.

Éperdu de reconnaissance envers le gradé qui se montrait si compréhensif, Nate avait sauté dans un hélicoptère en partance pour le ferry.

Ils étaient en vol depuis quelques minutes lorsqu'une énorme boule de feu traversa le ciel nocturne, éclairant brièvement le ferry qui donnait dangereusement de la gîte.

— Bougez-vous ! cria Nate dans son micro. Dites-leur de rassembler tout le monde sur le pont pour qu'on puisse les évacuer immédiatement.

Il vit des gens courir sur le pont supérieur et finit par apercevoir Frankie. À cet instant, une nouvelle explosion déchira le pont de cloisonnement avec une telle violence que les hommes en ressentirent les effets jusqu'à l'intérieur de l'hélicoptère.

— Sortez-les de là ! hurla Nate. Maintenant !

Il regarda avec horreur le ferry pencher d'un côté vers la mer en furie. L'eau balayait le pont supérieur où Frankie luttait pour conserver son équilibre.

Des canots pneumatiques fendaient les vagues afin de se rapprocher du ferry en péril et de récupérer les personnes qui commençaient à sauter dans l'eau depuis la poupe.

Frankie et d'autres passagers s'agrippaient encore au bastingage pour ne pas glisser dans l'océan.

— J'y vais..., cria le pilote en virant sur la gauche. Je vais essayer d'arriver à leur hauteur.

Les hommes de Nate étaient déjà en position.

— Sécurisez vos filins et tenez prête la sangle de sécurité au cas où quelqu'un en aurait besoin.

Il essayait de se dire que c'était là une mission de sauvetage comme les autres, mais il savait que c'était faux. En sauvant Frankie, il se sauverait lui-même.

L'hélicoptère était à présent tout près des naufragés et Nate pouvait voir leurs visages terrifiés. La plupart étaient très jeunes — sans doute faisaient-ils partie du personnel du ferry. Ils furent hissés les uns après les autres dans l'appareil et, bientôt, il ne resta plus sur le pont que Frankie et un très jeune homme en uniforme.

Il y eut une nouvelle explosion et, l'instant d'après, le pont s'inclina dangereusement au point que le jeune homme commença à glisser dans l'eau. Frankie le rattrapa de justesse en l'empoignant par sa veste d'uniforme et tenta de le remonter.

— Elle ne va pas pouvoir le tenir longtemps comme ça, commenta l'homme chargé de manœuvrer le treuil.

Il leur lança une sangle qui s'avéra trop courte. De toute façon, Frankie n'aurait pas pu la saisir. Terrifié à l'idée de les voir disparaître tous les deux dans la mer, Nate s'attacha au filin de sécurité et sauta sur les patins de l'appareil.

— Donnez-moi un peu de mou, et approchez-vous d'eux le plus près possible..., cria-t-il.

Arrivé au-dessus des eaux en furie, il croisa le regard de Frankie qui se cramponnait d'une main à la balustrade du ferry, retenant de l'autre le jeune homme en uniforme. La peur, l'épuisement et la détermination qu'il lut dans ces yeux verts qui le fixaient le dynamisèrent.

— Tenez bon ! cria-t-il au jeune homme en saisissant la sangle de sauvetage qui se balançait dans le vent. Attrapez-la et, si vous pouvez, passez-la sous vos bras, nous ferons le reste.

À la troisième tentative, le garçon réussit la manœuvre.

— Frankie, lâche-le, maintenant, et essaye de prendre ma main, cria Nate.

Au même instant, une énorme vague s'abattit sur elle. La sangle se tendit brusquement et le garçon se détacha de Frankie qui luttait contre les éléments déchaînés.

— Remontez-le, et donnez-moi encore un mètre ! ajouta Nate.

Il sentit aussitôt son filin descendre, ce qui lui permit d'agripper Frankie au moment où elle allait perdre son combat contre la mer.

Il entendit dans ses écouteurs les cris de joie poussés par ses compagnons.

— Ah ! Il a réussi ! Nate est un type extra, un vrai malade !

— Il l'a attrapée ! Partons d'ici.

Nate sentit que l'hélicoptère prenait de l'altitude avant de virer brusquement et de s'éloigner du ferry en perdition.

Utilisant toute sa force, il hissa Frankie jusqu'à lui afin qu'elle puisse s'accrocher au harnais qu'il portait.

— Tu es venu..., dit-elle simplement.

— Toujours.

Dès qu'ils furent à l'intérieur de l'hélicoptère, Nate serra dans ses bras une Frankie trempée jusqu'aux os et toute tremblante, vaguement conscient de l'excitation qui régnait autour d'eux.

Il avait besoin d'un peu de temps. Du temps pour permettre a son cœur de battre moins vite. Du temps pour comprendre que la femme qu'il pressait contre lui était saine et sauve.

Quelqu'un posa une couverture sur les épaules de Frankie. Nate s'écarta pour qu'elle puisse l'enrouler autour de son corps frigorifié.

— Je t'ai attrapée, bébé, murmura-t-il.

Maintenant qu'elle était sauvée, il pouvait s'avouer qu'il avait eu peur. Terrifié à l'idée de perdre ce qu'il avait de plus précieux au monde.

Cette fois, je ne te laisserai pas t'en aller, se jura-t-il en l'attirant contre lui pour lui donner un baiser sur la tempe.

— Tu trembles..., dit-il.

Frankie émit un bruit bizarre où se mêlaient rire et sanglot.

— C'est toi qui trembles, corrigea-t-elle.

Il fallut un instant à Nate pour comprendre qu'elle disait vrai.

— J'ai cru t'avoir perdue, murmura-t-il en pressant sa joue contre celle de la jeune femme. Je ne crois pas que j'aurais pu survivre si je t'avais perdue, toi aussi. Pas toi, Frankie.

Elle lui prit son visage entre ses mains.

— Hé ! Je suis là. Je ne vais aller nulle part. Tu m'as sauvée, comme tu l'avais promis à Jack. Mais c'est fini maintenant, Nate. Je suis saine et sauve et tu as payé ta dette. Il est temps de passer à autre chose.

Elle avait raison. Jamais il n'oublierait Jack, mais, pour lui, l'heure était venue de se libérer du chagrin et de la culpabilité d'avoir survécu alors que Jack, le meilleur d'entre eux, était mort.

— Oui, dit-il en lui saisissant les mains. Et il est temps que je te dise que je t'aime, que je ne pourrai pas vivre sans toi. Je crois que tu avais raison. Je me servais de la promesse que j'avais faite à Jack pour éviter que tu deviennes trop proche de moi. Mais c'est trop tard. Tu es déjà dans mon cœur et rien ni personne ne pourra jamais t'en faire sortir.

— Qu'est-ce que tu as dit ? Tu... Tu m'aimes ?

Jamais Nate ne l'avait vue aussi surprise ni aussi vulnérable.

— Mais oui, Frankie, je t'aime de toutes mes forces, murmura-t-il en la serrant dans ses bras. C'est comme si je t'aimais depuis toujours, même quand tu es méchante, autoritaire, et que tu me rends complètement fou. Et puis... Qui d'autre que moi pourrait te supporter ? ajouta-t-il en riant.

Elle rit à son tour.

— Tu es peut-être un super-héros, Nate, mais en matière de romantisme, tu as besoin de prendre des leçons ! Mais je n'ai pas besoin de romantisme, ajouta-t-elle avec un regard où se mêlaient le rire et les larmes. J'ai... J'ai juste besoin de toi.

— Sois mienne, dit-il, oubliant tous ceux qui les entouraient et les observaient, heureux et émus.

— C'est déjà fait, répondit Frankie avec un petit rire en se blottissant dans ses bras avant que leurs lèvres se scellent dans un baiser passionné.